被囚禁的女孩
Method 15/33
A NOVEL SHANNON KIRK

【美】香农·柯克 著　　戚悦 译

北京联合出版公司
Beijing United Publishing Co.,Ltd.

图书在版编目（CIP）数据

被囚禁的女孩 / （美）香农·柯克著 ；戚悦译. --
北京 ： 北京联合出版公司，2017.5（2018.3重印）
ISBN 978-7-5502-9274-1

Ⅰ．①被… Ⅱ．①香… ②戚… Ⅲ．①长篇小说－美
国－现代 Ⅳ．①I712.45

中国版本图书馆CIP数据核字(2016)第299346号
北京市版权局著作权合同登记号：图字01-2016-7991

Copyright © 2015 by Shannon Kirk
Published in arrangement with The Fielding Agency, LLC through The Grayhawk Agency.

被囚禁的女孩

作　　者：香农·柯克
出版统筹：新华先锋
责任编辑：刘京华　夏应鹏
策划编辑：刘思懿　李　玮
封面设计：王　鑫
版式设计：朱明月
营销统筹：章艳芬

北京联合出版公司出版
（北京市西城区德外大街83号楼9层 100088）
北京雁林吉兆印刷有限公司印刷　新华书店经销
字数170千字　787毫米×1092毫米　1/16　17印张
2017年5月第1版　2018年3月第2次印刷
ISBN 978-7-5502-9274-1
定价：38.00元

献给我的挚爱，
迈克尔和马克斯。

大脑发育可以被看作一种强大而具备自我组织的进程化网络在逐渐展开的过程，其间还包括基因和环境的相互作用。

　　——《先天性聋哑人主要听觉皮层中交叉神经模式的改变过程》

▌目 录
CONTENTS

NETHOD15/13

被囚禁的女孩

第一章

被囚第4日、第5日

第4天，我在床上辗转反侧，挖空心思地盘算如何才能置他于死地。身处樊笼之中，犹作困兽之斗，精心谋划着脱逃，这对一个囚犯来说未尝不是一种安慰。我仔细观察屋里可能派上用场的东西，在脑海中默默地列了个清单……一块松动的木地板、一条红色的毛线毯、一扇高高的窗子、几根裸露的房梁、一个锁孔，还有，我现在的处境……

如今回想起来，一切依旧历历在目，虽然这件事已经过去了十七年，但我依然觉得，他仿佛又一次站在了门外。也许，那段被囚的往事在我的记忆中永远都不会淡去，因为在那件事情上，我付出了太多，完全是靠着一步又一步的精心谋划才熬过那些痛苦挣扎的日子。没有任何人能帮助我，没有任何方式让我求救，我失去了所有依靠，只能相信自己。时至今日，我可以自豪地说，我是凭着一己之力逃出了魔窟，我的胜利毋庸置疑，堪称杰作。

在被囚禁的第4天，我静下心来，开始构思复仇的计划、罗列可用的装备，没有纸笔，只好在脑袋里探索可行的方法。如何利用这些毫不相干的装备，让它们成为复仇的一部分呢？这的确是个难题，但我无论如何都要解决它……一块松动的木地板、一条红色的毛线毯、一扇高高的窗子、几根裸露的房梁、一个锁孔，还有，我现在的处境……怎样才能把这些零碎的装备组合在一起呢?

　　我翻来覆去地思考着,同时努力搜寻更多的装备。啊,没错,屋里还有个铁桶。对对对,还有个崭新的床垫,他没有把塑料膜撕掉。再想想,再想想,再从头想一遍,肯定有办法。几根裸露的房梁、一个铁桶、一个床垫、一张塑料膜、一扇高高的窗子、一块松动的木地板、一条红色的毛线毯……

　　为了方便思考,我给这些装备都编上了号。松动的木地板是4号装备、红色的毛线毯是5号装备、塑料膜是……第4天早上,在反复的观察和思考后,屋里所有可用的东西都被我列进清单并编上了号。但是,要想完成我的计划,这些东西还远远不够,我需要更多。

　　中午时分,我正在被囚的卧室里苦苦思索,突然,门外传来了木地板"嘎吱、嘎吱"的声音,打断了我的思路。肯定是他来了,因为午饭时间到了。我从门缝间看到外面的门闩从左向右滑动,紧接着就是他把钥匙插进锁孔转动的声音。然后,他既没有敲门也没有站在门口问一句,直接毫不客气地闯了进来。

　　他把一个托盘放在我的床上,不用看我都知道,上面一定是夹着培根的蛋饼和自制面包,外加一大杯牛奶和少许装在儿童茶杯里的清水,几乎每顿饭都是这样。托盘里没有刀叉,放食物的瓷碟子上印着桃红色的图案——一个拿茶壶的女人和一个牵着狗、头戴翎毛帽的男人。背面印有"威基伍德[1]"和"萨尔维托[2]"的字样。我十分厌恶那个碟子,后来想起也会浑身发抖。我用这恶心的红碟子已经吃了四顿饭了,现在是第五顿。我实在太痛恨这个碟子了,逃走前,我不仅要杀了他,还要把这个碟子也砸了,一定要。从被囚的第3天开始,每顿饭用的碟子、

---

[1]威基伍德(Wedgwood):英国的一个陶瓷器品牌。

[2]萨尔维托(Salvator):原为意大利地名,因当地盛产葡萄酒,故常以喻指葡萄酒的桃红色。此处指威基伍德瓷器的一个产品系列,这个系列的瓷器均有桃红色花纹,故称。

牛奶杯和儿童茶杯似乎都没有换过。而在被囚的头两天，我是在一辆面包车上度过的。

"再来点儿水？"他突然有些迟疑地问道，声音低沉而单调。

"好。"

这种问答模式开始于第 3 天，我觉得，正是这一问一答拉开了我复仇的序幕。他会给我端来吃的，然后问我要不要再来点儿水，这成了每日的例行问题。我决定，只要他问，我就回答"好"，我强迫自己每次都这样回答，尽管这种问答毫无意义。为什么不一开始就拿个大点儿的杯子装水呢？干吗浪费这个时间？每次得到回答后，他都会离开，先锁上门，而后走廊的墙壁中便传来水管震动的声音，我看不到他在哪儿，但能听见水槽中的水流声由小到大。然后，他就会端着一杯温水回来。为什么要弄得这么麻烦呢？不过，这世上的许多未解之谜，其实都是有答案的，正如绑架我的人，他的行为虽然费解，背后却一定有他这么做的原因，只是我还不知道罢了。

他一回来，我就说："谢谢。"

从被囚第 1 天的第 2 个小时起，我就决定要装得像个女学生一样有礼貌、善良感恩，因为我很快发现，对付这个绑架我的四十岁男人，我完全能够以智取胜。他肯定有四十岁了，瞧上去跟我爸爸差不多大。我相信，凭我的智慧，打败这个可怕、恶心的变态绝对没有问题，况且他都四十岁了，而我仍处于美好的十六岁，年轻就是资本。

第 4 天的午饭吃起来跟第 3 天的一样，但是却给我带来了坚持下去的力量，因为我意识到自己还有更多的武器可用：时间、耐心和难以磨灭的仇恨。而且，当端起那个印有饭店标志的牛奶杯时，我在不经意间发现，屋里的铁桶有一个金属提手，提手的边缘非常锋利。我只需把那个提手卸下来，它就自成一件装备了。此外，我还知道自己是在这栋楼的高处，而不是在地下，开始的两天里，我还以为要被关进地下室了。现在，窗外能看到浓密的树冠，再加上我是走了三段楼梯上来的，因此几乎可以肯定，我现在是在三楼。我把所处楼层的高度也看作一样有用的装备。

你是不是觉得我很怪？都第四天了，我还没有放弃希望。有的人也许觉得，独自被关在房间里会让人变傻或发疯，但我运气不错，头两天都是在路上度过的。而且，绑匪犯了一个严重的失误，他选择了面包车作为犯罪工具，那辆车的两侧是有色玻璃的车窗，虽然车窗外的人是看不到车里面的，但我却能看到外面。我留心观察面包车行进的路线，并且暗暗记在心中。连续几日，我都反复地默念着一路上看到和听到的一切，包括一些平时可能根本不注意的细节，直到每一个画面都深深地烙印在我的脑海里。

假如你今天问我，十七年前，33号高速公路出口旁的坡道上开的是什么花，我可以毫不犹豫地告诉你，是野草一样疯长的雏菊。给我一张纸，我还能画下当时那雾蒙蒙的天气，污泥般的云层在灰蓝色的天空上翻滚着。周围的异动我也记得清清楚楚，比如，面包车在经过一片开满雏菊的山坡，2.4分钟后，风暴就袭来了，豌豆大小的冰雹倾泻而下，"噼里啪啦"地打在面包车上，绑架我的人不得不把车暂时停在天桥下躲避，嘴里唠唠叨叨地骂了三回"狗娘养的"，然后抽了一支烟。把抽完的烟屁股扔掉以后，他又发动面包车上路了。此时，距离第一粒冰雹击中车顶，已经过去了3.1分钟。我把这四十八小时里奔波的每一秒都记在脑海中，就像拍成了一部电影，在被囚期间，我每天都默默地回放它，不错过每一分、每一秒，不漏掉每一帧、每一格，努力搜索蛛丝马迹，寻找重获自由的方法。

绑匪居然毫不避讳地选择了一辆两侧有窗的面包车，还让我坐在车厢，对我是否会透过窗户观察面包车行进的路线毫不关心，这种种行为至少说明了一点：他（绑匪）只不过是个会开车的猴子而已，没什么头脑，愚蠢又无知。他把一个扶手椅用螺丝固定在了面包车里，我刚好可以舒舒服服地在扶手椅上坐着。虽然他不停地抱怨没给我把蒙眼布系紧，但不知是由于懒得弄还是太慌乱，他并没有重新系一下这块油布，这也是我得以透过车窗观察外面的原因。我看到了面包车经过的路标，并由此判断出这辆车的行进方向——向西。

面包车在行驶了两天一夜之后，从第74号出口下了高速公路。这段时间，我吃不好也睡不好，而且一直比他要少睡会儿，第一天夜里，他睡了4.3个小时，而我只睡了2.1个小时。除此之外，最让我难堪的是，上厕所十分不便，只能一直憋着，等他找到废弃的休息站才能解决。

终于快到目的地了，面包车开出高速公路，进入匝道，开始慢慢减速，我决定用数山羊来判断时间，六十只羊为一群，一群羊是一分钟。一只羊、两只羊、三只羊……数了十群又十二只羊后，面包车在引擎的"突突"声中摇晃着停了下来。这里距高速公路有10.2分钟的车程。在苍茫的夜色中，我发现外面似乎是片田野，一条收割的刈痕在月光的照耀下格外清晰。有一些树枝垂下来，随风轻拂过面包车的表面。是柳树，就跟奶奶家的那棵一样。当然，这里不是奶奶家。

他站在面包车旁边，马上就要打开车门，把我带走了。我只能下车了，可我不想下车。

我静静地听着，在一阵金属摩擦声和一声巨响后，面包车门向一旁滑开了。到了。应该是到了。我们到地方了。我的心跳得飞快，就像蜂鸟扇动的翅膀一样。到了。我的手心和头顶开始冒汗。到了。我的手臂暗暗用力，不由自主地绷紧了肩膀挺直了背。到了。我的心脏仿佛要跳出身体，浑身像筛糠一样颤抖不已，只觉得天旋地转，好像大地在震动，波涛在翻涌。

一阵风扑面而来，夹杂着夜晚时分的乡间气息，它从绑匪身边掠过，仿佛是专程来安慰我的。有那么一瞬间，我沉醉在清凉的微风中，但如此美好的感觉很快就消失了，他的身影正在靠近。我看不清他的脸，因为那块油布还半蒙在我的眼睛上，但我能察觉到他正一动不动地注视着我。看什么看？你以为还能看到什么？不就是一个被胶布绑在扶手椅上的年轻女孩儿吗？她不就是被你关在令人作呕的面包车后排吗？有什么好看的？你这个低能的浑蛋！

过了一会儿，他说："你跟其他人不一样，你既没有哭喊尖叫，也没有乞求我放了你。"他说话的口气，听上去就好像他这两天费尽心思地寻找，总算发现了什么惊天动地的事情一样。

我打算吓吓他，于是迅速地把头扭向说话声传来的方向，动作快得像鬼魅一样。虽然我不确定他有没有被吓到，但我觉得他后退了一小步。

"你希望我表现得跟其他人一样，是吗？"我问道。

"你他妈的给我闭嘴，疯丫头。你们这些臭婊子不管干什么，对我来说都是狗屁！"他突然提高了声音，仿佛是在提醒他自己，他才是局面的掌控者。他敢这么肆无忌惮地说话，说明不论这里是哪儿，都只有我们两个人，没有别人。这可不妙。他在这儿大喊大叫都没人管。没有别人，只有我们两个。

面包车的车身倾斜了一下，应该是因为他扒着车门的边框，撑起身子上了车。他一边费劲地喘着粗气，一边嘴里还嘟嘟囔囔的，听他那"呼哧、呼哧"的喘气声就知道，他肯定是个烟鬼。可想而知，他就是个典型的一无是处、昏昏度日的死胖子。在车顶灯的照耀下，我透过蒙眼布，隐约从光影间分辨出他忙碌的身影和他手里那件闪着银光的利器。他一进入后车厢，我就闻到了他的气味，那是从他那三天没洗澡的身上散发出的恶臭，夹杂着浓重的汗味。从他嘴里呼出来的气息，闻上去就像放馊了的汤。我皱着眉头缩了缩身子，把头扭向另一侧的有色玻璃车窗，努力屏住呼吸，阻断嗅觉。

他割断了绑着我胳膊的胶布，并在我的头上扣了一个纸袋。原来，这臭气熏天的家伙已经注意到蒙眼布不管用了。

其实，坐在扶手椅上奔波的日子并不算太糟，可现在我被带离了面包车，不知未来还有怎样的麻烦正等着我。虽然如此，我还是一声不吭地任凭他带我走进一处似乎是农场的地方。空气中还残留着白天奶牛吃草后留下的气味，地里高高的茎叶拂过我的小腿，据此推断，我们应该是穿过了一片草地或麦田。

第 2 天的夜风扑面而来，我虽然穿着有内衬的黑色雨衣，但双臂和胸口依然感到凉意。尽管我头上扣着一个纸袋，脸上耷拉着一块油布，可我还是能察觉到月光。他用枪顶着我的后背，我走在前面，什么都看不见，只能隐约看到微弱的月光。我们在茎秆齐膝高的地里走了 60 秒。我高高地抬腿，刻意放缓步伐，配合着数秒的速度，一秒一步，他在后面举着枪，脚步吃力地跟随着。我们两个人就这样一前一后像士兵一样走着：一二一、二二一、三二一、四二一。

我把自己想象成海船上被判了死刑的水手，踏着悲壮的步子走向船舷边的踏板，同时，我在脑海中记下了能够助我逃脱的第一个条件：地形。接着，周围的环境发生了变化，我感受不到月光的存在了。我故意迈着沉重的大步，柔软的地面微微下陷，扬起一些尘土，扑在我裸露的脚踝周围，由此猜测，现在应该是走在一条土质疏松的小路上，两旁还有树枝刮过我的双臂。

没有光＋没有草＋土路＋树＝树林。这可不妙。

我的脉搏和心脏都在狂跳，但却仿佛不在一个频率上。我想起之前看到晚间新闻报道了一个被绑架的少女，最后是在离我家很远的一个州的树林里被发现了。当时，她的悲剧似乎跟我毫无关系，仿佛离现实生活非常遥远。人们发现她时，她的双手已经被砍了下来，贞洁也被玷污了，罪犯把她的尸体丢弃在了一个浅浅的土坑。最恐怖的是，有证据表明，在蝙蝠魔鬼般的注视下，在夜晚猫头鹰的悲鸣中，土狼和美洲狮也从罪恶中分得了一杯羹，啃食了她的部分尸体。**不，别想这些了……快数秒……别忘了数秒……继续数……别分神儿……**

这些可怕的思绪萦绕脑际，挥之不去，让我都忘记自己数到多少了。**数不下去了。**我努力安定心神，尽量把恐惧抛在一边，开始回想跟爸爸学习柔道和跆拳道的时光，回想自己在家中地下实验室的医学教材中读到的知识,我深深地吸了一口微凉的空气,让胸腔里疯狂振翅的蜂鸟放缓速度,心情渐渐平静下来。

赶走这突如其来的恐惧后,我倒数了三个数,又重新开始数秒。在密林中走了60秒后,我们踩上了矮矮的小草,重新沐浴在皎洁的月光中。这里一定是树林中的一片空地吧。不对,不是树林了,现在既没有草,也没有树了。这里是哪儿?街道,是街道!刚才为什么不把车开到这儿来?平地、平地,这里都是平地。

我们又走到另一片草地,停了下来。钥匙的"哗啦"声传来,门开了。趁着还没忘记数好的秒数,我默默地把缓步走来所耗费的时间折算成正常走路所需的时间,并记在心中:从面包车到这扇门,需要步行1.1分钟。

我看不到这栋房子的外观,但我觉得它应该是一栋白色的农舍。绑匪直接领我上了楼。一段楼梯、两段楼梯⋯⋯到了三楼,我们向左转45度,走了三步,又停了下来。钥匙叮当作响,门闩滑动,金属锁发出"咔哒"一声,门"吱吱呀呀"地开了。他拽下我头上的纸袋,扯下我脸上的蒙眼布,一把将我推进这间 12 英寸 [1] × 24 英寸大小的房间,一旦他锁上门,这个房间就变成了一个完全封闭的囚室。

门右边的墙上有一扇三角形的高窗,月光透过窗户照亮了房间。正对房门的地板上摆着一个厚厚的床垫,上面还铺着一张宽大的褥子。奇怪的是,床垫直接落在地上,四周被木头框架围了起来,这个框架不仅有四个完整的边,还有床头板和四个矮床脚。看样子,好像是有人打算做一张木头床,然而最终没有做成,还缺少一张床板,厚厚的床垫就只能被直接放在地上,看起来就像从床架中间陷下去一样,那张宽大的褥子就铺在床垫上面。这张半成品的床就像一幅没有固定好的油画,歪歪扭扭地躺在木头画框中。在这张临时搭成的床上,有一条白色的棉布床单、一个枕头,还有一条红色的毛线毯。抬头向天花板望去,有三根裸

---

[1]英寸:英美制长度单位,1 英寸等于 1 英尺的 $\frac{1}{12}$,约 2.54 厘米。

露的房梁，都与门平行：一根靠近门口，一根在房屋中间，还有一根在床的正上方。房顶是尖的，像教堂一样，中间很高，因此裸露的房梁是横在空中的，要想在这个房间里上吊，真是易如反掌。除此之外，房间里没有别的东西了。整个房间异常干净、空空荡荡，寂静是屋里唯一的装饰。在这样一个空间里，就连清心寡欲的僧人，恐怕也会感到寂寞无聊。

他指着卧室里的一个铁桶告诉我，如果夜里要"撒尿或者拉屎"，就用这个铁桶。我一言不发，默默地走向床垫。看着他离开房间，我松了一口气，窗外的月光闪了闪，忽然变得更亮了，仿佛月亮也一直提心吊胆地憋着一口气，现在都呼出来了。在这更加亮堂的屋子里，我颓然地向后倒下，筋疲力尽。我告诫自己，不能让情绪像过山车一样不稳定。从下车开始，你先是紧张，然后是愤恨，接着释然，随后又害怕，现在是迷茫。你要镇定下来，泰然处之，否则是赢不了这场恶斗的。以前每一次做实验，我都需要一个不变的常量，而眼下能得到的唯一常量就是稳定的情绪。在被囚禁期间，我必须让情绪稳定下来，冷静地面对听到和看到的一切。要想胜利，对敌人深深的蔑视与憎恨是必不可少的，当然也少不了。

被囚禁的日子里，我身上有一种才能得到了很好的发挥，这种才能也许是与生俱来的，也许是因为从小生活在妈妈那"唇枪舌剑"的世界里的耳濡目染；也许是来自爸爸教我防身术时的训练和指导；也许是由于身处困境而被迫激发出来的。这种品质跟战场上号令千军的大将所具备的差不多：坚忍不拔、勇于反抗、深谋远虑、隐藏仇恨、沉着冷静。

实际上，我对这种处变不惊的能力并不陌生。在我刚上小学时，学校的一位心理辅导员曾执意要求我去医院接受精密的检查，因为我对所有事物都十分冷漠，而且显然对一切都毫无畏惧之心，学校的管理人员对此深感担忧。一年级时，发生了一件令我的老师困扰不安的事儿。有一天，一个持枪歹徒冲进教室扫射，孩子们大都害怕哭喊、惊声尖叫，而我非但没有像其他人一样，表现还恰恰相反，正如事后监控视频所显示的那样，我冷静地在一旁观察着歹徒，我看到他的身体在歇斯底里地抽搐，爬满麻子的脸上全是闪闪发光的汗水，我看到他的瞳孔极度放大，眼珠在疯狂转动，青筋暴起的双臂抱着枪支乱射一气。他为什么要这么做？如今回想起这件往事，答案呼之欲出，他一定是因为嗑药而兴奋过度，估计是迷幻药或者是海洛因，也可能两样都有。现在，我学习了各种医学知识，很熟悉摄入毒品后的症状，绝不会判断出错。当时，教室的讲桌后面有一块搁板，上面放着供老师在紧急情况下使用的扩音器，搁板上方还有火灾报警器。当时，我毫不犹豫地朝讲桌走了过去，用一个六岁孩子所能发出的最低沉的声音，冲着扩音器大喊了一声"空袭"，然后拉响了火灾报警器。那个瘾君子立刻颓然地倒在地上，被吓得瑟缩成一团，尿裤子了。

那段监控视频使得对我进行心理评估一事被提上了日程，甚至显得有些迫在眉睫。从视频来看，班上的同学都抱作一团痛哭，老师甚至跪倒在地，祈求上帝保佑，而我则爬到一张脚凳上，从屁股旁边的搁板上摘下扩音器，然后像指挥员维持秩序一样把它举到空中。我歪着扎了羊角辫的小脑袋，拿着扩音器的胳膊横在圆嘟嘟的身子前，另一只手则托着下巴。有趣的是，当警察扑向那名罪犯时，我还俏皮地眨了眨眼睛，满意地咧着嘴，微微一笑。

结果，在经过一系列测试后，儿童心理医生告诉我的父母，我具备很强的情感控制能力，而且非常善于集中注意力，能够十分高效地思考问题。他说："脑前额叶能控制人的记忆、分析和判断，与人的智力密切相关。脑部扫描结果显示，她的脑前额叶部分比正常人的要大出将近一倍。其实，坦白地讲，我觉得是一倍还多。她并非心理变态，相反，她充分理解各类情感，并且有高度的自我控制能力。她可以放任自己沉浸于各种情绪，也可以约束自己不去感受。您的女儿告诉我，她的身体里有一个开关，可以随时根据她的意愿来决定是否要感受各种情绪，包括快乐、害怕和爱，"说到这儿，他咳嗽了一声，然后又继续说："我从医以来，还没有遇到过像她这样的情况。但是，只要想一想爱因斯坦就能明白，我们对人类大脑的极限实在是知之甚少。有人说，我们只利用了自身潜力的一小部分。而您的女儿，显然利用得更多了一些。至于这样是好是坏，我还难以做出判断。"他们并不知道，我在医生办公室的门缝偷听了这番话，并且把每一个字都存进了大脑的硬盘中。

为了简单化，我把自己的能力说成是一种开关，其实确切地讲，更是一种选择。但心理上的选择很难描述清楚，所以我就打了个比方。幸亏我遇上了一位好医生。他善于倾听，不妄下判断。他坚定地相信医学尚有未解之谜，因此遇到未知的情况时，他不会盲目质疑。出院那天，我特意调拨了情绪的开关，满怀感激之情地拥抱了他。

医院里的人研究了我好几周，甚至还就此写了几篇论文，最后还是爸爸妈妈把我拽回到相对正常点儿的世界里：我回到学校继续读一年级，并且在家中的地下室里建了个实验室。

★ ★ ★

被囚禁的第 3 天，也就是离开面包车后的第一天，我们开始形成一种固定的相处模式。一日三餐都是他亲自端来，食物放在那个丑陋的瓷碟子上，牛奶装在白色的马克杯中，小小的茶杯盛着水，随后，他还会用大一点儿的茶杯再装一杯温水。每顿饭后，他都会收回放着空碟、空杯的托盘，并且提醒我，如果需要用洗手间，就从里面敲门。如果他没有做出回应，"就用那个铁桶解决"。我从来没用到那个铁桶，确切地说，是没用它来解决上厕所的问题。

不过，在逐渐固定的相处模式中，时不时地会出现几个不速之客。每次他们来的时候，我都被蒙上眼睛，所以无法猜出他们的真实身份。但是，经历了第 17 天发生的事情后，我决心要记住所有特殊的细节，以便确定日后的复仇对象，不仅是绑匪，那些到囚室参观我的人也绝不能放过。至于要如何处置楼下厨房里的人，我还没想好，但是不急，还有时间，我可以慢慢考虑。

被囚禁的第3天，囚室迎来了第一个参观者。他的手指冰凉，我猜测他的职业一定和医学有什么联系。于是偷偷地叫他"冷血医生"。第二个参观者是第4天跟冷血医生一起来的。冷血医生看了我之后，宣称："目前来看，她身体很健康。"第二个参观者压低了声音问："所以，这就是那个女孩儿？"我把他称作"废话先生"。

他们要走的时候，冷血医生对绑匪说，最好让我保持平静，稳定情绪。但是，绑匪听了他的建议后，并没有采取什么实际措施来安抚我的情绪，直到第4天晚上我开口要了第14、第15、第16号装备。

被囚禁的第4天，随着室内的阳光逐渐变得暗淡，地板又"嘎吱、嘎吱"地响了起来。通过8号装备——锁孔，我意识到现在是晚饭时间了。他打开门，递给我托盘，上面放着食物、牛奶和水。又是乳酪蛋饼和面包。

"给。"

"谢谢。"

"再来点儿水？"

"好。"

锁门声、水管声、水流声、脚步声：水来了。**为什么，为什么，为什么每次都这样？**

他转身准备离开。

我把头低低地垂在胸前，尽可能地用最温顺、最忧郁的声音说道："请等一下。我总是失眠，整夜睡不着觉，不知道这样下去身体会不会出问题……我是想，如果能看看电视、听听收音机，或者读读书，甚至画个画——只要一支铅笔和几张纸就好，如果能那样，我觉得说不定会……有所好转？"

我身体紧绷，做好了心理准备，这番傲慢无礼的要求很可能会引来他的粗鲁谩骂甚至暴力殴打。

　　他俯视了我一阵，然后咕哝着离开了房间，完全没有理会我的请求。

　　大约45分钟后，地板传来熟悉的"嘎吱"声。我知道他回来了，跟往常一样来收走剩下的餐具。但是，门一打开，我就看到他抱着一台19寸的老电视机，上面还摞着一台长约12英寸的旧收音机，左臂下则夹着一沓纸和一个儿童用的长条塑料笔袋。笔袋是粉红色的，印着两匹小马，正是那种上学第一天买了、不到一周就会被弄丢的普通笔袋。我差点儿以为自己住在学校宿舍。即便真是如此，这里也是间废弃的校舍，只有我一个人。

　　"别他妈的再要其他东西了。"说完，他就把托盘从我的床上一把拿起来，空碟、空杯东倒西歪，发出一阵"丁零当啷"的声音。他"砰"的一声甩上门走了。烦人的噪声也跟他一起走远，最后消失了。

　　我拉开粉色笔袋上的拉链，没抱多大希望，以为里面不过只有一截钝铅笔罢了。

　　天哪，不会吧！里面不仅有两支崭新的铅笔，还有一把12英寸长的尺子和一个卷笔刀！黑色的卷笔刀侧面印着数字"15"。这件东西太宝贵了，尤其是上面的刀片，我马上就把它列入了装备清单，编号15。第15号装备登场时，它自己身上刚好印着编号。我微微一笑，产生了一个异想天开的念头，觉得这个卷笔刀是自主加入复仇大计的，就像一个响应召唤前来报到的战士。因此，我决定要用"15"作为逃脱计划的代号，至少也得是代号的一部分。

　　为了让绑匪体会到我对他的感激，我插上第14号装备电视机，假装看了起来。我当然毫不在乎他的感受，但我们得利用类似的策略来蒙蔽敌人，让他们放松大意，感觉不到潜藏的危险，然后在时机成熟时，立刻拉动机关、打开陷阱，迅速地给他们致命一击。不过，或许也不必那么迅速，说不定死亡来得慢一些更好。我不能让他死得痛快，得让他受点儿折磨。我拆开铁桶，把提手锋利的一端当作螺丝刀来用。

　　那天晚上，我是全世界最清醒的人。黎明时分，就连月亮也疲惫地褪去了光晕，露出惨白的一面，而我一直精神振奋，从第 4 天傍晚开始工作了整整一夜。

第 5 天，他又用那个讨厌的瓷碟子来送早饭了，但根本没有注意到囚室内的细微变化。午饭时，他问我要不要再来点儿水，我好不容易才忍住了笑意。

"好。"

对于即将发生的事情，他一无所知，丝毫没有察觉我已经开始实施自己的复仇大计了。

★ ★ ★

我不在乎当时的新闻都是怎么说的，反正我没有离家出走。这还用说吗，我干吗要离家出走呢？没错，他们是大发雷霆，快要气疯了，但他们最终还是会站在我身边支持我的。毕竟他们是我的父母，我是他们唯一的孩子。

"可你成绩一向那么好，还是荣誉学生，难道就不上学了？"当时，父亲这样问我。

在诊所里，得知我已经把自己的身体状况隐瞒了七个月，对他们来说，简直难以置信。

妈妈问产科医生："她怀孕七个月了？这怎么可能？"尽管她不愿相信，但事实已经摆在眼前，她清楚地看到了我身体的变化。

其实，我绝不只是"胖了一点儿"，乳房也变得肿胀，肚子更是又大又圆。我怀孕的事实已经显而易见了，妈妈不禁对自己自欺欺人的想法感到难堪，她垂下头啜泣了起来。爸爸把瘦长的手放在她的背上，有些慌张，不知该如何安慰这个几乎从不落泪的女强人。医生看着我，抿了抿嘴表示安慰，然后换了个话题，谈接下来的安排："下周她还得来一趟，需要做一些检查。你们离开的时候，请到前台预约一下时间。"

假如我当时能未卜先知，一定会更加留心，察觉到可疑之处。但是，我过于沉浸在爸妈的失望中，没有注意到前台护士的目光中闪烁着表里不一的奸诈，也没有注意到她那和善的外表下暗藏着的祸心。但我现在想起来了，当时我把这些信息下意识地记在了脑海中。那个护士的头发颜色很浅，近乎白色，紧紧地绾成一个发髻，她的眼睛碧绿，脸蛋用胭脂扑成了粉红色，当我们走近时，她只问候了我的妈妈。

"医生说要什么时候见她？"护士问道。

"他说下周。"妈妈答道。

爸爸在妈妈身后徘徊，他把头向前探着，腿跟妈妈的腿前后重叠，他们俩看上去就像是一条双头龙。

妈妈心不在焉地用一只手摆弄着钱包，另一只手则垂在身侧，不停地张开、握住、张开、握住，仿佛攥着一个看不见的弹力减压球。此时，护士正低头查看预约簿。

"下周二下午两点怎么样？哦，等等，她那个时间还在学校上课，对吗？她上的是远大高中吧？"

妈妈很讨厌闲聊。通常，她都直接地无视那种跟谈话主题不相干的发问，对此嗤之以鼻。面对护士提出的这种不必要的问题，她一般会犀利地反问道："她上哪个高中跟预约时间有关系吗？"对于浪费她时间的蠢人蠢事，妈妈总会很不耐烦。脾气暴躁、注重效率、严谨挑剔、井井有条、骄傲自信，这都是她的特点，而她的职业正是一名辩护律师。不过，那天她只是一位焦虑的母亲，于是她一边在包里摸索着日程本，一边草草地回答了护士的问题。

"对，对。远大高中。三点半行吗？"

"没问题。那我就把她安排在下周二下午三点半。"

"谢谢。"妈妈忍耐着听完了她的话，然后立刻拽着我和爸爸走出了诊所。那个护士一直目送着我们，我也回望着她。当时，我以为她只是为了能在茶余饭后的闲聊八卦中有更多谈资，所以才会对一个来自"显赫家庭"的"不幸"怀孕少女感兴趣。

　　她一定从就医记录中得到了我的地址，而且还通过对话知道我上的不是私立学校，这就意味着她猜到我是住在公立学校附近的学区，从而可以推断出我是步行上学的，途中要经过一条树木繁茂的乡间小路。于是，我就像一只送到嘴边的羔羊，成了这次狩猎最完美的猎物。她翘着鹰钩鼻，一边用眼睛斜视我，一边冷酷地算计着，在我们离开诊所的那一刻，她说不定已经想好了计划。也许是我的记忆出了差错，也许是我的臆想，但在回忆中，我仿佛看到她拿起电话，用手掩着粉红色的嘴唇窃窃私语，同时，她的绿眼睛片刻都没有挪开目光，一直跟我保持对视。

　　最近三个月，妈妈一直都在外地，她去纽约南区参加一个案子的庭审了，否则她肯定能早些发现我身体的变化。在此期间，她周末回了一趟家，但我以"跟朋友去佛蒙特州滑雪"为由，有意避开了她。爸爸还坐火车去看了她一次，而我则独自留在家中，爸爸很放心，以为我是在地下室里乖乖地写作业、做实验。

　　毋庸置疑，妈妈当然是爱我们的。不过，我和爸爸都知道，一旦她开启了"庭审模式"，我们就最好不要打扰她了。当妈妈处于这种"战争状态"时，她会心无旁骛，眼里只有胜利赢得审判这一个主题，而99.8%的时候她都做到了，胜率惊人。被告企业对她钟爱有加，原告方则对她恨之入骨。司法部、证券交易委员会、联邦贸易委员会和联邦总检察长办公室的调查部门都称她是"魔鬼的化身"。媒体通常也对她恶言相向，但那些报道和评论只会为她带来更多的客户，巩固她的名气。"邪恶""冷酷""死缠烂打""残忍的阴谋家"这些词都是媒体用来形容她的，而她则用大字号把这些词打印出来，像对待艺术品一样裱进相框，挂在办公室的墙上。可是，她真的邪恶吗？不，我觉得她很温柔。

　　爸爸不会对我发胖一事产生任何疑问，因为他只关注那些十分微小、难以察觉的事物，比如夸克和质子。他以前是海豹突击队的特种兵，现在是一名物理学家，专门研究医疗放射。在我怀孕期间，他正废寝忘食地为出版社写一本书，内容是关于用放射气球来治疗乳腺癌的。回想起来，他当时的状态和妈妈差不多。妈妈进入了"庭审模式"，爸爸进入了"赶稿模式"，他们俩都忙得天昏地暗，根本无暇关注我的身体情况。但我绝不是在指责他们，只是在陈述事实。走到这一步，我知道一切都是自作自受。我，当然还有另一个人，一起造成了现在的结果。可我并不后悔，有些人也许会把这件事称为"错误"，但我不会。

从诊所开车回家的路上，我尽可能安静地坐在后座。爸爸妈妈都坐在前面，他们没有相互指责，而是紧紧握住对方的手来彼此安慰。我觉得妈妈可能会自责痛苦，所以我试图告诉她，她的事业跟我的处境毫无关系，"妈妈，我并非有意如此，但是请相信我，就算你不工作，每天待在家里烤饼干，这件事还是会发生的。使用乳胶安全套，平均有 0.02% 的概率会避孕失败……"我停了一下，因为我听见爸爸不安地叹了口气，尽管如此，我还是继续往下说，毕竟科学是客观的，"概率虽小，却不是绝无可能。我现在门门功课都还是优秀，我不吸毒，而且一定会完成学业。我只是需要你们的帮助。"

不出所料，妈妈劈头盖脸地发表了长篇大论，表达她的失望之情，说我根本就没有准备好负担起生养孩子的责任，说我本该享受少年时光并专心申请大学，结果却做错事让生活变得无比艰难。

最后，她说："我就是不明白，你为什么不早点儿告诉我，你为什么要隐瞒起来，选择自己面对！我、我真是不懂！"她的眼睛因忧虑而显得疲倦、黯淡，我从未见过她这个样子。确实，她以这种方式得知我怀孕的消息，实在是太突然了。

她一直在问我为什么不早点儿告诉她，但我始终没有回答，因为坦白来讲，我根本不知道要怎么回答才能让她满意。当你经常让情感开关保持关闭状态时，你就会习惯一个人解决问题，一个人面对现实。现实就是，我的确怀孕了，就算告诉妈妈也于事无补，反而会打扰她工作。我知道，这种想法也许令人费解。不过，像这样回头讲述我的经历，也许能帮助人们乃至我自己更好地理解这种过于理智的抉择吧。

　　"虽然如此，我们还是爱你的，非常爱你。我们会熬过去的。我们会一起熬过去的。"妈妈说。在那一周剩下的时间里，她一直像念咒语似的喃喃地重复着"我们会熬过去的"，用这句话来安慰她自己。一旦平静下来，她便恢复了一贯的冷静，开始着手解决问题。首先，她给办公室打电话，说自己要下周一才能回去。然后，她买了产妇适用的维生素，还把书房改造成了育儿房。我一切都听从她的吩咐，她对我的支持让我如释重负、满怀感激。闲暇之时，我也曾试着松开控制害怕的情绪开关，结果发现，原来自己内心其实也对未来感到惶恐不安。

　　接下来的周一，也就是跟诊所约好要进行产科检查的前一天，我穿上带内衬的黑色雨衣，抓了把雨伞，准备去上学了。我的背包里装着书、弹力裤、运动内衣、短袜还有替换的内衣——这些都是为放学后的瑜伽练习准备的，我并没有报什么瑜伽课，不过，我从图书馆偷拿了一本孕妇指南，正按照上面的建议自学瑜伽。由于这几个月要对父母隐瞒怀孕的事实，所以我也没告诉他们我在练习瑜伽。结果，在不知情的人看来，我就像是带着一堆换洗衣物离家出走一样。

　　我把背包搭在肩上，弓着背，刚走出门，就停了下来。**糟糕，我忘记带美术课要用的图钉和染发剂了。还有午饭。我最好带两份午饭，免得练瑜伽时饿晕过去。**我没关门，直接转身进屋，走到了厨房的杂物桌前，把背包放下，匆匆地抓起一大包图钉——那是妈妈从律师事务所的库房里拿给我的——还有染发剂，把它们都丢进背包。然后，我做了四个花生果酱三明治，拿了一整罐花生、一串香蕉和一瓶两升的水，因为担心会迟到，也没有收拾，直接把它们都塞进了背包。**别忘了，我正值食欲旺盛的十六岁，再加上怀孕这个特殊状态，吃得多也不算奇怪！**

　　我后面背着鼓囊囊的大包，前面挺着圆滚滚的肚子，看上去就像是两条细腿顶着一个没画好的圆圈。由于上身承受着巨大的压力，我不得不艰难地维持身体的平衡，出门向碎石车道走去。走到院子门口的邮筒旁时，不知为何，我忽然停住了脚步，回头望了望自己的家，那是一栋有着复折式屋顶的棕色房子，前门是红色的，掩映在松林之中。我觉得，当时我是想看看父母的车是不是都开走了，从而确定他们是否已经回去工作了——回归他们的正常生活了。在家里突然发生了这起意外事件后，如果他们能像平常一样生活，会让我更有安全感。

沿着碎石车道走到头，我来到了路口，虽然有两个分支，但实际没什么分别，我既可以左拐，也可以右拐：左边的路通往学校的后门，右边的路通往学校的正门。我曾经算过走这两条路线到学校分别需要花多长时间，走左边需要 3.5 分钟，走右边需要 3.8 分钟，差别非常小。因此，我每天的选择都是看心情的。然而，在周一那天，我选错了。

我选择了向右，躲在黑色的大伞下，一直顺着车行方向走着。硕大的雨点打在伞上、落在地上，仿佛是一场空袭，又像是当年那个持枪歹徒的扫射。每一次我听到这种声响，就会自然而然地想起一年级，想起火灾报警器的声音，想起警察制服持枪歹徒那令人欣慰的场面。我分神了，沉浸在对可怕往事的回忆中，丝毫没有意识到，这个潮湿、阴冷、泥泞的早晨正是悲剧的序幕，我正一步步走入险境之中。

如果我选择了向左走，他就无法利用面包车从我身边开过的时机，出其不意地掳走我了。因为左边的线路上只有一小段车道可以供他作案，那段车道很短，不过五秒钟的车程，他得在我经过那一刻正好把车开过来，还得神不知鬼不觉地把我抓上车，可想而知，难度非常大。但是，在右边的线路上作案就容易多了。我觉得，他们一定早就计划好了这次绑架事件，而且还预演过了。起初，我以为他们觉得我很有价值。一个年轻健康、金发蓝眼的美国女孩儿，学业优异，家境富裕，有望在科学领域大展宏图，而且现在肚子里还怀着一个健康的男婴。我做过一系列前沿实验、成果展示、科学模型和研究报告，并因此获得了无数奖项。六岁之后的每一年，我都去参加科学夏令营，并且受邀参加各类竞赛。在父母的帮助下，我用最新的实验器材在家中的地下室里建了一个实验室。那些商店里卖的显微镜根本达不到我的要求。我的实验器材跟著名大学和国际制药公司里用的是一样的。对一切事物,我都喜欢研究、测量、计算。不论是物理学、化学、药学还是微生物学,我都很感兴趣,我痴迷于一切充满规则、对比、运算和可证理论的工作。我沉醉在科学的世界,爸爸妈妈都工作繁忙,他们对我表示爱的方式就是拿出大笔金钱来支持我的爱好。刚被绑架时,我觉得,一定是因为我和我的孩子都价值连城。然而,令人沮丧的是,我很快就明白了一个残酷的事实:他们绑架我,既不是要利用我的智慧,也不是为了勒索赎金。

那天,在我右拐后走了大约二十步,一辆栗色的面包车突然出现了,伴随而来的是一阵微风和一声惊雷。面包车开过我身边时,一侧车门突然被推开,一个大腹便便的男人从左边一下把我拽上了车。动作迅速而敏捷。他将我推向一张扶手椅,面包车内的地板是一层波纹状的金属皮,扶手椅被螺栓固定在上面。他用一把枪指着我的脸,枪口碰到了我的牙齿,味道就像吃饭时不小心咬到叉子,独特的铁器味道在嘴里徘徊不去。一辆轿车呼啸而过,带起零星的水花溅在人行道上,没人注意到我陷入了困境。我本能地用双手护住肚子,他的目光捕捉到了这个动作,于是便移动枪管,指向我的肚子。

"别动,不然我就开枪打死这个孩子。"

我吓得一动不动,屏住呼吸,原本狂跳的心脏仿佛停住了。我通常不会吓成这样,只有事态极度严重时才会如此。在被囚禁的大部分时间里,我都能控制情绪,保持镇定。但是那时在面包车上,因为受到过度的惊吓,我只是呆呆地坐着,他把我往前推,拽下了我背上的背包,扔在车里,旁边是我那把还没收起来的雨伞。面包车另一侧内壁上用松紧绳挂着一个橄榄色的小火炉,他把枪放在上面,然后扯开我护在肚子上的手,用牛皮胶布把我的手腕和胳膊都捆在椅子的扶手上。不知为何,他还用一块绿色油布草草地把我的眼睛蒙了起来,至今我都不知道他这么做的原因。*我都看到你的脸了。我已经看清你豆子般的黑眼珠、胡子*

拉碴的大圆脸和丑陋的相貌了。

转眼间我就被他拽上了车，都是因为我选择了向右走，他才有机会把车开过来，并从左边袭击了我。

他将雨伞收了起来，扔到面包车后排，然后重新拿起枪，弯下腰爬到前排的驾驶座上。这些都不是我看到的，而是听到或感觉到的，我仔细捕捉着空气里的蛛丝马迹，搜寻着分秒间的声音变化。正是这些时空中的微小粒子，组成了我现在一次次回放的记忆。

"你要带我去哪儿？"我对他大喊道。

他不说话。

"你要多少钱？你要多少，我爸妈都会给你的。求求你放我走吧。"

"我们不要钱，臭丫头。我们要你生下这个孩子，然后你就可以跟先前那些一文不值的丫头一起烂在矿井里了。从现在开始，你他妈的给我闭嘴，否则我绝对会立马就杀了你。屁都别放，明白了吗？"

我没有回答。

"你他妈的听明白了吗？！"

"听明白了。"

这番对话倒是真实发生的，并非我在回忆时推理猜测的。回答了他的话以后，我把脚悄悄地踩在了背包上，防止它从我身边滑走。

第二章

刘罗杰探长

当第 332578 号案件，即多萝西·M.萨鲁奇案件被指派下来时，我已经在联邦调查局工作了十五个年头。处理未成年人绑架案是我的专长，但也让我非常痛苦。至于多萝西·M.萨鲁奇一案，则是我职业生涯中最棘手的一个案子。最终，因为这个案子，我离开了联邦调查局。十五年的折磨，我实在是受够了。

还是让我从头讲起吧。

1993 年 3 月 1 日，我接到电话，一名怀孕的少女在学校外被绑架了。这个案子跟我在过去一年里所追查的一系列案子都非常相似：被害人都是白人少女，怀孕六到八个月，父母已婚且未离异。这些案件的难点在于，最初人们会误以为孩子是离家出走了。数据显示，每年有多达 130 万青少年离家出走，其中有相当一部分是由于意外怀孕。所以，怀孕少女失踪时，很难确认是离家出走还是被人绑架，由于案件性质常被误解，人们总是在报案时晚几小时甚至几天，使得关键的证据和线索都遭到破坏，因此处理绑架案，时间非常重要。

在多萝西·M.萨鲁奇的案子里，我们首先调查的是她的男友和父母，这对夫妻似乎很相信女儿，一直坚称多萝西绝不会离家出走。在给这个金发蓝眼的白人女孩儿做侧写时，我了解到她十分优秀，是学校里的"荣誉学生"，在跟她的父母和男友面谈之后，我觉得这个案子值得高度重视。

展开调查的第一天，我上午 10 点左右开始进行亲友面谈和现场勘察。遗憾的是，当时距离绑架案件已经过去一天了。这一天的情形大致是：父母下班回家—发现孩子不在家—报警—整夜寻找—通宵给所有朋友打电话询问—第二天早上还是不见踪影—通知联邦调查局—案件被指派给我。我和我的搭档同当地警方一起，在多萝西的学校里问遍了所有同学，确认她失踪那天是否有什么异常情况。事实证明，她的失踪时间是早上，因为我们了解到，她父亲在上班之前叫醒了她，但校长可以肯定，她当天没有去学校，而且由于管理上的疏漏，居然没人打电话通知她的父母，学校的相关人员正在为此相互推卸责任。同时，有证据表明多萝西吃了早饭，而且她的车还在车库。顺便提一下，根据多萝西父亲同事的证词，以及办公场所的监控视频可以确定，多萝西的父亲早上 7:32 就到办公室了，从监控录像来看，他神色如常，于是，我排除了多萝西父亲的嫌疑。

多萝西母亲的公司也确认，她母亲当天跟往常一样 6:59 准时上班，门口负责出入登记的保安证明了这一点。在上班途中，她曾在麦当劳的汽车外带窗口买了咖啡，从麦当劳的监控视频来看，她没有任何异常之处，只是开车路过，买了杯咖啡，然后继续赶往事务所。我和搭档研究了监控录像，发现她在等咖啡时还一边哼着小曲儿，一边对着后视镜补口红，十分悠闲放松，这样我也排除了多萝西母亲的嫌疑。

多萝西的男友在警察局哭个不停，伤心地倾诉着自己对多萝西那忠贞不渝的爱情和他们俩还未出生的孩子。男友的妈妈坚称，在上午 8:30 前就把他送到了学校，班主任记得他匆匆进了教室，因为他关门时，上课铃刚好响了起来。我并不怀疑这个小男友，也不怀疑他妈妈说的是实话。但是，我仍未放松对他们的监视。

在现场勘察的过程中，我们发现了两条线索。首先是一只匡威全明星系列的黑色低帮运动鞋，这只鞋沿着路堤滚进了道路一侧的灌木丛，该处距离多萝西家约有 20 码。多萝西的父母确认这就是多萝西的鞋，看到鞋带已经松开，他们不禁痛哭起来，担心女儿凶多吉少。另外一条线索来自一位学生母亲，在绑架案件发生的那天早上，她开车送女儿去上学了。她说："我记得看到一辆栗色的面包车停了下来，绝对是栗色的……现在想来，这种颜色的面包车倒是很少见，不过我当时注意的不是车的颜色，而是车上印第安纳州的车牌，因为车牌上写着'山地人之州'[1]，头一天晚上，我刚好跟丈夫讨论过电影《山地人》。正是由于这个原因，我才记下了那辆车。我觉得，这个巧合可能是天意吧。"说着，她用手在胸前画了个十字。

"天意"这个词一直在我脑海中挥之不去，于是，在打印好的案件报告边缘的空白处，我用笔又把这个词草草地写了一遍。

又过了一天，这位学生母亲在看了几十张照片后，指认了一辆 1989 年产的雪佛兰 G20 改装运动型面包车，属于雪佛兰"街景"系列，两边侧窗均是有色玻璃。在确认运动鞋、与失踪者父母和男友面谈、检查他们的不在场证明、调查学校、获取学生母亲的证词、搜集符合描述特征的面包车照片、学生母亲指认照片等一系列调查工作后，距离绑架案发生已经过了三天，换句话说，我们已经损失了三天的宝贵时间。

多萝西的父母一开始便向当地和全国的新闻媒体寻求过帮助，但是，到了第三天，这个案件引起的关注度已经不那么高了。第五天，内政部便禁止我再动用警力对相关人员进行监视。跟我一起负责这个案件的搭档则被派去整理一大堆未结案件的文书资料，忙得焦头烂额。可以说，形势对多萝西·M.萨鲁奇十分不利。

---

[1] 山地人（Hoosier）：美国印第安纳州居民的别称，印第安纳州素有"山地人之州"的称号。

第三章

被囚第 16 日、第 17 日

第 16 天，厨房里的人又开始忙活了。我想象着，那应该是一间乡下厨房，橱柜就是用木架子凑合的，连橱柜门都没有，只钉了几块花花绿绿的布做遮挡，里面放着锅碗瓢盆。厨房里应该有一个乡下常见的那种白色的老式火炉，还有苹果绿的普通食物搅拌机。我觉得应该有一老一少两个女人负责给我做饭，她们会把手上的面粉擦在粉色条纹的大红围裙上。我还仔细地想象了她们的样子。一个是妈妈，一个是成年的女儿。我猜想她们是靠着帮人做饭赚钱的，这是她们谋生的手段之一，说不定她们还挺喜欢来这个宽敞的大厨房给我做饭呢。当然，大多数厨房都设在一楼，而我被囚的房间在三楼，可是厨房却好像就在我脚下似的。这一切都是我想象出来的，最后我吃惊地发现，有些跟我想的一模一样，有些却天差地别。我现在还能记起，在想象中，一只猫趴在镶边地毯上懒洋洋地晒着太阳，厨房里的女人温柔地哼着动听的儿歌，她们脸上带着灿烂的微笑，一个举着木汤勺做饭，另一个把喂猫剩下的食物残渣倒掉。不知何处飘来木吉他弹奏的民谣的声音，空气中弥漫着忙碌的喜悦。也许还有一只小鸟站在敞开的门上叽叽喳喳地歌唱。

正如前面已说过的，绑匪在第 5 天端早饭来时，并没有察觉到我的房间里有什么细微的变化，但其实头一天晚上我一直在干活，连觉都没有睡。从那时起，我就努力将计划全部付诸实践。

跟第9天一样，在第16天早上，他又提前进来了，走到床边把我摇"醒"。当然，我只是在装睡，以掩饰我夜里偷偷干活的事实。他把那个奇丑无比的瓷碟子扔到我身上，大吼大叫地说如果我要"拉屎"，那"现在就去"。他还说，在午饭前，如果我胆敢挪动一寸或者发出"一丁点儿声音"，他就勒死我。"像你这种小姑娘，一抓一大把。你死了我根本不稀罕，臭丫头。"

谢谢你这特别的早安问候，你也早啊，浑蛋。

既然他主动提出来现在可以上厕所，那我就去，因为我早就打定主意，只要是他主动提供的，我都不拒绝。我不想放过任何一个获取装备或信息的机会。第9天我也是按他说的去了趟洗手间，因为我不愿意打破既定的规律，即使是最细微的偏差都有可能严重威胁到我已经获得的一切，甚至改变我制订好的逃脱／复仇计划，"15"是这个计划在当时的代号。任何节外生枝的情况对我来说都可能是致命的，虽然在这场斗争中必有一死，但死的绝对不能是我。

他赶着我迅速地去了趟洗手间，然后又抓紧时间把我关回了房间，并且把铁桶挪到了床边。一切都跟第9天一样。

他指着我的脸命令道："如果要尿尿，就用这个桶。但是要把它拿到床上去用。不许离开这张床。"

幸好，在他进来之前的十分钟里，我把拆下来的铁桶提手装了回去。

气温在慢慢上升，快到中午时，厨房里传来电动搅拌机的声音，跟第9天一样。那单调的声音响了整整一个小时，我听着听着，就陷入了迷迷糊糊的状态，差点儿睡过去。我用手心轻轻地抚摸着自己日渐变大的肚子，突然，我肚子里的小家伙不知是踢了一脚还是打了一拳，仿佛是在回应我。**天哪！宝贝，宝贝，我爱你，宝贝。**这时，随着一阵低沉的嗡嗡声，地板震动了起来。我推测这应该是厨房天花板上的风扇在转动，接着，空气中飘来了混杂着各种食物味道的香气，有烤鸡、培根、巧克力糕饼和迷迭香的味道，其中最好闻的，莫过于新鲜面包的味道了。

女士们，你们知不知道自己是在给我做饭？你们知道我是一个被绑架的女孩儿吗？我觉得她们应该不知道。否则，绑匪何必一大早就跑来告诫我不许动、不许出声呢？而且就在此刻，他还在门外"呼哧、呼哧"地喘着粗气，嗓子里梗着令人作呕的黏痰，就像一只困兽在那里踱来踱去，紧张地看守着我。只有当厨房里来人的时候，他才会这样。平时，除了给我扔下吃的和收回餐具，他去了哪儿、做了些什么，我都一无所知。虽然我觉得厨房里的人跟绑匪应该不是一伙的，但我仍有所怀疑，不能完全肯定。

我听不清她们的声音，使劲听也只能听到一些模糊的只言片语，比如"手"或"锅"。从声音上判断，她们应该是两个女性，一个声音清脆，另一个声音苍老；一个轻松活泼，显然是打下手的，另一个则严肃正经，应该是发号施令的。

到目前为止，厨房里的人都是每七天来一次，这是可以讲得通的，应该没错。我仔细研究，还对比了每顿饭的气味和颜色，得出的结论完全支持这一假设，那就是她们每周二来给我做接下来整整一周的饭。

第 16 天上午，我差点儿就想向她们求救了。但是，我需要进一步证明她们不是坏人，所以，我还是决定充分利用第 11 号装备——耐心，静观其变，谨慎地做出判断。令我心存疑虑的是，我不能确定她们是否对这整件事真的毫不知情，如果她们真的一无所知，那么在她们来的时候，绑匪为何不把我绑起来、塞上嘴呢？那样不是更保险吗？当然，也可能跟在面包车上一样，是他失误了，要么因为太懒，要么因为太蠢，要么二者皆有。不过就算这是他的失误，也无法打消我的疑虑。因为在第 9 天，我还捕捉到一个细节，我听到他跟她们打招呼："我们很喜欢你们做的饭。"我们？这也就是说，她们知道这里还有别人？就在这栋房子里？听完这话，我忽然意识到被囚第一周的饭应该也是她们做的。

我在脑海里画了一个时间表：

第 2 天＝我还在面包车上，厨房里的人做了第一周的饭

+7 天

第 9 天＝厨房里的人来做饭

+7 天

第 16 天＝厨房里的人来做饭

通过这个时间表，我可以轻易地推测出她们是以一周为间隔来给我做饭的，如此一来，我就可以按照这个规律的周期来制订我的计划了。

在第 16 天，他在跟她们打招呼时说："你们给我们做了这么好吃的东西，实在是太感谢了！"这次，他还发出了一阵虚情假意的大笑声。虚伪。我想起了妈妈，她很瞧不起懒惰的人，但更加鄙视虚伪者。在家校联合组织 [1] 举办的自制糕饼义卖会上，有些来参加的妈妈烫着夸张的发型，浓妆艳抹，穿着紧身裤、踩着细高跟鞋，"啪嗒、啪嗒"地在体育馆里走来走去。她们根本不去帮着义卖，而是忙着跟其他那些穿得像美洲豹一样的女人们聊八卦，谈论性感健壮的体育老师跟像她们一样花里胡哨的女人传出的绯闻。每次看到她们，妈妈都会凑到我耳边说："千万别跟那群空虚的白痴学。要把你的脑子用在实实在在的事情上，不要浪费时间闲聊瞎扯。"她们看到妈妈时，会拖着嗓子做作地说"你好啊"，但是话音一落，就立马小声嘀咕着是非，议论妈妈，十分令人讨厌，而妈妈根本不理她们，只是把已经挺得笔直的腰挺得更直，身上那件剪裁合体的普拉达 [2] 西服外套也显得更加熨帖。仿佛我跟她是活在

---

[1] 家校联合组织（PTO）：一个由家长和学校教职员工组成的正式组织，其建立的主要目的是促进家长的志愿活动、增进师生感情、服务社区以及为学生和学生家庭提供福利。

[2] 普拉达（Prada）：意大利著名奢侈品品牌。

另一个世界里，任何没有价值的人都无法闯进来。女孩儿们不是都应该这样生活吗？不卑不亢、自尊自立。

听了绑匪夸张的奉承，厨房里的人用女性特有的高八度的声音"咯咯"地笑了，听上去似乎很高兴，她们并没意识到绑匪是在假惺惺地恭维，而且赞美的其实还是监狱餐。**谄媚小人，你这个骗子、人渣、浑蛋！我要杀了你！**不过，说实话，我得承认她们的饭做得确实不错，乳蛋饼很好吃，面包又软又甜，迷迭香和盐的量也正合适。

不过，这都是题外话了。

总之，我尚存疑虑，而且也不想轻率地把一切希望都寄托在厨房里的人身上。在没有准确的推理、数据和计算的支持下，我不能这样孤注一掷，那绝非明智之举。

除了这些疑虑之外，我还担心房间隔音的问题。尽管我能听到她们的声音，但她们可能听不到我的声音，尤其是在开着搅拌机和电风扇的情况下。如果我大声喊，门外的绑匪一定能听见，他会立即进来阻止我，要是厨房里的人一点儿也没听见，那我就更麻烦了。**因此，我不仅要判断她们是否能帮助我，还得测试这个房间的隔音效果到底怎么样。**用脚踩地板也许能行，但她们可能以为这是他发出的声音，不会立刻做出反应。我也可以一边踩地板一边尖叫，这样她们倒是会发现我这个被囚禁的人。不过，就算她们发现了也没什么用，因为我觉得这栋房子的位置很偏僻，就算她听到了声音，明白了我的处境，准备出去找人救援，绑匪还是可以轻而易举地开枪把她们打死，然后丢到"矿井"去。我必须打起精神，多获取一些信息。**我需要判断她们的立场，测试墙壁的隔音效果，还要确保绑匪不会 / 不能在救援人员到达之前杀害她们。**

所有这些疑虑让我最终决定不把厨房里的人列为"15"计划的一部分。我相信，大部分人在我的处境下，可能都会选择抓住机会，通过大喊大叫和捶打地板来求救，而且他们也很可能会得到救援。不过，我要确保自己的计划不出现任何意外。"15"计划将会有多道安全保障，以便最终万无一失。我不相信难以捉摸的"放手一搏",也不愿把希望寄托在只是有可能帮助我的人身上,更何况帮助我的人还可能会因此丧命。我的选择与众不同,但我相信一定会成功。

★ ★ ★

第 17 天,参观者又来了。除了冷血医生和废话先生,这次还来了一个新的客人。我的第 16 号装备收音机有时间显示功能,我根据第 14 号装备电视机上的夜间新闻,把收音机的时间调准了。这样我就知道他们到达我房门口的确切时间,刚好是下午 1:03。八分钟前,绑匪把一个枕套扣在我头上,并用围巾把枕套在我脖子上束紧。围巾的流苏垂下来,正好垂到了我的手上,我把流苏紧紧地缠绕在手指上,并深吸了一口气,让自己保持镇定。他用剪刀在枕套上剪开一个口,又用手撕大了一些,我想他是要给我留个能够呼吸的通道。然后,就像绑龙虾的两个钳子一样,他把我的双手举过头顶,紧紧地绑在了一起,我的双腿也同样被捆住了。

"待着别动。别出声。"

说完,他就走了。

我一直数着秒,三分钟后,他又回来了,冷血医生和废话先生也一起来了。而且,这次还来了一个女人。她先开口说话了。

"这就是那个女孩儿?"

没错,"这就是那个女孩儿"。你可真是太聪明了,一猜就中,不知道是怀孕的大肚子还是奶水充盈的乳房暴露了我的身份? 我称她为"废话太太",尽管现在就断定她嫁给了"废话先生"还为时尚早。如今看来,就算这群恶棍没有绑架我,也没打算抢走我的孩子,我妈妈也一定很讨厌他们,因为他们总是问一些愚蠢透顶、毫无意义的问题。而我更是因为接下来发生的事情而深深地憎恨他们。

"开始吧。"她说道。

我的心脏颤抖着，那只蜂鸟又开始拼命振翅了，我收摄心神，调整呼吸方式，努力让自己平静下来。这时，我听到了非常恐怖的声音。门外的地板"嘎吱嘎吱"地作响，仿佛要裂开了一样，金属轮子在木地板上滚动着，由远至近，有什么沉重的东西正在靠近。他们没有一个人说话。那个东西猛地碰到了门框，然后摇晃着继续靠近，最后停在了我的床头边。一根不知是电线还是绳子一样的东西擦着我的腿，从地上扫了过去。

收音机里放的音乐戛然而止，周围突然一片寂静。接着，我脚边的插座传来一阵摩擦的声音。他们肯定是在插插头。"嘶"的一声，他们带来的东西开始发出低低的嗡鸣。肯定是一台机器。

"先让它热热机。"冷血医生说道。

他们离开了我的囚室兼病房，在走廊里低声谈话。我头上戴着枕套，加上那台神秘的机器还在嗡嗡作响，我听不清他们在说什么，只能捕捉到一些只言片语："……差不多七个半月了……快了……蓝色……没错，蓝色……"

过了一会儿，他们又进来了。从脚步声判断，他们有的站在了床尾，有的站在了床侧。一个男人用手解开了我脚踝上捆绑的绳索，然后，在这群陌生人面前，蒙着双眼的我被他脱下了裤子，内裤丢在一旁，双腿也被分开了。我拼命地反抗，用脚使劲地乱蹬乱踹，只希望能踹到这个男人的裤裆，好让他住手。

"放松，小姑娘，否则我只能给你打镇定剂了。罗纳德，过来，把她的腿压下去。"冷血医生说道。

不能让他给我打镇定剂，我要保持知觉。我只好照他说的稍稍放松了一些。突然，在没有任何提醒、没有任何预警，也没有任何安慰的情况下，一根坚硬的塑料棒带着微温的凝胶插了进来，在我体内来回移动。

冷血医生把蜘蛛腿一样细长冰凉的手指放在我的肚子上，时不时地按压一些部位，就像我在囚室里每天都会做的那样。但我跟他的动机是截然相反的，他是满怀不可告人的恶意，而我是出于无限深情的爱意。

"看这里，这一小块就是阴茎。这绝对是个男孩儿。"冷血医生告诉他们。

原来是一台超声波机。我好想看一眼我的孩子，眼泪不由自主地涌出眼眶，打湿了我脸上的枕套。

"心脏在这里，跳得很有力，非常非常有力。这个男孩儿很健康，现在大约三磅[1]重了。"冷血医生继续说道。

不过那对废话夫妇似乎并不在意他说的这些细节。

"你确定这个姑娘的父母都是金发蓝眼吗？"废话先生问道。

"是的。"

"那这个孩子的父亲也是金发蓝眼吗？"

"我们不能肯定孩子的父亲是谁，不过我们觉得她的男友就是孩子的父亲。我们绑架她之前，曾经看到他们两个一起在路上走，那个小伙子也是金发蓝眼的。"

"我们只要金发蓝眼的。我可不想在家里养个其他什么人种的孩子。"废话太太说着说着便笑了，不过我能听出来，她绝对不是在开玩笑。

"决定权在你们那儿，反正我们有一大批顾客在排队等着。不过你们排在第一，而且考虑到前一个姑娘还出了那种事儿，这次你们有优先权。"

"只要是个金发蓝眼的孩子就行。"废话太太"咯咯"地笑着说道。

由于我从未用自己头脑里的情感开关压抑过对孩子的爱，所以此刻我已经心碎了。*他很健康。他的心跳很有力。他三磅重。他们要抢走他。*

---

[1]英美制质量或重量单位，1磅合0.4536千克。

就算他们不要，还有其他人会抢走他。他的心跳很有力。他三磅重。她不想要其他人种的孩子。他的心跳很有力。

我本以为自己已经下了很大的决心，但听了他们的对话后，我的决心更加坚定了。我的愤怒之火熊熊燃烧，我的意志越加坚定。面对我如此强烈的仇恨，就算是上帝，也只得举手投降吧。谁也无法阻挡我逃脱牢笼的脚步，谁也无法制止我用杀戮来报仇的计划。盛怒之下，我收回泪水，开始盘算对付这群无脑白痴和愚笨蠢猪的计谋，只有魔鬼才可能有机会与我一战，但最终魔鬼也只能落荒而逃。我就是魔鬼。如果撒旦化身为一个母亲，那就是我。

这群人先后离开了。冷血医生说道："罗纳德，这台机器就留在这儿了，来回搬也没什么意义。我们下次再来，就是她羊水破了、要生的时候。没有意外就不要打电话来了。"

他们都走光了，只剩下我的看守——罗纳德。

有一刻，周围一片死寂，然后他弯腰摘下了我头上的枕套。

虽然我知道他叫罗纳德，但在重述这段经历的过程中，出于憎恨，我提到他时都尽量不用他的名字。他解开了捆住我的绳子，跟枕套一起拿走了。有一瞬间，一阵熟悉的沉闷感袭来，以前奶奶来家里看我，等她走后，又只剩下我跟爸妈在一起，当时的感觉就跟此刻一样，仿佛生活一成不变，毫无波澜。但是，这种感觉转瞬即逝，无边的憎恨马上又回来了，来得正是时候。我需要这种憎恨的情绪支撑我去计划、去图谋，从而逃脱并复仇。捆绑松开后，我把内裤和裤子抓过来穿上了。

他拔下了超声波机的插头，把拖在地上的电线收在一起。我坐在床上，抱着胳膊狠狠地瞪着他。当他看向我时，我的眼睛眨都没眨一下。走着瞧，罗纳德。没错，我现在还知道你的名字了，混账王八蛋。此刻，我的瞳孔不再是蓝色的，而是变成了红色——鲜艳的、血腥的、愤怒的红色。

"别他妈的这么看着我，臭婊子。"

"好的，先生。"小不忍则乱大谋，我强迫自己低下了头，但眼睛的颜色依然是血红的。

他离开了房间。

我继续干活。现在房间里多了超声波机（第 21 号装备）、可拆的延长电线（第 22 号装备）、带流苏的围巾（第 23 号装备）……

第四章

刘罗杰探长

我在纽约皇后区的圣约翰大学读书时，参加了戏剧社，曾在午夜跑遍大街小巷表演小型百老汇戏剧，这些戏剧都是由纽约大学的研究生创作并导演的，他们辗转于灯光黯淡的小剧场，寻求一切机会来展示自己的作品，期待着在某一天，能有一个深夜评论家偶然发现他们的杰作，让他们一炮而红、一朝成名。

那些业余制作人都喜欢选我来演，因为我是个混血儿：父亲是越南人，母亲是土生土长的纽约州罗切斯特人。从外貌特征上看，我是典型的东西方混血，但骨子里却有99%都属于美国，剩下那1%是因为我父亲坚持全家人每个月要吃一次越南河粉。

在演剧的过程中，我遇到了我的妻子桑德拉。她也参加了圣约翰大学的戏剧社，在曼哈顿区表演单口喜剧，演出时间也是后半夜。在课余时间结束社团活动后，我们会分享同一个金枪鱼三明治，然后搭电车回市区。那时，我们很幸福，彼此相爱。我学的专业是刑事司法，当时选这个专业是为了让父母高兴。现在看来，也许从很久以前开始，我就下意识地选择了自己这辈子注定要走的路。

最初也许只是想试一试，也许是因为桑德拉的玩笑激怒了我，又或者是因为我们订了婚，女友变成了未婚妻，我觉得自己该找一份工作了，不管怎样，事实就是我向联邦调查局递交了职位申请。总之，我这么做的理由大体上也就是这些吧，现在也无须深究了。

要是我没有在学术能力测验中取得超高的分数，或是没能拥有"非凡的记忆力"该有多好。我有轻微的超忆症，年长的探员打眼一看就知道我记忆力很好。如果我的视力不是比战斗机飞行员还好，如果我能像戏剧社里其他的夜间表演社员一样只是糊弄一下学业，也许联邦调查局最终就不会收我了。那样我的生活可能就不会过得如此悲惨了。如果我和桑德拉一直在午夜小舞台上表演戏剧和喜剧，也许会比现在幸福一些。

转眼之间，我已经在联邦调查局摸爬滚打了十五年，仿佛在步入其中的那一刻就掉入了时光隧道，十五年一晃而过、转瞬即逝，充满欢声笑语的快乐时光一去不复返了。

如果你用梦幻般的视角去观看世界，生活会显得十分有趣。桑德拉备受上帝的眷顾，没有丧失这种视角，而且她也没有因为我失去了这种可爱的视角而瞧不起我或嫌弃我。相反，她总是不遗余力地想要把我从沮丧的情绪中拽出来，不厌其烦地把我看不到的美好指给我看："亲爱的，其实，仔细看你会发现……"然而这一切都是徒劳。我在众多错综复杂的案件里努力了十五年，如今又一次独自来到空荡的案发现场寻找蛛丝马迹，试图解救一个被绑架的怀孕少女，这样的我已经难以回到学生时代那简单美好的世界了。而且，桑德拉不是我生命中唯一的女人。我还有一个工作上的搭档，为了保护她的身份，我暂时称她为"洛拉"，至于个中缘由，容我以后详述吧。

有些案子根本没有线索，有些案子的线索又太多，有些案子会有好几条有用的线索，由此可以引申出更多的线索，还有些案子只有一条线索，虽然是有用的，但要费一番功夫才能将推理进行下去。多萝西·M.萨鲁奇的案子属于最后一种，只有一条有用的线索，那就是面包车，但要从那辆面包车找出其他线索，还需要付出更多艰苦的努力。那只黑色的低帮匡威鞋根本都不能算是线索，单凭女孩儿丢下的一只鞋子，又怎么能找到她呢？鞋子上既没有袭击者的指纹，也没有袭击者的血迹，对我来说没有任何用处。因此，我把全部精力都放在寻找那辆面包车的踪影上，我把当地和周围地区近期所有的道路监控录像都调了出来，仔细排查，还调取了从事发地点通向所有过路收费站的监控录像。

我不停地察看监控录像，直到八天后的一个晚上，我终于看到了一辆挂着印第安纳州车牌的1989年产雪佛兰街景系列栗色面包车，这辆车拐来拐去，像蛇一样蜿蜒曲折地通过了收费站。那个见过面包车的学生母亲也确认说："没错，绝对就是这辆。"我派出一个双人小组到总部去调取高速公路监控录像，全力追查这辆面包车的行踪。同时，级别比我低两级的搭档则负责调查印第安纳州的机动车记录，并最终向我报告说发现了十四辆于80年代末90年代初登记在册的栗色街景系列面包车，这些车都是符合描述里的那些特征。

我之所以要特别提到我的级别比我的搭档高，只是觉得有些好玩，因为她根本没把我的级别放在眼里。我敢说，她觉得自己不仅在我之上，还在上帝之上。她就是"洛拉"，我们都这么叫她。

无论这些登记在册的面包车的现有记录情况如何，是否作废、取消或延期，我们都决定按着登记的地址挨个儿察看，不能有遗漏。这项工作让我们几乎跑遍了整个印第安纳州，还不得不去了伊利诺斯州和密尔沃基州的部分地区以及俄亥俄州的一小片地区，因为有的车主去度假了，有的车主搬家了，还有的车主干脆把车卖到别处了。我们一一排查每个登记车主和现任车主，这也就意味着要跟他们面谈、做侧写、检查财产、观察肢体语言以及确认不在场证明。

其中，有一个登记车主已经死了。

还有一个登记车主上个月刚出了车祸，他开着面包车一头撞上了一辆装满保时捷911的运输卡车。他给我们看了报道这场车祸的报纸，"咯咯"地笑着说："该死的保时捷。我真不喜欢那些小车。开着那么小的汽车，怎么过泥巴路和石子路呢？"

　　有一个登记车主刚开始不愿意让我们检查他住的农场，不过，在经过我们耐心、合理的劝说后，他最终还是同意了。我们进屋时，他匆匆地搬走了几盆植物。**我对你种的大麻一点儿都不感兴趣，我来是为了一个被绑架的女孩儿，蠢货。**

　　有八个登记车主是非常普通、平淡无奇的人，我这么说的意思是指他们没有任何嫌疑，而且情况基本一样，在我看来他们彼此就跟克隆人似的毫无差别。当然，我相信他们每个人肯定都有出色和特别之处，但在一个探员眼中，他们都属于一类人：无辜、已婚的退休人士。而且他们都很善良，几乎每一家的妻子听了我们的来意后，都为那个被绑架的女孩儿落下了同情之泪，并且对自家的面包车拳打脚踢，仿佛是在惩罚它居然胆敢和那辆作恶的车相似。在这些面谈中，洛拉一直跟随我左右，受访者都对她侧目而视，我觉得他们的目光仿佛在说："我们又没犯罪，这个女探员非得这样盯着我们看吗？"

　　有一位登记车主无论如何也找不到，在大部分走访调查中总会出现这种情况。这位车主似乎没有正式工作，邻居也都不知道他去了哪儿。他登记的住址是圣母市郊外的一个小镇。他住在一栋很大的白色尖顶房子里，房子建在一条两百英尺[1]长的车道尽头，脏兮兮的车道旁长满了松树。他的房子后面是一片平坦的草地，上面有一座高耸的红色仓房，仓房的位置很隐蔽，从路上是看不到的。自然，我对这个人产生了极大的兴趣。邻居们做证说曾见他开过一辆栗色的面包车，但早已记不清那是什么时候的事儿了。"他常常出门，也不知道是去哪儿。"

　　我把名片给了他的邻居，告诉他们如果见到他就马上给我打电话。为了拿到搜查令，洛拉对当地法官穷追不舍，不管他在吃饭还是睡觉，她都锲而不舍地在外面敲门。虽然我没跟她一块儿去，但我能想象出那样的场面。尊贵的法官大人肯定受不了这种折磨，最后只能在搜查令上

---

[1]英尺：英美制长度单位，1 英尺等于 12 英寸，合 0.3048 米。

签了字，而洛拉则在一旁居高临下地看着他签字，顺便还抢走他一块奶油吐司面包作为补偿，因为她觉得她自己的法律才是至高无上的，要她来寻求法官的许可，实在是太"委屈"她了。她说："只要能找到这些被绑架的孩子，我们应该想搜哪儿就搜哪儿。"这一点我是同意的。什么隐私权，什么合法程序，都去他的！这些规定只会拖延办案速度，只会浪费时间。不过，我还是不赞同她胁迫法官签字的做法，而且她还吃了人家的面包，毕竟面包是无辜的，我们要找的是面包车。

出人意料的是，我们刚拿到搜查令，那位车主的邻居就打来了电话，"他回家了。不过他开的是一辆黑色小卡车，目前我还没看到面包车的影子。"

我们开车沿着单线公路返回嫌疑人家，两旁是浅浅的水沟和大片的田野。我和洛拉把车窗摇了下来，一路上都呼吸着清新的空气，感受沾满露水的青草和潺潺流动的泉水的气息。这就是印第安纳州。印第安纳，印第安纳，我来到了这里，却离开了她。麦田与我做伴，明月照我回家，心中常念着她。印第安纳，印第安纳。伴着寂寞的微风，几个空荡荡的秋千仿佛在"吱吱呀呀"地唱着这首摇滚乐，萦绕在乡间的每一个角落。

我们在嫌疑人家门前的车道上见到了他，这位神秘男子正站在那儿等着我们。已经有人给他通风报信了，看来镇上居民关系都很紧密。他穿着褪了色的背带牛仔裤，蹬着一双铁头工作靴，歪着的嘴里叼了一根烟斗，样子就像传说中的伐木巨人。我问他是不是罗伯特·麦圭尔，他纠正道："还是叫我博伊德吧。罗伯特是我的教名，但我老妈总是叫我博伊德。"博伊德是个养鸡的农民。

我们做了自我介绍并出示了警徽，博伊德则请我们进了屋。进去后，他灭掉了烟斗，把它放在门廊里白桦木做的牌桌上，说道："只有客人才能在家里抽烟。刘探长，如果您有烟草的话，不妨就用这个烟斗抽两口吧。我老妈总是说，只有客人才能在我们家里抽烟。"

我和我方下巴的搭档都发现了，到目前为止，博伊德既没有跟她正面打招呼，也没有对她说可以在屋里抽烟。不过，我觉得博伊德并没有性别歧视的观念，他之所以有些迟疑，大概是因为洛拉总是目不转睛地盯着他看，而且洛拉的嘴里嚼着烟草，时不时地还朝他的花盆里吐一口烟草渣。我没有阻止洛拉，甚至都没有警告地看她一眼，因为我已经试过许多次，想让她改掉这坏毛病，但都以失败告终。她总是回答说："刘，我干着这份压力巨大的工作，还在黑暗的地下室和小房间里见了那么多可怕的罪行，你就别再管我了。还不如闭上嘴，给我买杯健力士黑啤啊，老大。"她说得倒也在理，不过，我这十五年联邦调查局的生涯之所以会如堕地狱之中，其中一个原因就是她那十分严重的烟瘾和酒瘾。说到这儿，顺便再小小地提一句：洛拉爱往身上喷大量的男用古龙香水，不管是白天上班，还是夜晚执行任务盯梢，她身上总是有一股呛鼻难闻的古龙水味道。

博伊德家里不算太乱，但布满了灰尘。锅和盘子堆在水槽中，一股酸溜溜的奶味飘来，空中还盘旋着不少苍蝇，我估计那些盘子已经有相当长一段时间没有清洗了。一个铝皮垃圾桶敞着盖，最上面堆着一摞未拆的信件，由于堆得太高，有些还掉在了地板上。铺着油布的矮柜子上横七竖八地放了十几卷湿答答的报纸。在蓝色的冰箱前，铺着一块五颜六色的手工地毯，上面趴着一条巨型的英格兰牧羊犬，我们进来时，它只是懒懒地抬了抬眼睛。

博伊德介绍说："那是老妮基，请别在意，它很爱放屁，不过对我来说是条忠诚的好狗。"他用手势比画了一个喝东西的动作，然后指了指咖啡过滤器，示意要为我们泡咖啡。我和洛拉都谢绝了。

在厨房里，我跟博伊德面对面地坐在一张淡黄色的桌子边，桌面压了塑料硬贴面，细细的桌腿是铬合金的。洛拉像个哨兵一样笔直地站在我身后，依旧目不转睛地盯着博伊德，看得他都有些不自在了，她的胳膊高高地端在被束平的胸前，我不知道她是用什么来束胸的，也从没问过，搞不好用的是强力胶布吧。

博伊德挑了挑浓密的眉毛，努了努嘴，仿佛在说，*开始吧，刘探长，我正洗耳恭听呢*。于是，跟这位博伊德·L.麦圭尔先生的谈话就这样开始了。我把交谈的每一个字都记在了脑海中，以便之后能够记录下来。当我在汽车旅馆的房间里记录谈话内容之时，洛拉就像一个吸血鬼一样在周围的小镇上游荡，试图找一些喝醉了酒而毫无戒备之心的当地人问一下，"有没有碰巧看到或听到些什么"，或者"怀疑镇上哪个人有可能是变态"。她之所以常常在夜晚出门，就是为了获取这些茶余饭后的流言和街头巷尾的秘闻。

其实，我很欣赏洛拉。无论过去还是现在，她在各方面都是一位优秀的探员，因此，我们也只好对她那些特立独行的做法忽略不计了。正是凭借她那些颇具争议的策略，我们解救了许多孩子。我就像一条饿犬一样，不管她往我的碗里倒出什么情报，我都会美滋滋地欣然吞下，从不质疑。我只能拼命地用这种办法来填平内心的沟壑，那是数十年办案生涯给我带来的伤害。

"博伊德，在我向你提问的时候，我的搭档能否到你的仓房里去看一看呢？"

"成。不过，你们到底想找什么？"

"不知道。博伊德，你有什么东西藏起来了吗？"

"没有，我没什么可藏的，你们想看哪儿都成，我可是个老实人。"

"谢谢你，博伊德。非常感谢你的配合。"

洛拉一向雷厉风行，博伊德话音未落，她已经飞快地出门寻找线索去了。

"听说你有一辆栗色的雪佛兰面包车，是吗？"

"是啊，不过已经卖出去大概有三个月了。"

"是吗？你把它卖给谁了？"

"我也不知道啊，刘探长。"

"不知道？"

　　"我就把车停在这路边，上面挂个牌子，写着'本车出售'。对了，我还把卖车广告登到报纸上去了。于是就有个家伙找过来，说是刚从火车站搭车过来的。然后他就付了钱，是2200块。买卖就成了呗。"

　　"那车辆登记怎么办的呢？你有没有跟他提过，你们得去车管所修改登记册上的车主信息？"

　　"当然提了。不过，他说这事儿他会去办的。自从我老婆露西去世之后，我就弄不来这些个文件。再过一个月，她就走了满三年了。愿上帝保佑，让她安息吧。以前都是她来处理那些乱七八糟的令人头疼的手续，现在她死了，我又从来没弄过，根本就不知道要怎么弄。刘探长，你就是为这事儿来的？联邦调查局不是一向只管大案子吗？我真没想过卖个车还能惹上事儿。刘探长，不管你想要知道什么，我可是都说了，真的没有一点儿隐瞒。"

　　"不不不，你别紧张，不关你的事，博伊德。你还记得买车的人长什么样子吗？"

　　"不好说，我有点儿描述不上来。我只记得他肚子挺大，长得也不怎么好看。我想，他那头发应该是棕色的，对，就是棕色的。呃……这笔买卖十分钟就成了，我还真没怎么仔细瞧他。我就给他看了看车的发动情况，还给他看了一下汽车杂物箱里的介绍手册，那是我先前扔进去的。对了，那辆车里还有个老炉子。就这些了。"

　　"你的车牌上有没有写着'山地人之州'的字样？"

　　"那当然。我表弟博比的儿子以前在印第安纳州州立大学的篮球队里。刘探长，我为他感到自豪，为他们队感到自豪，也为我们州感到自豪。"

　　"这一点我毫不怀疑。你的证词对我们非常有帮助，所有条件都对上号了。"

　　"这个买了我面包车的家伙，是不是干了坏事儿啊？"

　　"可以这么说，博伊德。一个女孩儿失踪了，这个买车的人有重大嫌疑，我们正在寻找他，只有找到以后才能确定他是否有罪。关于这个买车的人和你们这桩交易，你还能想起什么来吗？"

我按照自己受过的训练仔细观察博伊德的反应和肢体语言。我已经确认，在这起关于一个女孩儿生命的重大绑架案中，他的面包车脱不了干系。办案绝非儿戏，我们这些联邦调查局的探员都擅长察言观色，如果博伊德有什么隐瞒，他就有可能会交叉双臂、揉揉眼睛、回避我的目光，并且在重新开始说话前，眼睛往往会先向上看，然后再向左边看，这都是撒谎者试图编造答案时的迹象。不过这些迹象，博伊德一个都没有。他把手掌轻轻地放在桌面上，悲伤地收了收肩膀，像一头疲惫的老熊一样看着我的眼睛。

"刘探长，其他的我想不起什么了。真的太对不住了，我也很想帮助这个姑娘。你还想知道什么，干脆多问问我，说不定我能想起个一星半点儿的。"

我在脑海之中回顾以前的案子，搜寻着当时有用的线索，我想肯定有跟现在相似的情况可以参考。

"当时面包车的油箱里还剩下多少油？你还记得吗？"

"那当然。我把车发动给他看时，已经快没油了。"

"那当时离得最近的加油站是哪个？"

"R&K 加油站，一路开到底就是。对啊，当时他也问了同样的问题，我就是这么回答他的，R&K 加油站，一路开到底就是。"

一条线索有了。

"他有没有跟你签什么买卖合同呢？有没有动过你房子里的什么东西？他是一直在外面跟你交谈，没有进屋吗？"

博伊德回头看了看，然后又回过脸来，冲着我一边微笑一边拼命地点头，显然对我这个侦探的启发之功颇为赞许，他兴奋地指着我说："噢，你太棒了，刘探长，太棒了！要不是你，我压根儿想不起来。你猜怎么着？你猜怎么着？他用了我的厕所！"

又一条线索有了。

"听着，博伊德，我无意冒犯，不过我必须得问一句，那之后你打扫过厕所吗？"

博伊德笑了起来："刘探长，你瞧瞧，我就是一个鳏夫。当然没有了，我才不会打扫什么厕所。而且我都没用过那个厕所，我一直是用楼上的厕所。再说，最近我回到自己出生的路易斯安那州看我的兄弟和老妈了，根本就没住在这儿。说起来，我卖完车的当天夜里就走了，今天才刚刚回来呢。"

"那他用完厕所之后，还有没有其他人用过呢？"

"连狗都没用过！"

有了，有了，有了！买车的人用了洗手间，之后没有其他人再用过，而且洗手间也没有被打扫。

"博伊德，我有几个请求。第一，我希望你能允许我们封锁厕所，提取指纹。第二，我需要知道你兄弟和母亲的姓名，以及他们在路易斯安那州的住址。可以吗？"

"当然没问题，长官。那我是不是就清白了？"

"博伊德，只要你讲的都是真的，并且我的搭档在你的仓房里没有发现什么可疑之处，那你就是清白的。而且，我们还要感谢你的积极合作。对了，除了这栋房子以外，你还有其他的房产吗？"

"没有了，长官。我只有这栋房子。"

"你还用过其他的什么名字吗？"

"我老妈叫我博伊德·L.麦圭尔，我可不能自己随便改名，对吧？多年前，我搬到印第安纳州来跟我老爹这边的亲戚住在一起，但我一直都叫这个名字，现在更不能改名了，对不对，刘探长？"

"说得对，博伊德。我也觉得不能。"

我起身来到洗手间，打算估测一下它的大小。在博伊德的帮助下，我粗略地估算出洗手间的面积，以便告知现场取证小组的人，稍后他们就会来提取指纹。我从车上拿来一条黄色警示带，封锁了洗手间的入口。

为了将案件报告做得更加完整，我带枪搜查了博伊德房子的每一个角落，博伊德则欣然站到外面我指定的一棵大树下等候。这栋房子有十二扇窗户，基本没有窗帘，在搜查的过程中，我可以透过窗户看到他老老实实地背靠大树站着。这个伙计确实毫无隐瞒，房子里只藏了一堆脏衣服，估计从他妻子死了之后就没有洗过。**这个养鸡的单身汉清白得简直就像一张白纸。**

我的搭档也回来了，她迈着西部牛仔一样的步子大摇大摆地穿过博伊德家的侧院。她避开博伊德，告诉我说她走遍了这个地方，四处都查看过了，甚至还按了按红色仓房的墙壁来确定虚实。她说："什么都没有。"什么都没有，是指没有犯罪的痕迹。"但是，他那个养鸡的仓房里有一股恶心的味道。闻起来就像那种廉价的妓女一样，就是匹兹堡郊区站街的那种。"她像个女汉子一样地抱怨着，听那说话的口气，就好像我熟悉她说的那种妓女是什么样儿似的。

我根本不在乎博伊德的养鸡房里有什么样的味道，只要不是死亡的味道就行了。我知道，洛拉的鼻子训练有素，如果那儿有死亡的气息，哪怕只是一丁点儿，洛拉也能把尸体给翻出来。虽然我对此毫不在乎，但她在接下来的两天里一直都抱怨博伊德养的那些鸡，嫌弃它们竟然站在自个儿拉的屎堆里。"那群又肥又胖、咯咯乱叫、脏兮兮的母鸡真是浑身恶臭，现在我鼻子里都还是那股味儿。"这话她说了不下一百遍。她甚至还找来了我们用于急救的嗅盐，准备以毒攻毒来消除那股挥之不去的恶臭。她说："千万不要伤到我灵敏的鼻子啊！"

尽管我已经不再怀疑博伊德了，但还是有一个疑问始终不能消除：当他去路易斯安那州时，是谁来帮他照顾这些鸡呢？当然，这跟我们要办的案子没什么关系，不过我一直在想这个问题，对此十分好奇。当洛拉从养鸡房回来报告情况时，我已经排除了博伊德的嫌疑，我觉得如果再继续追问关于养鸡的问题，就显得太没有礼貌了，所以我就没有再问他。假如这个问题让你感到烦恼，那太遗憾了，我也没有答案。我负责调查的是失踪的孩子，不是没人照料的母鸡，后者只能交给动物保护协会来管了。

博伊德·L.麦圭尔确实没有其他房产，他身在路易斯安那州的兄弟和母亲也没有任何问题，一切都跟他的证词吻合。但清白的博伊德却正是本案目前最大的突破口，因为消除嫌疑跟发现嫌疑是同样重要的，而且我们此行还得到了两条关键线索：第一，取证小组的人查验了洗手间内的所有物品，最后在门把手和黑色的皮撅子上发现了三处不属于博伊德的指纹，三处形状一致，均为大拇指指纹。第二，"一路开到底"，来到R&K加油站后，我惊讶地发现，老板每天晚上都会给加油站的三个监控摄像头更换录像带，并且把所有用过的录像带都完好地保存起来。实际上，大多数老板并不会这么做，他们只会把录像带之前的内容抹掉，然后重复利用，可这位超棒的老板与众不同。他说："这边请，我带你们去看录像带。"

他不仅保留了所有录像带，而且还按时间顺序一一排好了，上面竟然还贴着精确到秒的标签。我差点儿都要亲他一口了。我们直接找到要看的录像带，省去了大量的排查工作。当侦探图的是什么呢，不就是为了这种发现线索的激动时刻吗？

在博伊德和那位出色的加油站老板的帮助下，我们这一天收获颇丰。晚上，我们简单地吃了一顿晚餐来庆祝，然后我给妻子桑德拉打了个电话。我们是在一家澳拜客牛排店吃的晚餐，这家店离得可不近，但洛拉坚持要来这里吃。我点了全熟的菲力牛排和洋葱花，洛拉点了两份五分熟的牛排、三杯健力士黑啤、两个橄榄球大小的烤土豆，外加面包卷。"那些该死的蔬菜就不要了，"她对服务员说道，"再拿两份花生黄油派来，谢谢。"

我锲而不舍地提醒："你要知道，终有一日，你这暴饮暴食的坏习惯会害了你的。"

她一如既往地答道："刘，我干着压力如此大的工作，在黑暗的地下室和小房间里见了那么多可怕的罪行，你就别再对我管头管脚了。还不如闭上嘴，给我买杯健力士黑啤啊，老大。"说完，她就打了个嗝儿。

洛拉真是个可爱的人。

桑德拉正在东海岸的各个喜剧俱乐部和酒吧巡回表演。等她在哈艾安尼斯波特的一个小酒吧演完最后一场，我给她打了个电话。

"亲爱的，今晚你把观众都逗乐了吗？"我问道。

"哎，你也知道，就那样吧。我在台上说的话都是老一套，全是老梗了，我觉得自己都老了。"

"对我来说，你永远都不老。我想你了。"

"你什么时候回来？对了，你现在在哪儿呢？"

"还能在哪儿，在敲魔鬼的门呢。用不了多久，我就能把这小子绳之以法。"

"你怎么知道是男是女，说不定魔鬼是个女的呢。"

"对，说不定魔鬼真的是个女的。"

第五章
被囚第 20 日

编织一条毛线毯，需要花费很长时间。比如我的第 5 号装备，那条红色毛线毯，看着它的纹路就知道制作时花了不少功夫。虽然现在我已经有了许多装备，其中有些完全用不上，有些只会用它们的一部分，还有一些则是过渡性的工具，只在计划的准备阶段有用，到最后的实施阶段就无关紧要了。不过，这条红色毛线毯却是个彻彻底底的宝贝，可以说每一根毛线都派上了用场。我把这件精美漂亮的艺术品拿在手上，红色的纹路就像掌心里流淌的血管一样重要而珍贵。无与伦比的红色毛线毯啊，我赞美你，我的生命就托付给你了。我爱你！

被囚禁的第 20 天，我像往常一样醒来，厨房里的人还有三天才会过来，冷血医生和废话夫妇也没有要屈尊探望的意思。我放心地以为这一天会平淡地过去，不会来什么人了。但我想错了。

开始的一切都跟平常一样，绑匪在早上 8 点准时送来了早饭。不出所料，早饭还是厨房里的人提前做好的乳蛋饼，放在那个印着花纹的瓷碟子上。正如前面反复说过的，我对这个傻里傻气的碟子有一种强烈的憎恶，挥之不去。

如今已经是第 20 天，那个碟子我连碰都不想碰一下。我小心翼翼地用手指把乳蛋饼捏着拿起来，尽量不让皮肤接触到瓷碟子。我把饼放在电视机顶上，打算把机顶盖当作我的新餐盘，然后，我用衣袖做手套，隔着衣服把碟子扔到了地板上。它只配在地上跟灰尘和老鼠屎为伍，等着那个恶棍来收走它。结果，我自己都忍不住笑了，因为理智地讲，这个瓷碟子其实非常无辜。不过，我需要转移一下注意力，发泄心中的不满，再说我也确实讨厌这个碟子上面的图案。

乳蛋饼放在电视机上，我在旁边席地而坐，从这个角度看，我眼中的房间忽然变得不一样了。虽然位置上只是略有差异，但加上吃饭方式和姿势的改变，一切都显得大不相同。或许是因为直起腰来吃饭，血液可以更直接地流进大脑，又或许是因为以前天天坐在床上吃饭，现在从一个不同的角度看到了床的全貌，不管怎样，我忽然灵光一闪，有了答案。我终于知道要如何把零碎的装备拼凑在一起，组成我的复仇蓝图了。说不定从我踏进这个房间、看到那三根裸露的房梁的那一刻开始，这个答案就已经潜伏在我的脑海中，只不过直到此时，它才跳了出来。*我可以把那条毯子变成绳子，这样就万事俱备了。*终于，在被囚禁的第20天，一切都变得明朗起来。我不禁对自己感到些微的失望，这么明显的答案，我居然没能早一些发现。

我觉得，即使那些不好的结果已经显而易见，但我们还是会不自觉地逃避，拒绝接受事实，因为我们还没有做好准备，所以思维才会在事实面前封闭起来。比如，我的母亲明明生过孩子，熟悉产妇的表现，却坚决不肯相信自己的女儿已经怀孕七个月了，直到妇产科医生把检查结果摆在她面前，才不得不接受。所以，思维之所以会阻止我们的计划，让我们无法把每个点连成线，是为了让我们先做好心理准备，然后理智地面对困难、寻求改变。在被囚禁的第20天，我一定是做好心理准备了，因为我终于对整个计划有了清晰的设想。之前，我的复仇拼图上只拼凑了零星的几块，但现在，我已经能看到整个蓝图的全貌了。虽然我本来就坚信自己会成功，但直到这一刻，当我发现毛线毯也是一件武器时，才终于意识到，我一定能解救自己和孩子，一定能复仇。

记住，你被绑架了。他们要抢走你的孩子，把他卖给恶魔，然后再把你丢到矿井去。没有人知道你在哪儿，你必须要自救。事实就是如此残酷，接受吧。你唯一能使用的工具就是这个房间里的东西。想清楚，行动吧。

我带着胜利的微笑，得意扬扬地把乳蛋饼吃得一干二净，电视机顶上一点儿碎屑也没有留下。

编织一条毛线毯，需要花费很长时间。拆开一条毛线毯，花的时间还要更长。不知为什么，我本能地意识到了这一点，因此想赶紧着手干这个活。但我没有贸然行动，而是一直耐心地等着，等绑匪收回早饭托盘，并且领我去洗手间。等这些全部完成后，他离开了房间，此时，我估计在午饭前还有三个半小时可以用来拆毛线毯。于是，我把铁桶的提手卸下来，开始工作。

那天早上的天空泛着淡淡的鹅黄色，这忧郁的色彩莫名让人觉得有些许伤感和寂寞。阳光并不刺眼，跟天空一样，显得十分平静和安宁。这一切都让人产生了一种错觉，误以为这一天将毫无波澜，只不过是又一个平淡无奇、没有希望的日子。但这一点我也想错了。

我忙着跟毛线毯的一角做斗争，这个结编得非常紧，于是，我先把铁桶提手插进结的中心，努力撑大，然后用小拇指的指甲抠缠着的那股线，接着又用整个小拇指去挖，终于把它拆成了一截五英寸长、弯弯曲曲的毛线。光拆这第一个结，就花了我 1 小时 5 分钟零 3 秒。照这样下去，我的计划只能推迟了。在重新制订计划之前，我觉得自己最好先拆上一天，计算出我拆毛线毯的平均速度，然后再做打算。我从那个印着两匹马的粉色笔袋里拿出一支铅笔，画了一个表格来记录我拆毛线毯的速度。

画好表格后，我开始拆第一排结。第 16 号装备旧收音机中正放着普契尼的歌剧《波西米亚人》。当然，我选择听的是古典音乐频道，因为我需要热烈的起承转合与永恒的深切渴望——就是那种非死不足以平息的情感——来作为我干活儿的动力。这种时候，轻松的流行歌曲也许会让我的心情过于放松，失去奋斗的激情和仇恨的棱角。但是，在过去了十七年之后，现在的我更喜欢"德瑞博士"[1]和"加赖之子"[2]的碎石说唱乐[3]，这些音乐如今倒是可以跟曾经的那些歌剧一样，成为我的动力。如今，已经成年的我每天都听着这种黑帮说唱，像海军新兵一样锻炼身体。我雇了一名退役的海军中士来帮我制订训练计划，他成天冲我怒吼，骂我是"一摊烂泥"。不过，多亏了有这些节奏和内容都颇为尖锐的音乐相伴，我现在已经能够连续完成 15 公里全速跑和 999 个仰卧起坐，那位退役军官也对我露出了不加掩饰的赞许笑容。经过每天的魔鬼训练，我已经变得非常强大，现在，谁也没法再把我掳走了。

有时候，在艰苦的训练过程中，我也会在这位老军官的脚边吐一口带血的唾沫。我这么做并非轻蔑之举，而是满怀敬意的，这就像一只猫把咬断脖子的老鼠放在主人家的门廊里，然后大叫一声：喵。

好了，现在的事儿就先不说了，我们还是接着谈过去吧。

在第 20 天开始干活的第 2 个小时，一只黑蝴蝶用翅膀从外面拍打着高高的三角窗，然后趴在了玻璃上，翅膀张开着。它是不是来提醒我有危险呢？你是不是在警告我什么？宇宙中有许多未解之谜，万物之间又有某种无形的联系，说不定它当时真的是来提醒我的。

我出神地看了它一会儿，然后把红色的毛线毯放在床上，踮起脚尖靠近窗户，更近地观察着它。但它的位置实在太高了，要想看清它，得有屋子的一半高才行。你是来看我的吗？*美丽的小天使，快去找人帮忙，告诉他们我在这儿啊！*

---

[1] 德瑞博士（Dr. Dre，1965—）：本名安德烈·罗梅勒·杨（Andre Romelle Young），美国说唱歌星。
[2] 加赖之子（Sons of Kalal）：美国的一个五人说唱组合。
[3] 碎石说唱乐（hard-core rap）：属于嘻哈音乐的一种，20 世纪 80 年代兴起于美国东海岸，常以表达愤怒、侵略和冲突为内容。

我踉跄着走近了一些，抚摸着肚子，抚摸着我的孩子。我站在窗子下面，使劲向前靠，直到我的脸贴在了冰冷的墙上。但由于肚子很大，只能弯着腰。我闭上眼睛，试图感受从上方传来的蝴蝶的心跳。*这就是孤独吧？我孤独吗？请用你的翅膀摇一摇这面墙，告诉我你能听到我说话。小蝴蝶，好朋友，求你了。随便跟我说点儿什么都可以啊。求求你，救救我，帮帮我，摇一摇这面墙吧。*

这时，我不再压抑情感，轻轻地啜泣起来。我想起了妈妈，想起了爸爸，想起了我的男朋友，他还是我肚子里孩子的父亲呢。我多想再见他们一面，让他们亲切地拍拍我的背，或者温柔地亲亲我的脸颊。

但是，我没有在悲伤中沉浸太久，仿佛自己走到了道路的拐角处，在泪流满面中，这一天的计划、我的全部计划，乃至我的整个未来，都迎来了一个突如其来的转折。当时，我因为难耐的忧郁和孤独而垂着肩膀，哭得上气不接下气，房间外的楼梯忽然响起了重重的脚步声。来人走得很着急。那只蝴蝶倏忽之间便飞走了，我迅速冲到床边，叠起毛线毯，并把画了图表的笔记本塞进褥子——之前，我曾在褥子靠近墙壁的一面开了一道六英寸长的口子——还剩最后一秒钟，我把铁桶的提手搁在铁桶上，让它看上去仿佛没有被卸下来一样。下一秒，他就闯了进来。

"关掉收音机。跟我来，快，别出声！"

我听出了你的害怕，嗅到了你的恐惧，这是怎么了，亲爱的看守大人？我故意愤愤地用袖子擦去眼泪，仿佛是在激烈的街头打斗中擦去脸上的鲜血，然后昂起头，继续挑衅地看着对手。*来啊，胆小鬼！*

我拖拖拉拉地走向收音机，慢吞吞地把它关上了，像个偏执的小孩儿一样无精打采、死气沉沉，丝毫不管他在旁边已经快急疯了。

"你他妈的倒是快点儿啊！要是再这么磨蹭，我就把你从楼梯上一脚踹下去！"

逗你玩儿呢，蠢货，耍你实在太容易了。

于是，我又开始演戏，变回了那个普通、顺从的被囚女孩儿。我低着头，用颤抖的声音像往常一样回答："好的，先生。"

"走！"

你的心思真是太好猜了，没脑子的畜生。把我端下去？你敢！要是那样，你这赚钱的买卖就做不成了。

他抓着我的小臂，使劲拽着我往外走，我一时失去平衡，差点儿一头栽倒在铁桶上。虽然我勉强稳住了身子，但糟糕的是，我的脚蹭到了铁桶，在接下来惊心动魄的三秒钟内，我死死地盯着铁桶的提手，它正在铁桶的边缘来回地摇晃。如果它掉下来，他一定会走过来查看。那样一来，他就可能发现我的秘密了，就算他想不到我是在密谋逃脱，他也会另外拿一个桶来，到时候就不一定有金属的提手了。别掉，我需要你！别掉，别、别、别！别掉，千万别掉！它还在摇晃。我被拽到门口，头还扭着向后看，我看到那个神赐的提手竟然克服了重力的诱惑，如我所愿地留在了铁桶边上。一定是黑蝴蝶保佑了我。它没掉，它没掉，它没掉！

他在楼梯口停下了。周围的墙上贴着棕色和暗红色的印花壁纸，湿冷的空气和昏暗的灯光让我判断出，这应该是一栋很老的乡下房子。

他死死地抓着我，我的手腕都快被拧断了。他沿着楼梯的栏杆向下看，然后又朝着窄窄的台阶向上看。他的目光在这两个方向之间游移徘徊，似乎难以抉择。一个敲门声打破了凝滞的空气，我估计应该是有什么不速之客来到了楼下的厨房门外。他瞬间僵住了。仿佛一只掉入猎人陷阱的野兔子。

他的样子就像是一只蜥蜴知道自己的伪装已经暴露了。他用沙哑的声音低低地说道："你如果敢发出一丁点儿声音，我就用钝刀子把你父母的心脏一点儿一点儿挖出来。"

"好的，先生。"

我们两个就像是在高高的草丛中匍匐前进的逃兵，他用胳膊肘向前指了指，招呼我道："轻轻地走。去楼上，就现在。快、快、快！"

好的，长官。

我按照他说的上了楼，他紧紧地跟在我的身后，头都快碰到我的屁股了。我很想说一句，把你的猪头挪开，但是我没有说，我忍住了。他推着我的脊梁骨，让我走得再快一些。

"快点儿！"他用沙哑的声音嘶嘶地说道。

上完最后一级台阶，我来到了一个狭长的阁楼。一眼望去，阁楼有四分之三个足球场那么长，我这才意识到这栋房子很大。两侧还有四个向外凸出的地方，是四个侧翼房间，其中一间的正下方就是我被关押的房间。

"一直走到头，那儿有个衣柜。快！"

他使劲推我，我简直就是在蹦着走。他疯狂地低声重复着"快点儿"。我一边走一边抓紧时间打量周围，可惜这一路上都没见着什么东西，也许这里先前放了些什么，但显然都被搬走了，地板也打扫得一干二净，连个老鼠夹都没剩下。

最后，我们来到一个独立的双门衣柜前，它的顶部有通风口。他把我塞进衣柜里，关上门，从外面给门把手上了锁。他瞪着眼睛，眼皮像沙皮狗一样耷拉着，凶狠地透过门缝朝里看着我。

"你哪怕是放个屁，我都会杀了你的父母。明白吗？"

"明白，先生。"

他走了。

我只能听见他从阁楼下到一楼的脚步声。然后，我似乎听到了轻微的说话声，应该是他打开门跟敲门的人打招呼吧，但我离得实在太远了，说不定这说话声只是我想象出来的。接着，周围一片死寂，姑姑去世的时候，我们家里就是这样。一切都静止了，听不到任何声音。不知道我的那只黑蝴蝶在哪儿呢？

我不知道楼下是谁来了。怀着一丝希望，我想象出一位多疑的侦探，他绝对不会信任门口那个蠢货是清白无辜的。我思索着，是不是应该尖声大叫、用力跺脚，拼命地摇晃这个衣柜做的新笼子。最后，我决定还是不要冒险，事实证明，多亏我没那么干。

于是，我不再面朝橱门，而是转过身子，靠着衣柜侧壁滑坐下来，身体两旁只有一根手指的距离可以供我稍微挪动一下。我的瞳孔花了三十到四十秒才适应衣柜内昏暗的光线，然后，一切都变得清晰起来。在黑暗中，我看到有一样东西挂在衣柜一角的钩子上，仿佛一枚钻戒在树枝上闪闪发光：那是一条一英寸宽、三英尺长的白色松紧带，以前奶奶自己做尼龙裤时，就把这种松紧带缝进裤腰。对吧，奶奶。我一把抓过那条松紧带，塞进我的内裤藏起来。**这是我的第 28 号装备，松紧带。**

衣柜里弥漫着一股浓重的猫尿味，让我有些想吐，同时却又想起了妈妈。

凡是妈妈言之凿凿下的结论，从没有错过。有一回她说："这房子里有猫。"

爸爸笑着回答："咱们家没养猫。"

爸爸说肯定是妈妈的鼻子闻错了，家里一整个冬天都没有通风，难免有陈腐的味道。但妈妈却说："这房子里有猫，就跟我是这孩子的母亲一样，千真万确。"她一边激动地说着，一边用手指着我，就好像我是重要的呈堂证供似的；她的另一只手叉在腰上，背挺得笔直，高昂着头。她把我跟爸爸当作法官，然后发表了开庭陈述："这房子里有猫，我会证明给你们看的。"

爸爸就怕她干这种事儿，所以早早地把手电筒藏在了工具箱里，结果还是被她抢走了。她一直找到凌晨三点，把柜子、阁楼、地下室裂缝和各种边边角角都翻了个底儿朝天；她还把车库的空隙和院子里的树洞都上上下下地搜查了一遍。她翻箱倒柜的时候，手电筒的灯泡从白色变成黄色，从黄色变成橘黄色，然后变成棕色、灰色，最后彻底黑了，不亮了。

虽然她连一根猫的胡须都没发现，但是每过一小时，她就会对我和我爸——两位无精打采的法官宣称一遍："这房子里有猫，我会证明给你们看的。"到了半夜，爸爸实在撑不住去睡觉了，就只剩下我听她重复这番话了。第二天，爸爸作为家里唯一有资格指责妈妈的人，终于阻止她继续忙活了："我不管你是要证明自己飞得比光快，还是要证明家里有一只实际上并不存在的猫，都不许干了，停手！"

我当然是一次都没有质疑过妈妈的话，因为，我知道家里确实有猫，而且我知道那只猫在哪儿。

趁着爸爸正在劝说妈妈别再找了，我偷偷地溜出门，跑到屋后白桦林中的一片空地上。黄色的蒲公英像地毯一样铺满了这片圆形的开阔土地，这个隐蔽的小基地就像一座小屋，黄色的蒲公英是地板，笔挺的白桦林是墙壁，蓝蓝的天空是天花板。我把猫藏在了这里。

他们不知道我跑到哪儿去了。

我赶快又回去了。

我什么都没说。

妈妈仍不放弃，坚称房子里有猫。

那股猫尿味儿在接下来的一周都没有散去。

我还是什么都没说。

随着那股气味淡去，妈妈也渐渐丧失了对那只猫的兴趣。到了下一个周日，猫的味道已经荡然无存了。这天，在书房里，妈妈坐在德古拉 [1] 宝座般的皮椅上，正在用银色的高仕 [2] 笔修改即决判决 [3] 动议。

---

[1] 德古拉（Dracula）：指传说中的吸血鬼伯爵。

[2] 高仕（Cross）：美国最古老的精致书写工具制造商，其产品是美国制笔业中最具收藏价值的。

[3] 即决判决：英美法系国家民事诉讼中普遍存在的一种制度，是简易程序的一种形式。

"妈妈。"我站在门口叫她。

她抬起头，角质架的眼镜搭在鼻梁上，手中还拿着案件诉讼概要。在她工作的时候，这就已经是最积极的倾听态度了。我怀里抱着一只脏兮兮的老猫。

"这是我的猫，"我说道，"我用醋酸、小苏打、洗洁精和双氧水的混合物除去了它不小心撒的尿，最后还在地上盖了一层炭粉。自从它在家里尿尿之后，我就把它和笼子一起放到了咱们家屋后白桦林中的空地上，但是它不能一直待在外面。"

妈妈动作夸张地把诉讼概要"啪"的一声扔在了茶几上。有一回，她带我去看了一场由她担任辩护律师的联邦审判，当她的最后陈述讲到高潮时，她也有过类似的动作。"真是……我都跟你爸说了，我明明闻到猫味儿了。"

"是的。"我表示完全同意，态度严肃，仿佛是在对女王的指令表示赞同。

"那你为什么不告诉我？"

"我想先自己解决问题，再带它来见你。"在她面前，我没有表露出任何柔弱的情感，我觉得那样没有必要。

"好吧。"她避开了我的目光。我可能是世界上唯一一个能让她放下"武装"的人，但是恐怕，我也是世界上唯一一个会让她感到不安的人。我就像是一簇疯长的带刺灌木，而她只能隔着十英尺远的距离为我修枝剪叶。不过，我从没想让她感到为难，我只是想把事实都对她和盘托出。

"它是一只母猫。我正在研究一种声呐项圈，宠物戴上之后，就不会长虱子和跳蚤了。我是在学校的垃圾箱旁边捡到它的，当时它没有戴项圈。不过，它并不凶猛，肯定是只家养猫，只不过被抛弃了或走丢了。它对人非常亲近。而且，它只在地下室的台阶上尿了一次，那是因为我刚把它带回来，还没来得及给它准备上厕所用的猫砂盆。

现在我已经找好猫砂盆了，就放在我的实验室里，在消毒柜后面、氢气室的旁边。"

大多数孩子也许会问能不能养这只猫，但我没有。我觉得，它不仅是我的宠物，而且还是声呐项圈实验项目的一部分。考虑到后一条原因，我就无须征求妈妈的许可了。

"它叫什么名字？"

"杰克逊 · 布朗 [1]。"

"可你不是说它是一只母猫吗？"

"我想借此向你喜欢的音乐家致敬。"

"好吧，我怎么可能拒绝杰克逊 · 布朗呢？"

我没有征求她的许可，她是自己表示同意的，这两者是不同的。

后来，心理医生说，正是因为妈妈同意了我选择先独立解决猫尿问题，然后再告诉她猫的存在，才导致了我对她隐瞒怀孕一事，并试图独立解决。我想，心理医生的分析也许是对的。但其实，我在隐瞒怀孕的七个月里，唯一解决的问题就是给孩子起名字，我打算叫他迪伦 [2]，那是妈妈喜欢的另一个音乐家。不过，这个打算从未付诸实践，因为在被囚期间，我给孩子起了别的名字。

是的，在第 20 天，我被关在阁楼上的衣柜里，随着时间的流逝，空气越来越稀薄，我开始重新考虑孩子的名字，想给他起一个更有意义的名字。

这个衣柜就像在浓浓的猫尿里泡过似的。现在正值温暖的春天，随着中午临近，阁楼上越来越热，衣柜的通风却很差，我开始冒汗了，大口大口地喘气。如果说我以前觉得楼下的房间是个单人监狱的话，那么

---

[1] 杰克逊 · 布朗（Jackson Brown, 1948—）：克莱德 · 杰克逊 · 布朗，美国著名歌手、作曲家、音乐家。

[2] 迪伦（Dylan）：鲍勃 · 迪伦（Bob Dylan, 1941—），美国著名唱作人、艺术家、作家，对流行音乐和流行文化有着重大影响。

这个衣柜就像是在空旷的宇宙中独自翻滚的飞船。这是我的空间舱。那是我的星球。我失去了重力，危险地飘浮在众星之上。

他会把我丢在这儿一整天吗？甚至不止一天？

我觉得一小时过去了。

我中暑晕了过去。

直到他打开衣柜，我才恢复了知觉，我从衣柜中软绵绵地倒出来，瘫在地上，一头撞上了他的靴子。

"真他妈……"他破口大骂，把脚从我的头下面抽出来，仿佛我是一只恶心的死老鼠。

我大口大口地呼吸着新鲜空气，就像一条在码头上脱了水的鱼。

"唉，呸，"他一边跺脚一边抱怨，"呸呸呸，真他妈见鬼！"

他轻轻地踢了踢我的肋骨，把这当作检查我的脉搏，他都懒得弯个腰扶我一把。他用靴子的铁皮头像鸟啄似的一下下踢着我的胸口，我努力跟垮掉的肺部做斗争，不停地喘气、咳嗽、干呕，最后渐渐平息下来，恢复正常的呼吸节奏。在整个挣扎的过程中，我没有睁开眼睛看他，他也没有弯腰来帮我。

等终于调节好呼吸时，我正弯着腰，面朝左侧躺在地上，我用力睁开右眼向上望去。不幸的是，我正好对上了他那双冒火的眼睛，刹那间，对彼此的厌恶让我们一动不动，周围散发着危险的气息，时间仿佛停滞了。

最后，是他先动了。

他迅速地弯下腰，用右手一把抓住了我散落在地上的头发。他猛地一抬胳膊，我的头被拽起来，身体也被迫坐直了，然后他就这样抓着我的头发把我倒着向外拖，我的尾椎骨一下一下地撞在木地板上。

我来描述一下那到底有多疼。想象一下，把十瓶胶水都倒在一顶帽子里，然后戴上那顶帽子，让帽子内部的每一寸都跟头皮紧紧黏在一起。等到胶水干了之后，找一根恰巧比自己高一点儿的树枝，把帽子的顶端钩在树枝上。然后就站在那儿。头皮刚好被拽着，但帽子却掉不下来，撕裂般的疼痛一直持续，仿佛永无止境。拉扯、拉扯、拉扯，不停地拉扯，一阵又一阵火烧火燎般的疼痛。

　　他拖着我，我拼命地挣扎，用手去抓他的小臂，想抬高身体，缓解一下头皮的疼痛。我还想用脚支撑着身体站起来，但却一次次地失败了。我的头皮就像着了火，在燃烧、在爆裂，头上烧起了一团大火。在他用力的拖拽下，我根本找不到一个立足点支撑自己的身体。

　　我的身体来回扭动着，就像一条离开大海的金枪鱼，愤怒地拍打着鱼鳍，不停地拼命挣扎。

　　在如此激烈的反抗下，那件无价的新装备——松紧带——从我的内裤中滑出来，露出了一截，在大肚子底下的裤腰处来回摆动。这个位置太危险了，随时都有可能掉出来，如果我还继续试图用脚寻找立足点，那么碰撞和震荡很可能会让这件宝贵的走私品彻底掉落在地板上。我必须二选一：要么继续与疼痛做斗争，要么保住松紧带。当然是松紧带重要。我把腿放平，任凭他扯着我的头发，而我就像小偷一样，悄悄地把手伸进衣服，死死地抓住松紧带，不让它滑落。

　　他一门心思想用粗暴的动作伤害着我，根本没有发现我的小动作。等我们来到楼梯口时，他终于松手了。我的屁股肯定是青一块紫一块的，腰上的皮肤应该也擦伤了，尾椎骨说不定都断裂了，但是我的决心更加坚定了。此时此刻，我的仇恨比山还高，比繁星都多，我的决心比上帝、比天使、比魔鬼都强大，我的毅力比数万名思念孩子的母亲要强烈得多。我暗暗地对自己说，要让他在痛苦中死去。

　　"起来，臭婊子。"

　　我护着伤口，忍着疼痛，缓缓地站了起来，把握紧的拳头藏在背后。

　　我们面对面地站着，又陷入了僵局。我想让他在我前面先下楼，这样我就可以趁机把松紧带藏好。

"走啊，蠢货。"他说道。

你？蔑视我的智商？我没听错吧？

我站着没动。一秒，两秒。嘀，嗒。他恶狠狠地磨了磨牙齿，抡起了胳膊，作势要打我。

这时，楼下突然传来了电话铃声。我都不知道这儿居然还有一部电话。

"噢，真见鬼！"他边说边冲下楼梯去接电话，"如果你三秒内不下来，我就扯着你的头发拽下来。"

"好的，先生。"**好的，蠢货先生。**

我把战利品塞进裤腰，得意地微微一笑。

我一瘸一拐地下楼，竖起耳朵偷听他讲电话。虽然我听不到电话那头的声音，但能听到他在这头说什么已经足够了。

"我跟你说过，这个地方不够隐蔽。该死的，今天两个女童子军[1]跟她们的妈妈来敲门。那个女人他妈的赖着就不肯走了。你叫我别引起其他人的疑心，叫我低调行事、安分守己。可结果呢？人家自己找上门来，还说：'哎哟，这不是那个照料老父老母的小伙子吗？噢，真是可爱的人，为了爸妈把老房子都翻新了！'布拉德，这都是你出的馊主意！非让我演什么孝子！害得我还得给那两个臭不要脸的丫头片子泡茶。这种掩人耳目的主意真是烂透了！我真他妈的……他妈的……闭嘴，布拉德。我告诉你……废话，如果这个臭婊子敢吱一声，我早就开枪把她们全都打死了。"

说着，他冲我眨了眨眼睛，仿佛在说，没错，我会开枪把你们都打死，我才不在乎你的死活。我在心里默默地回应道：**别冲我挤眉弄眼的。等我有机会，一定要挖出你的眼珠子，泡在松香里，做成钥匙链。**

---

[1]女童子军（Girl Scouts）：在美国，女童子军是一个青少年组织，旨在帮助女孩成长，通过组织露营和社区公益服务等活动教导她们诚实、公正、勇敢、同情、自信、创新等精神。

回到被囚禁的房间里，我只能侧着身子躺下休息，因为腰和屁股都在地板上磨伤了。我躺在白色的床单上，想起了那只精灵般的黑蝴蝶，想起了我一件件的装备……第28号，松紧带，我要制作一张弓，用它来做弓弦。谢谢你，黑色的小天使，谢谢你来提醒我，谢谢你给我带来的礼物。

第六章

日复一日

影子说：我和你一样，都讨厌黑夜。我热爱人类，因为他们是光明的信徒。我爱人类那炯炯有神的目光，在领悟与发现知识的道路上，他们永不倦怠。若真理之光照耀万物，万物都会投下影子——而我就是这样的影子。

——弗里德里希·尼采[1]《漂泊者及其影子》

泰利斯[2]被公认为古希腊首位科学家。他提出了著名的"影子测量法"，这是一种间接测量物体高度和宽度的方法，用于估测难以直接进行测量的物体的大小。据说，泰利斯曾用这种方法测出过金字塔的大小。我利用"影子测量法"，不仅计算出了绑匪的身高和体宽，而且还由此得出了他的体重。

经过阁楼事件后，我已经有了充足的装备，就算要把囚禁我的人杀

---

[1]弗里德里希·尼采（Friedrich Nietzsche，1844—1900）：德国哲学家、文化评论家、诗人、拉丁语及希腊语学者，其作品对西方哲学和近代思想都有着深远的影响。

[2]泰利斯（Thales，前624—前546）：希腊哲学家、数学家和天文学家，位列古希腊七贤人之一。

上五回都行。因此，现在我只需要确认一些细节问题即可，就像在体育课上练习花样跳长绳一样，站在两根甩动的长绳跟前，要计算出准确的时间，才能一鼓作气、绝不失误地跳进两根长绳之间。现在还不是时候，但是快了，快了，用不了多久，时机就会到来，再等等，再等等……

我需要打磨武器，还要根据他的体重和步伐，一遍一遍地计算、验证计划的每个环节，并且在最终实施前进行多次演练。你也许会觉得奇怪，我为何只把有人来访和获得装备的日子讲了一下，对其他日子却不怎么提及。那是因为其他的日子都千篇一律，我每天都做着几乎完全一样的事情。我用小字把这些日常琐事密密麻麻地记录在了几张纸上，用作临时的"实验手册"，平时就塞在褥子里，藏在棉花和羽绒之间。现在，我把其中的一部分内容摘录如下。在记录时，我用了一个符号来指代那个囚禁我的人：⊙——邪恶之眼 [1]。在许多国家的文化中，人们普遍认为邪恶之眼将目光投向谁，就预示着谁会遭遇厄运。哈，只要一有机会，我就把恶毒的目光投向那个愚蠢笨重的绑匪。就连写字时，我也不忘把邪恶之眼用上，一心盼着他会倒霉。

也许你会纳闷儿，为何我要把邪恶之眼用在这样一本科学实验手册中呢？这个符号难道不只是传说和迷信而已吗？也许吧。但是请允许我讲个题外的故事，来解释一下我之所以相信邪恶之眼的原因。

在我八岁那一年，有一天，我的厄瓜多尔籍保姆来学校接我回家，当时我正在参加课后话剧排练。她跟其他孩子的妈妈们一起，站在体育馆门口等着，顺便听到了她们的谈话。我们排练的话剧叫《我们的镇子》，我在里面扮演一个大呼小叫的早熟儿童。有一幕，导演让我从一个斜坡上跑下来，一边跑一边大喊台词。我也不知道为何要这么演，但是不管导演说什么，我都照做了，因为是儿童心理医生建议我来参加话剧表演的。

[1] 邪恶之眼（Evil Eye）：指一种诅咒，通常是趁人不注意时，用恶毒的目光盯着对方，据说这样会给对方带来厄运或伤害。

医生对妈妈说："也许戏剧可以帮助她慢慢淡化遭受校园枪击事件的残酷记忆。"说起来，这都是因为我在妈妈面前不小心说漏了嘴，我告诉她，在过去的一个月中，我做了好几次有机关枪的噩梦。但妈妈并不知道，这些梦的出现其实并非偶然。我之所以常常做这些梦，是我自己故意的。在六岁到八岁期间，我读了许多关于人类大脑的文章，了解到人在睡眠时，大脑的运动不仅可以进行自我治愈，而且可以自我成长，变得更加强大。因此，几乎每天晚上，我都强迫大脑在梦中回放突突扫射的枪声，从而让大脑施展编织的魔法，使杏仁核[1]中的神经元组合得更加紧密。我趁着去牙医诊所看牙的机会，顺手在等候区拿了一些有关枪支和狩猎的杂志，平时把它们藏在我的内衣抽屉里，晚上睡觉前就拿出来翻阅，快速地将那些图片写入我的海马体[2]，那如饥似渴的样子，就像青春期的男孩子抱着《阁楼》[3]目不转睛地看。

不过，为了让妈妈安心，我还是来参加《我们的小镇》的话剧排练了。

于是，这一天我在体育馆里，按照导演的吩咐，一边从舞台的斜坡上跑下来，一边大喊着台词，那群本来就爱叽叽喳喳的妈妈们自然不放过这个机会，在一旁像蜜蜂一样嗡嗡地议论起来。有一个妈妈低声说："快叫她闭嘴，吵死了。"另一个答道："她就是那个女孩儿。学校里发生枪击事件的时候，就是那个怪胎去拉的警报。"听了这话，我的小个子保姆转过脸去，看着她们。其中有一个衣着考究的女人，她的金发剪得非常整齐，就像一顶头盔扣在头上似的，她眯着眼睛，冲我投来了恶毒的目光。这位头盔女王傲慢地说："我绝对不会让我们家萨拉跟她

---

[1] 杏仁核（amygdala）：又名杏仁体，位于侧脑室下角前段的上方，有调节内脏活动和产生情绪的功能。

[2] 海马体（hippocampus）：又名海马回、海马区，是人类及脊椎动物脑中的重要部分，担当着关于短期记忆、长期记忆以及空间定位的作用。

[3]《阁楼》（Penthouse）：由鲍勃·古桥内（Bob Guccione, 1930—2010）创办的一份男性杂志，多刊载有关都市生活风格的文章和略带情色的摄影作品。

一起玩。要我说，他们就应该把她塞上船，运到专门收留怪胎的学校去。"

我的保姆倒抽了一口冷气，那群女人立马就闭嘴了。她们还没来得及组织好语言道歉，那位受我爸妈之托负责照看我的保姆就马上朝我走了过来，那严肃的样子就像一位要向总统汇报战况的将军，她走到我面前，抓住我的胳膊，拉着我快步离开了体育馆。

保姆开车带我回家，一路上什么话都没跟我说，只是独自用西班牙语喃喃地讲着祷文，只听她不停地念叨着："主啊，万能的主。"到家后，她让我站在冰箱旁边，然后取出一个鸡蛋，用鸡蛋在我的胳膊、腿、身体和脸上来回摩擦。正当她忙着做这件奇怪的事情时，妈妈正好进来了。看见这个场面，她吓了一跳，鳄鱼皮手袋都掉在了厨房的地板上。

"西尔玛，你这是在干什么？"她大喊道。

西尔玛没有停下来，也没有说话。

"西尔玛！你究竟在干什么？"

"夫人，您别拦着我。有个金发太太给这个孩子下了邪恶之眼的诅咒，鸡蛋是唯一的破解之物。"

通常，妈妈是绝对不会相信这些的，她对各种迷信都嗤之以鼻。但西尔玛的态度非常认真，面对如此虔诚的信仰，尤其这种信仰还来自一位勇敢坚忍的金瞳异域女人时，妈妈一反常态地表示了尊重。

"别担心，交给我吧。现在我就对那个金发恶魔来个以眼还眼，况且她还不知道鸡蛋能破解诅咒呢。"妈妈听着眨了眨眼睛，仿佛对西尔玛口中的古老传说坚信不疑。

我并不介意西尔玛把一个鸡蛋贴在我身上滚来滚去，不过我觉得这应该起不了什么作用。为什么要相信难以捉摸的诅咒呢？为什么不干脆采取一些措施，做一些更实际的事情呢？

一周后，到了《我们的镇子》的首演之夜。在开场前，我来到观众席找到爸爸妈妈坐的位置。西尔玛的座位在爸爸妈妈的后面一排，我没想到她会来，看到她我就笑了，非常开心。西尔玛点了点头，示意我们看向过道的另一边。我们照她指示的方向看了过去，妈妈大吃一惊，不禁用双手捂住了嘴。西尔玛眨了眨眼，用口型说道："邪恶之眼。她可没有鸡蛋哦！"

引起我们注意的正是那个金发女人，不过这一回，她那修剪完美的头发不知为何被弯弯曲曲地剃了长长的一道，从后脑勺底部一直延伸到原本浓密卷曲的刘海儿。她那像头盔一样的发型依然没变，只不过中间露出了一条锯齿状的头皮小路。她貌似淡定地顶着那头糟糕的金毛，但颤抖、紧握的双拳却显示出她内心的狼狈和不安。我实在不理解，她为什么不像个有自尊心的正常女人一样，拿条围巾把头上那道疤痕盖住呢？

一个打扮保守、身着蓝色毛衣的女人注意到了我妈妈的视线，于是便凑到她身边，小声说："那个女人喝醉了酒躺在睡椅上，结果她五岁的孩子趁她睡着了，用她丈夫的电动剃须刀给她剃了那么一道。"

妈妈对说话的那个女人露出了猫一样狡黠的微笑，然后对西尔玛会心地眨了眨眼。西尔玛，她是一个最忠诚的保姆，是一个用鸡蛋帮我破解邪恶之眼的守护骑士。

总之，在这个时候，我是宁愿相信邪恶之眼的。以下就是从我那本监狱实验手册中摘录出来的内容：

第8天：早上8:00，早饭。⊙把托盘放在了门外的地上，哗啦啦地掏出钥匙串。⊙花了2.2秒从左向右拉开门闩、打开门锁。⊙用右手打开门，右脚跨过门槛，弯腰把地上的托盘端起来。当⊙站直时，身高与门框上的5英尺9英寸的标记齐平——我事先借助那把十二英寸长的尺子在门框上做了标记。⊙的两只手都端着托盘，⊙用右肩把门又顶开了一些，然后先迈左脚。从开门闩到迈左脚，用时4.1秒。⊙没有停下来看我；第一步踩上了第3块地板；从门口到床边有8.2英尺，他走了4步，共花费3秒；顺序是左、右、左、右，最后将左脚并上来。今天的阳光照在⊙身上，投下了影子，影子在墙上的部分比床头板高出3英尺3英寸，在地上的部分向门口方向倾斜，最远处距离床边有3英尺1英寸——先前，还是借助那把十二英寸的尺子，我已经在地板上凿上了细细的凹痕做标记，此刻只需看一眼标记点便知道距离是多少。⊙问要不要再来点儿水。⊙去客厅的洗手间接水。从他提问到他回来的这段时间是38秒。

8:01，⊙离开。

8:02—8:15，吃早饭：肉桂烤饼、香蕉、火腿片和牛奶。

8:15，测量影子轮廓，记录身高，推算体宽为：腰宽40英寸；将我的身高和体宽跟他的影子标记对比，随着怀孕时日增加，我的体重比上次去诊所时应该重了5到8磅，也就是135到143磅了，由此推算⊙的体重为182磅。这个结果跟最初的估算和先前的测量一致。

8:20—8:30，等待⊙回来收托盘。

8:30，⊙来了。钥匙声。从左向右拉开门闩、打开门锁，用时2.1秒。⊙用右手打开门，右脚跨过门槛，右肩把门完全顶开，先迈左脚。从开门闩到迈左脚，用时4.1秒——发现⊙不管是否手拿食物，行动速度都一样。⊙没有停下来看我；第一步踩上了第3块地板；从门口到床边走了3步，用时4秒，距离8.2英尺——跟之前的结果一致。阳光照在⊙身上，投下的影子比床头板高3英尺2英寸，距离床边3英尺，依然朝门口方向倾斜。

8:30—8:35，⊙问我要不要用洗手间。上厕所，用洗手台上的毛巾来擦脸、擦身体、擦牙，从水龙头里喝水。

8:35，⊙离开。

8:36，根据记忆，详细标记和测量今天影子的位置。数据始终为：身高5英尺9英寸，腰宽40英寸，体重182磅。接下来的日子里要继续测量，以便获得毫无误差的数据，同时留意⊙体形变化带来的差异。

8:40—12:00，冥想，练太极，演练装备布局，评估装备清单。

12:00，⊙来了。做了跟早上一样的观察，各项数据一致。午后的阳光照在他身上，在他脚边投下了半径约为6英寸的影子。我发现他的靴子是橡胶底的，不过这也救不了他。

12:01，☉给了我一个塑料杯，让我在去洗手间时自己接水。我从水龙头里喝了水，然后接了7盎司[1]的水回来。☉锁上门离开。

12:02—12:20，吃午饭：培根乳蛋饼、自制面包、牛奶。

12:20，测量影子，记录数据：5英尺9英寸，40英寸，182磅。结果一致，继续观测。

12:20—12:45，等待☉回来收托盘。

12:45，☉来了。钥匙声……

监狱手册上的记录差不多都是这样的。他的行为模式具有一贯性，时间点准确，可预测性强。他的各项数据也都保持一致，就像一个克隆的士兵，又像是个机器人。我想到曾在海豹突击队服役的爸爸，他做事就始终保持着军队严格的纪律性，我不禁猜测这个囚禁我的人说不定以前也在部队里待过。到了第25天，我终于知道了原因，虽然他并没有在部队上待过，但应该也差不多。不过，奇怪的是，虽然他在行为上干净利落、颇为守时，但他的外表却显得邋里邋遢、拖泥带水。

从上面的笔记摘录可以看出，我每天都做着重复的测量工作。我要确保计划在最终实施时是毫无差池的。不过，我很快就发现，把一切事情都完整记录下来的做法，效率未免太低了，因此我把笔记大部分改成了图表，用来记录没有发生特殊变化的测量和计算的数据，完整的记录则只应用于新出现的事物。这样，实验手册的大部分内容也就都变成了图表。

---

[1] 盎司：英美制重量单位，1盎司合28.3495克。

第七章
刘罗杰探长

连续数周的调查让我们感到筋疲力尽，一个周三，我和洛拉来到位于芝加哥西环区著名的卢·米切尔早餐厅，找了个角落里的位置坐下。如今已是暮春时节，抬头望望窗外，熙熙攘攘的人群中既有穿着运动装的游客，也有搭配双排扣西装的商务人士。我和洛拉点了菜，不一会儿，我的餐点就被装在一个滚烫的瓷碟子里端了上来：两个用黄油煎至半熟的煎蛋、白吐司面包、家常炸土豆片和培根。洛拉的餐点跟我的一样，外加一摞薄煎饼和一块火腿。当然，桌子中间还摆了一大壶咖啡。店里尽是脾气暴躁的女服务员和忙碌热闹的顾客，他们的气质和口音都颇具中西部特色，虽然现在是大清早，却让我们觉得自己仿佛置身于夜总会之中，上班族并不忙着上班，游客也不忙于赶路。对他们来说，在接下来的一天中，工作和旅途好像都是次要的，能吃上一份软炸牛排的午餐和一顿啤酒鸡翅的消夜才是重点。受这种氛围的感染，我也开始想象自己在罗什街[1]的露天酒吧喝鸡尾酒的情景，心里不禁乐了起来。但这时，我的手机突然响了。

"喂。"我拿起电话说道。

---

[1] 罗什街（Rush Street）：芝加哥的一条单行街道，周围有许多知名的饭店、酒店和酒吧等。

洛拉正忙着埋头大吃，连鼻子仿佛都埋进了那摞热气腾腾的煎饼中。听到我接电话的声音，她微微抬了抬头，以她特有的神态说了一声："嗯。"仿佛她也在接电话似的。

听到电话另一头传来的声音，我立刻起身离开了饭桌，走到饭店外的人行道旁。洛拉依然坐在桌边满不在乎地继续吃着。当我接完电话回来时，看到她正从我的盘子里拿吐司面包。

"是博伊德打来的。"我说道。我就喜欢漫不经心地把爆炸性的消息告诉她。

她把我的吐司面包丢到自己的盘子里，抓起一张纸巾。刚才她已经用这张纸巾擦过枫糖浆和蛋黄液了，但她毫不在意，仍然用这张纸巾使劲抹了抹嘴，然后伸出舌头把牙缝间的火腿丝都清理了一下，接着一拳挥过来："真见鬼！刘，我就知道那个臭烘烘的农民肯定还知道点儿什么。我不是说过吗？我不是早就告诉你了吗？"

她并没对我这么说过，她只是一味地抱怨博伊德的养鸡房里有臭味。不过，我其实也觉得，博伊德知道的不止那些。他会打电话来，我并不感到意外，因为类似的情况以前也出现过许多次。人们跟联邦调查局的探员坐在厨房里交谈时，总会紧张不安。他们会担心自己的言谈举止是否会招来嫌疑，害怕自己会成为探员们怀疑的对象。他们还会想起自己以前做过的轻率之举或愚蠢之事，在心里暗暗猜测我表面上的询问可能只是在打掩护，实际上是来调查他们家的私事。因此，总是要等到过去很久一段时间，数日甚至数月后，他们埋葬的记忆或潜意识中的发现才会浮出水面。那时，这些好心的证人就会翻出我或洛拉的名片，打来电话。但这种时候，他们说的事情通常都是没有意义、没有价值或是我们已经发现了的。比如，他们会说："她的车绝对是绿色的，我记得一清二楚，刘探长。"而我只能无奈地在心里想，没错，是一辆1979年产翠绿色双门福特车。上周，我们已经在温尼珀索基湖底发现这辆车了，后备厢里还装着尸体。多谢来电，可惜晚了。

因此，一开始听到博伊德的声音时，我并没抱什么希望。但是，我还是想错了。

我们稍后再来讨论博伊德为调查提供的珍贵线索，我要先解释一下我和洛拉为什么会跑到芝加哥的餐厅吃饭。你应该记得，我们幸运地在印第安纳州南本德市郊外的加油站找到了所需的监控录像带。我们清楚地知道需要查看的日期和时间段：博伊德卖掉面包车的那天下午。当天恰好还是他兄弟的生日，他也是为了给兄弟过生日才离家前往路易斯安那州的。

这一天的录像带有三卷，一卷是从加油处的上方录的，一卷是从收银台的上方录的，还有一卷是从洗手间门外的上方录的。从录像中看，嫌疑人一直都皱着眉头，只有一次咧着嘴笑了。三卷带子都能看到他的正面。这就好办了。在查看录像时，我们一看到那辆面包车出现在加油处，就马上用目光追随嫌疑人的身影。他在加油处待了两分半钟，然后走向收银台，有三分钟的时间录像带上没有他的踪影，这段时间他去加油站的超市里拿了一品脱巧克力牛奶和一包叮咚牌巧克力糕点，然后又回到了收银台前。我们都受过训练，会读唇语，加上他说话的速度很慢，能看出他在交钱时还向店员要了"一包万宝路"香烟。付款后，他要了"厕所的钥匙"，好心的加油站老板拿给了他。又过了四分钟，他把钥匙还了回来，最后他回到加油处，检查了一下油箱，然后坐上驾驶座开车走了。

我们把这些图像资料和在博伊德家洗手间提取的指纹一并发往弗吉尼亚州总部进行详细鉴定，分析结束后，我们得到的信息如下：这个男人的年龄是 40 岁出头，头发是棕色的，发型为恺撒头 [1]，眼睛又小又圆，像老鼠一样，瞳孔是深棕色的，看上去近乎黑色。他的嘴唇薄得

----

[1] 恺撒头（fashion of Caesar）：一种短发型，额前剪成水平的短刘海儿，得名于罗马大帝尤里乌斯·恺撒（Julius Caesar），因为他在画像或塑像中呈现的都是这种风格的发型。20 世纪 90 年代，恺撒头在男士中十分流行。

就像没有一样，鼻头和鼻孔都很大。他的眼睑下垂，露出了眼窝里的一点儿皮肉，医学专家说从这一点来看，他很有可能得了狼疮。侧写师和人类学家认为他的祖籍可能是意大利的西西里岛，但他应该成长于美国。显然，他抽烟，而且很重，不过他只是肚子显得比较大，身体其他部分并不肥胖。他没有前科，也没有服役记录，所以无法在系统内找到相应的指纹信息。我们估计他身高 5 英尺 9 英寸，体重在 180 至 185 磅之间。

我们要找的这个嫌疑人身穿印有卢·米切尔餐厅标志的 T 恤。技术人员根据 T 恤的颜色和款式判断，这件 T 恤应该是最近一两年生产的。如果只有一件 T 恤也就罢了，那说明不了什么问题，因为他可能只是一个曾在卢·米切尔餐厅吃过饭的游客而已。但是，他在收银台前打开钱包时，犯了一个重大错误——他把钱包平放在了柜台上，正冲着监视器的摄像头。联邦调查局总部里那些目光锐利的录像研究员在 126:05:001 这一帧的位置上把画面放大推进，看到一张破破烂烂的支票从钱包夹层露出来了一点，顶部有一行字，能看清的部分是：卢·米切尔餐厅。尽管监控画面放大后，连钱包皮子上的颗粒都能看清楚，但我们没有发现任何带有嫌疑人姓名的东西，钱包里既没有驾照也没有信用卡，因此我们只好给这个贼眉鼠眼的嫌疑人起了个代号，叫叮咚先生。

我们准备根据叮咚先生支票上的字进行下一步调查。人类行为学家仔细观察了叮咚先生在加油处逗留的影像，根据他的体形、步伐、被烫伤的手指和在裤子上擦手的习惯动作推断，他应该是一个快餐厨师。加上他穿着的 T 恤和支票上残缺不全的字迹，我们认为他应该在卢·米切尔餐厅当过厨师。医学专家还通过录像带诊断出，他似乎患有轻微的肺气肿。

于是，我和洛拉火速来到芝加哥，寻找是否有人曾经见过这个头发短、呼吸短的快餐厨师。

我们本来是在卢·米切尔餐厅里等着见一个名叫斯坦的主厨，不过他正在吃早餐。我们对餐厅新来的经理保证，一定乖乖地等着斯坦，绝不会趁着服务员换班或休息时间询问其他不相干的工作人员。所以，我们坐下来点了前面提到的早餐，打算一边吃一边等那位主厨。其实，我们最初是先询问了经理，给他看了叮咚先生的照片后，他说："我去年才开始在这里上班，不记得见过这个人。你们可以去斯坦那儿碰碰运气，在这儿工作过的人，斯坦肯定都有印象。"

一个手指粗糙、快六十岁的女服务员过来收走了我们的空盘子。她站在我们旁边，头朝旁边甩了一下，不耐烦地说："那个傻大个儿在等你们呢。穿过柜台走到冰柜左边，就能看见他了。"

我和洛拉按照她说的到了冰柜旁边，刚一左拐，就看见了他。这个男人确实很高大，像一堵墙似的，站在一个八英尺长的烤盘前。他的腰实在太粗了，两个围裙才刚好系住。

"斯坦？"我问道。

他没答话。

"斯坦？"我又重复了一遍。

"你叫第一遍我就听见了，警官。过来吧，坐在这些油桶上。"

我按他说的坐了下来，而洛拉则跟往常一样，像个忠心耿耿的哨兵一样站在了我身后。

从侧面看，斯坦的脑袋无论尺寸还是形状都跟健身球似的，又大又圆。他留着修剪整齐的络腮胡，一头油乎乎的卷发在额前还是服服帖帖的，但到了后脑勺就冲破了油脂的束缚，像小丑的假发一样乱糟糟的。斯坦转过头来，正面对着我，我这辈子都没见过这么大的鼻子。如果地球上真的有巨人存在的话，那斯坦毫无疑问地是他们的后裔了。

"警官，你想问我什么？"一点儿糊状物从他手中的锅铲上溅开，我看着它滴落在地上，而他却扫都没扫一眼。

"你见过这个人吗？"我把嫌疑人的照片递了过去。

斯坦的眼睛是棕色的，大得像牛眼一样，他瞪着眼睛看了看照片，轻蔑地"哼"了一声，接着转身回到烤架旁，快速地依次翻了翻三个煎饼，嘴里不满地咕哝着什么。

"看来你认识他。"我说。

"这是个顶级白痴，走了快两年了。他来这儿的第三天我就把他开除了。当初他来找我，说曾经在底特律郊外一个卡车卸货站的餐厅工作过五年，还说自己当过快餐厨师、糕点厨师、副厨、主厨，只要你能想得到的厨师活儿，他都干过。他说，他是因为跟一个餐厅老板打架，才被赶出来，失去了一切。总之，先前是因为运气不好，现在想从头来过，问我能不能在这个厨房里干活。这样，我就安排他负责煎培根肉。第一天我就意识到，这个人根本就没在厨房里干过活儿。他把每一条培根都煎煳了。第二天，我叫他洗盘子，结果他连这个都搞砸了。端出去的盘子都没洗干净，脏得要命。我觉得我最好给他讲讲老斯坦是怎么精益求精的，然后再给他一天的机会。我也确实这么做了。但见鬼的是，第三天还是一团糟。警官，你知道这是哪儿吗？这里可是卢·米切尔餐厅！我们做的是全城最棒的早餐，当然不能收留这种废物。戴利市长都喜欢吃我们这儿的菜，《查格餐馆评鉴》[1]称我们的煎蛋饼做得有如神助，称我们是'世界一流水平'。"说着，斯坦把目光投向洛拉，"你是知道的，"他用拿着锅铲的手指了指她，"没错，就是你，女警官，我看见你狼吞虎咽地把我做的煎饼全都吃了。"

洛拉冲他微微点了点头，其实这已经是她在表示敬意了。斯坦也明白，他冲她会意地眨了眨眼睛，然后转向我，义正词严地继续刚才的话题。

"总而言之，警官，我们卢·米切尔餐厅，是绝对不能容忍任何闲人在厨房鬼混的。明白吗？"他说话的口气，就好像我在质疑他一样。我赶紧点头表示赞同。

---

[1]《查格餐馆评鉴》（Zagat）：由蒂姆·查格和妮娜·查格夫妇俩首创的餐厅评级手册，始于1979年。

斯坦继续说道："反正，第四天，我就在厨房后门等那个白痴。我拿着一张支票，告诉他不用再来了。那个浑球儿居然说要现金，说换不了支票。唉，我早就该想到了，对不对？我早就该想到他肯定是惹了事儿的，只能偷偷摸摸的，连银行都没法去。唉，我们这儿可容不下那种见不得光的人，警官。"

斯坦一只手拿着锅铲翻了翻煎饼，另一只手朝我无可奈何地挥了一下。

"我估计你们是想知道他的名字和其他相关信息吧。问题在于，我雇他时，没有完全走正常程序，这个决定是临时做的。所以，他并没有向我递交正式的入职申请。在前面柜台工作的琳达倒是让他填了一份工资报税单，以便给他开支票。你们可以让她帮忙找找，那个浑球儿自称'罗恩·史密斯'，1991 年 3 月时曾在这里工作过三天。不过，警官，那个浑球儿的真名肯定不是什么罗恩·史密斯，咱们都心知肚明，不是吗？"

"我觉得你说得没错，斯坦。关于这个人，你还有什么能告诉我们的信息吗？他身上有文身吗？他有没有说过他家在哪儿，上过什么学校，类似的有用信息还有没有？"

"首先，他是个蠢货。其次，他就跟你屁股底下那个油桶一样，连句话都不说，培根也煎不好。第三，他是个超级大骗子。他既不跟我说话，也不跟别人说话，这混账东西根本就不与人交流，所以我实在想不到什么有用的信息了。对了，我想起来了，他是个特别守时的精神病。他早上 5 点到这儿，下午 3 点离开，完全卡着表，分秒不差。我跟琳达结算他的工资时才发现这一点，连续三天，他上下班的时间都十分准确。当我第一次在厨房后门见到他时，他特别提过这一点，说：'我对时间很执着。每天我都会按时上班，但是到了换班的时间，我也得按时下班。你可以管这叫强迫症，叫什么都行，反正我一向准时。我必须如此。'他就是这么跟我说的，真是个怪胎。"

"斯坦，这个信息非常有用。你觉得，他会不会以前在部队上待过呢？"

"就那个蠢货？不可能！海军、陆军、空军，他哪个都不可能待过。绝不可能。我服过兵役，来这儿工作的很多小伙子也都是退伍军人，他们跟那个蠢货截然不同。而且，他根本不注意管理自己的身材。我认识很多当兵的人，虽然我们没有特地谈论过这个话题，但是看得出来，他们大部分人对身材都至少会稍加注意。可是这个蠢货，一看就是手不能提、肩不能扛的东西。我看他就是个疯子，像公鸡一样天天计算着时间，一有差错就要发狂。这是他的毛病，并不是因为当过兵。"

"斯坦……"我刚要开口说话，斯坦突然转过身来，激动地用锅铲指着我的脸。我向后靠了靠，避开了锅铲，可洛拉反而向前倾了倾身子。斯坦根本不理会她，对他来说，洛拉只不过就像厨房里的一只小苍蝇而已。他俩倒是挺般配的，如果洛拉当初也来做厨师之类的工作，说不定能跟斯坦凑成一对儿。

"真该死，警官，他可真是狗娘养的。我又记起了一件事。他特别容易紧张，跟人面对面的时候，他总是不停地眨巴眼睛。真的特别烦人。眨巴眼睛，加上对时间的固执，我敢肯定他就是有强迫症。"说到这儿，斯坦顿了顿，还冲我表演了一下疯狂眨眼的样子，"没错，我能想起来的就这些，没有别的了。"

听完这条新线索，洛拉把前倾的身子又站直了。我的大脑开始思考，要如何利用这条线索。我知道，洛拉也在思考要拿这条线索怎么办，她甚至在怀疑这条线索到底能不能用得上。正因如此，我也疑虑重重，洛拉的判断总是正确的，如果连她都觉得这条线索不好下手，那确实就很困难了。

我们跟前台的琳达一起在地下室里翻看了十个箱子之后，终于找到了"罗恩·史密斯"的工资报税单。我们把这份表格用传真发回总部，不出所料，档案专家很快就确认这份表格上的名字和社会保险号码都是假的。他们一看就知道这些信息是假的，甚至根本不用去数据库里搜索。

他们说："刘，你干了这么多年也该知道了吧，社会保险号码是不可能以 99 开头的，除非这个人是从爱达荷州塔拉马祖[1] 的某个童话小镇来的。"他们说这番话的模样我都能想象得出来，一群书呆子，坐在办公室黑暗的角落里，开着惨白的日光灯，正歪着鼻子得意扬扬地嘲笑我。

　　我和洛拉离开卢·米切尔餐厅，向芝加哥市中心走去。我们走在一座橙色雕花的拱形铁桥上，横穿了芝加哥河。桥下的河水闪烁着加勒比海的绿色，河中的渡轮和水上计程车乱作一团，但仔细看却又井井有条。桥上满是游客、律师和孩子，还有几个彻夜在爵士酒吧狂欢的人正踉踉跄跄地往家走，身穿黄色夹克的股票交易员成群结队地走在路上。虽然他们要去的地方不同，在路上却总能遇到彼此，就像弹珠机里的银色弹珠一样，虽然最终落下的位置不同，却常在途中碰面。我和洛拉慢慢地穿过熙熙攘攘的人群。走到西尔斯大厦前面时，我们都停下脚步，陷入了沉思，各自想着今天早上案件的进展。

　　那时，我们已经一起工作五年了，虽然在职场上，我们的工资等级不同，但我们是非常相似的人。我知道她什么时候需要安静，她也知道我什么时候需要独处。虽然我不愿承认，但我和洛拉有着高度的默契，这是我和妻子之间所没有的。那天早上，就连我们的步调都是完全一致的，每一步的跨度、姿势，我们的呼吸、停顿和摇头的习惯，几乎一模一样，就像百老汇舞台上训练有素的双人踢踏舞演员一样。每当这时，我都在心里默默承认，我是一个不称职的丈夫。我常常在外工作，很少回家。但是，如果我辞职不干了，桑德拉会不会感到失望呢？这份责任是我强加给自己的，既是作为惩罚，也是为了弥补我过去犯下的严重错误。假如我真的放弃了这份责任，是否就能从这地狱般的煎熬里走出来呢？

---

[1] 爱达荷州塔拉马祖（Talamazoo Idaho）：美国的密歇根州有一地名为卡拉马祖（Kalamazoo），作者故意改了一个字母，并把地点安在了爱达荷州，意在表现这是一个无中生有、本不存在的地方。

我们一直漫步到芝加哥的中心地带。麦迪逊大街的两侧都是高楼大厦，走在阴影下，就像傍晚已经降临一样。当我们走到瓦克尔下街的珠宝店时，高架桥上的城铁从我们头顶呼啸而过。在这个地区，上班族非常少见，他们都住在离这里两个街区之外的地方。我们继续走着，穿过密歇根大街，走进了格兰特公园。我和洛拉找了个绿色长凳坐下。我跷着腿沉思。她则把腿伸开，胳膊肘撑在大腿上，头垂在膝盖之间。

我的手机响了，又是博伊德打来的。我正在等着他的电话。我站起身来，一边听电话，一边来回走动，以避开洛拉灵敏的耳朵。

接完电话，我重新回到长凳上，学洛拉的姿势坐着。我们俩的脑袋就这样耷拉在耸起的肩膀中间。过了一分钟，我重重地呼了一口气，以此来引起她的注意。我有话要说。

我在自己干的这个行当里，听说过不少疯狂的案例，这些案子都是由一个个看似简单的真相组合起来的，分开看没有任何可疑之处，组合起来却会产生难以置信的结果。比如，有一个罗马尼亚的马戏团把上了年纪不能再跳舞的熊抛弃在宾夕法尼亚州的大森林里，而就在前一个月，有歹徒在同一个地点绑架了一个十岁的小姑娘。

那头常年生活在马戏团里的熊只知道跟人类要吃的，于是他一路追踪人类的气息，寻遍了方圆三英里，结果碰到了那个带着女孩儿的绑匪。像妈妈为了保护孩子而攻击敌人一样，这头母熊攻击了他，用爪子拍断了他的气管。那个十岁女孩儿又怕又累，筋疲力尽，只能滚到母熊的脚边哭泣。女孩儿后来告诉我们，在她精神恍惚时，这只突然出现的熊就像是圣母玛利亚，神圣的面孔和粉色的披肩旁闪烁着灿烂的光辉。母熊低下头，用鼻子拱着女孩儿，帮助她爬到自己身上。这头熊跑到一条荒芜的伐木小路中间，不断地哀号，后来，一个自驾游的旅客发现这个女孩儿神志不清地趴在熊背上。当时，女孩儿穿着粉色的连衣裤，那头以前在马戏团跳舞的熊穿过的粉色芭蕾舞短裙。

我坐在芝加哥公园的长凳上，来回地想着博伊德刚刚给我讲的故事，我满腹疑虑地叹了一口气，真想把这个城市里所有的空气都用我的肺过滤一遍，这样就能把博伊德的话压缩成一个可以相信的事实了。

　　我们就这么无精打采地坐着，洛拉转向了我，我也转向了她。她问："你打算要告诉我博伊德说什么了？"

　　"去开车吧。咱们要启程回印第安纳州，其实一小时前就该走了。"

　　"真该死，刘，我就知道那个臭烘烘的农民肯定还知道更多。"

　　"不，你不知道。这回他说的话，你根本不会相信的。"

　　"难道像粉红熊案件那样？"

　　"没错，就是像粉红熊案件那样。"

第八章

被囚第 25 日

人生中总有些日子，当时显得非常怪异，事后想想却又颇为滑稽。虽然是黑色幽默，但毕竟也是幽默的一种。人生中也常有一些人，当时看起来异常古怪，事后想起却又像小丑一样滑稽——相较之下，你还会发现自己的长处，而这些水平低下原本不值一提的人却在你面前装模作样，好像他们有多么了不起似的，实在是滑稽可笑。

第 25 天，来了一个访客，一想起他我就忍俊不禁，就连现在写这段经历时也无法抑制笑意。回头来看，也许上帝和他的黑蝴蝶觉得应该让我在悲惨中喘口气，于是便送给我一个笑话来轻松一下。在被囚禁的痛苦日子里，我全力以赴地对抗着恐惧。虽然恐惧的情感开关在我的大脑中固执地一次次打开，但我还是拼尽全力一次又一次地把它关上了。

这天下午，随着太阳落下，黄昏渐渐来临。晚饭马上就要送来了。跟每天一样，我把演练计划用的工具都收了起来，就连我凭空想象的演练场景也都抛诸脑后了。不管是看得见的还是看不见的，一切装备都放回了原处。我坐在床上，手掌平摊，分别放在两个膝盖上，挺直了腰，我的肚子高高耸起，就像一只圆滚滚的毛绒玩具一样，就像一只泰迪熊。

嘎吱。

嘎吱，嘎吱，更近了。

嘎吱，嘎吱，更响了。

金属插入，转动，打破封印，门开了。

但没有吃的。

"站起来。"

我站了起来。

"过来。"

我走向绑匪。他把一个购物纸袋扣在了我的头上。

"一只手放在我肩上，另一只手扶着栏杆。我没给你把纸袋口系上，这样你低头就能看到自己的脚，方便下楼。好了，跟我来。不许提任何愚蠢的问题。"

搞什么鬼？你遮住了我绝大部分的视线，然后让我走楼梯？我这会儿能看到什么重要的东西呢？不对，纠正一下，你觉得我这会儿能看到什么重要的东西呢？我自己知道，我有可能发现许多装备，说不定还能找到一条逃跑路线，不过你不知道啊。毕竟你是个蠢货。

"是，先生。"

结果，我没有获得什么关于楼下的信息，只知道楼梯都是木头做的，不知是谁经常在楼梯上跑，每一级台阶的中间都已经褪色了。最后一段楼梯是薄薄的橡木板，因为长期使用的缘故，磨损得非常严重，油漆都已经掉得差不多了。忽然，有灯光透过纸袋照了进来，接着他把纸袋拿掉了。

"她来了。"绑匪对绑匪说。

这是什么情况？搞什么鬼？是我疯了吗？面前怎么有两个一模一样的绑匪？怎么回事？

"弟弟，我看她很健康嘛。肯定能让我们大捞一把。"绑匪的克隆人对绑匪说道。

同卵双胞胎。这么说，还是家族犯罪。要是这一刻定格，我肯定是大张着嘴，一副目瞪口呆的样子。

"来，坐下，可爱的小豹子。"绑匪的双胞胎兄弟对我说道，他动作轻柔地伸出一只手，示意我坐在一张豪华的餐桌边。他的指甲比一般男人的指甲要长许多。我注意到他戴着一条紫色的印花围巾。

突然，一阵奇怪的声音传来，抬头望去，桌子尽头有一个铺着蕾丝花边桌布的橱柜，上面有一台留声机正颤巍巍地开始播放柴可夫斯基的钢琴曲。淡紫色和绿色的墙纸把这里装扮成了过时的维多利亚风格，一套闪闪发光的深色餐具让这个房间显得更加古旧。贴在墙上的薄木片打着一层厚厚的蜡，颜色几乎变成了黑的，墙纸上满是诡异的玫瑰图案。餐桌旁有十二把高背椅，都铺着粉红色印花的坐垫。餐桌中央放着热气腾腾的炖菜，屋里闷热得就像烈火熊熊的地狱一样。

"可爱的小豹子，非常非常可爱的小豹子，快过来，坐在我身边。我的名字叫布拉德。"那个名叫布拉德的双胞胎兄弟说道。他讲话的语调像唱歌一样，带着鼻音，音调很高。那条长围巾上的流苏随着他夸张的举止来回晃动。

原来这就是布拉德。他为什么要叫我小豹子？看他系着带流苏的围巾，那么先前做了超声波检查后，我收起的那条带流苏的围巾，应该也是布拉德的吧。

布拉德和囚禁我的人长得一模一样：一样的脸，一样的头发、鼻子、眼睛、嘴，身高一样，就连大肚皮也一样。唯一不同的是：布拉德显得干净利落，囚禁我的人则显得邋里邋遢。

我坐在布拉德身旁的椅子上。他把手轻柔地覆在我的胳膊肘上，就像一根羽毛落下，虽然隔着衣服，我依然能感觉到他的手又湿又冷。我敢肯定，布拉德在握手时，手腕也肯定是软弱无力的，只是松松地抓住别人的手。我妈妈肯定很讨厌他，她会说："永远都不要相信那些不能与你坚定握手的人。至于那些握手时，手指显得柔弱无骨、没有灵魂的人，切记，你一定要离他们远远的。"他把一部很大的手机放在餐桌上我够不到的地方。

"弟弟，你可没告诉我，咱们这稀有的小豹子是个高冷女王啊！"布拉德边说边把一个小圆面包放在我面前的碟子上，这又是一个桃红色印花的碟子。早晚有一天，我要把这些碟子都砸了。

"布拉德，还是把这丫头弄回楼上，然后我们简单吃顿饭吧。我真不明白你为什么吃个饭还要弄这一套，放什么音乐啊，这曲子再好不也是死人写的吗？"囚禁我的人非常暴躁地说道。

"啧啧，弟弟，你总是这么粗鲁。"布拉德说着转向了我，"太抱歉了，顽皮的小豹子，他很没礼貌。别管他，他就是头不懂事儿的野兽罢了。咱们来享受晚餐吧。我现在很累，昨天刚从泰国飞回来，今天一天又都在看牙医。我们家老头子还让我在这破破烂烂的镇子上住那种跳蚤丛生的廉价旅馆。太累了，真的太累了，小豹子。我真是累坏了。明天又得飞去别的地方……啧啧，瞧我，光顾着唠叨自己这些破事儿了。小豹子，你肯定饿了吧，嘿嘿嘿。"

之前我跟我男朋友莱尼一起看过什么电影来着？对了，是《钩子上的三块肉》[1]*。那个恐怖电影里的儿子、母亲和父亲全是杀人犯，一家子变态。想到这儿，空中传来的柴可夫斯基钢琴曲仿佛变得尖锐刺耳，就像电影中隔着浴帘捅进去的匕首发出的声音一样。*

布拉德打开一个大浅盘上罩着的圆形餐盖，里面是一堆切成片的烤肉，他把其中两片放在了我的碟子上。从气味和外形来看，这应该是小牛肉，不过在那个叫人发狂的小房间里被关了那么久，我的感觉也不一定可靠了，我怀疑自己还能不能分清什么是小牛肉。布拉德还给我盛了一堆闪闪发光的青豆、一团土豆泥和少量去了皮的胡萝卜。他一边把肉切成一小块一小块的，一边把身体向我这边倾斜，仿佛他是对我百般溺爱的后妈似的。

"豹子小姐，我和我弟弟，也可能只是我自己，觉得很纳闷儿，"

---

[1]《钩子上的三块肉》（*Three on a Meethook*）：1972 年上映的美国恐怖电影。

说到这儿，他的声音忽然从高音调变成了低音调，仿佛是故作严肃地在跟小孩子说话一样，"你为什么要用这么刻薄的眼神看我弟弟呢？"然后，他又立刻变回了高声调，"什么？你不喜欢他给你的食物啊？嘿嘿嘿，别担心，咱们以后不让他做饭了。他这个人，连在餐厅里煎培根都煎不好呢！记得吧，弟弟？记不记得，当时你想从布拉德哥哥身边逃走，自己去找工作，结果呢？结果工作怎么样？"

布拉德冲囚禁我的人眨了眨眼睛。

"这可怜的死胖子必须得跟我在一起，他实在太蠢了，自己一个人什么都干不了。好啦，好啦，我又开始絮叨了。说不定你之所以那么刻薄地看着他，是因为他又肥又蠢吧。"布拉德大笑着推了我一把，示意我跟他一起笑，我只好勉强撇撇嘴："呵呵。"这时，我恰好看到那个绑匪的目光，冰冷而麻木，他的眼睛不停地眨巴着。这是我头一回发现他有这个习惯，一直眨眼、眨眼、眨眼。

"闭上你的臭嘴，布拉德。吃你的饭。"眨眼、眨眼。

"好啦，弟弟，放轻松一点儿。这个姑娘应该享受一顿美好的晚餐，对不对，小豹子？"

"是的，先生。"

"是的，先生？！"布拉德大吼道，"是的，先生？！哎哟，弟弟，弟弟，她可真是个小娃娃，真是只可爱的小豹子。"

布拉德转向他自己的盘子开始吃东西。我的手还放在大腿上。他咬了一口吃的，目光突然投向我紧握的双拳。他皱起眉头，斜着扫了我一眼，先前嬉皮笑脸的样子瞬间荡然无存。

"你他妈的拿起叉子，把我给你的肉吃了。立刻！"布拉德用一种低沉、嫌恶的声音怒吼道。然后，突然又用高音调笑了一声："嘿嘿嘿。"

我拿起了叉子，开始吃小牛肉。

"弟弟，现在你告诉我，为什么这只小豹子要管我叫'先生'？是不是你让她这么叫你了？"

那个绑匪的肩膀颓然地垂了下来，他默不作声地把一团土豆泥塞进还没咽下食物的嘴里。

"弟弟，弟弟，你永远也不可能胜过咱们的老爹，对不对？"说着，布拉德转向了我，"漂亮的小豹子，我这位弟弟实在是受伤很深哪！我们的爸爸，我们最最亲爱的爸爸，让我们叫他'先生'。就连我们因为感冒不小心吐了，他也会把只穿着睡衣的我们赶出门外，让我们一遍遍地说：'先生，对不起，我不该吐的，对不起，先生。'啊，小豹子，不如你猜猜我那亲爱的爸爸对我这个傻弟弟做过什么？"

"布拉德，赶紧把你满口喷粪的嘴闭上……"眨眼、眨眼、眨眼、眨眼、眨眼。

布拉德把双手猛地拍在桌子上，动静大得震耳欲聋。当他站起来大喊大叫时，天花板上的玻璃枝形吊灯都在摇晃。

"噢，傻弟弟，该闭嘴的是你！"布拉德说道。他掏出一把匕首在桌子上方凶狠地挥了一下，同时用舌头把牙缝间的肉丝响亮地吸了出来。

绑匪闭嘴了。布拉德坐了下来，皱着鼻子对我露出了一个猫咪般的笑容。

嗯，真是奇怪的相处模式。这对双胞胎中，看似更阴柔的哥哥居然能掌控粗鲁暴躁的弟弟。我把身子稍稍向布拉德靠近了一点儿，想让他在潜意识中产生一种我把他当成伙伴的印象。

"弟弟，弟弟，好弟弟，你太敏感了。啧啧，"布拉德说"敏感"这个词时，声音又高了八度，十分刺耳，"小豹子，跟你说，我这个可爱的宝贝弟弟总是没法遵守爸爸的时间规定。噢，爸爸呀，他以前当过兵，是个下士，退役后也总是按部队上的纪律来规定时间。我呢，总是非常守时，爸爸最喜欢我了。那是当然的。"

布拉德一边说着"那是当然的"，一边盯着自己的指甲研究，一脸扬扬自得的样子。

"总之，这个蠢蛋总是不守时，今天迟到一分钟，明天迟到三十秒，出现的时候还喘得"呼哧呼哧"的。我们十八岁的一天晚上——你肯定看出来了吧，我们是双胞胎。十八岁的一天晚上，刚好是高中毕业典礼的后一天，爸爸派他去街角的杂货店买牛奶和无咖啡因的咖啡。爸爸说：'儿子，这是个考验，我给你测时间，你必须在 7:00 回来，一秒都不能晚。听清楚了吗？'我亲爱的弟弟就说：'是，先生。'这倒是正确的回答。于是，这孩子就跑出门了，我和爸爸望着他跑过街道，爸爸低声说：'他真没用。瞧他那动作笨拙的，跑起来就跟个傻子似的。'之后，在杂货店肯定发生了什么事。弟弟，是什么事？是什么事让你晚了整整两分钟呢？"

时间仿佛停住了。

这对兄弟在一片死寂中盯着彼此。囚禁我的那个人汗如雨下。

眨眼。眨眼。眨眼。

仇恨在这两个互为双胞胎兄弟的男人之间蔓延。

眨眼。眨眼。眨眼。

我不禁抬手护住了肚子。

眨眼。眨眼。眨眼。

"反正，不管是什么都不重要了。我这亲爱的傻弟弟刚一进门，爸爸就用指头敲着手表说：'孩子，现在刚好是 7:02。你晚了两分钟，没办法，接下来一年你只能待在禁闭室了。'"

绑匪手中的叉子"当啷"一声掉了。这回，他没有眨眼，而是满怀仇恨地死盯着我，好像我就是那个判他关禁闭的人。他之所以这样，应该是因为我连东西都不吃了，呆呆地望着布拉德，等他继续讲。我忍不住想问，什么禁闭室？

"小豹子，你知道禁闭室是什么吗？噢，你肯定不知道。虽然我弟弟一直拼命地哭喊求饶，但爸爸还是把他拖到了地下室，猛地打开一扇伪装成假墙的房门，把他推进去，上了锁。那里面是我们前一年夏天刚建好的一个小牢房。我负责给这个傻弟弟送饭。我可是对他的伙食很上心哪，小豹子。被囚禁的时候，保持健康是最为重要的，这是爸爸教给我的。但愿我弟弟给你的食物也不差。他给送的饭还好吗？都按时给你送了吗？"

"是的，先生。"我回答时看都没看绑匪一眼，我不在乎他的态度。

"如果他没有好好给你送一日三餐，我就得插手来干这个活儿了。所以，你要诚实地告诉我，小豹子，他是不是好好给你送饭了？是吗？"

我可不想让你插手。我可不想把算好的数据都推翻重来。没时间适应新的生活模式了，来不及了。预定的计划执行日没有几天了。不行，我绝不能让你插手。

"是的，先生。"

"哎哟，真甜，这小嘴儿真甜。就跟抹了蜜似的。"布拉德边说边用力拍手，就像一只上了发条的玩具猴子拿着一对铜钹在猛敲似的。

"行了，接着刚才的故事说。这怪小子还真的是一整年都没离开那个小牢房。他被放出来的时候，正好是一年后的 7:02，分秒不差。"说着，他还用手势强调地比画了一下，"每天，爸爸都让他写：'魔鬼正在看着我。如果我再迟到，就让魔鬼把我带进地狱。'他写满了 365 册笔记本，每天一册，只写这句话。等到我这个弟弟像圣歌里唱的那样'终于自由了，终于自由了'，他还得去跟爸爸说：'谢谢您，先生。'按照爸爸的规定，这才是正确的态度。"

绑匪还是目不转睛地死盯着我。在沉默中，他那副凶狠的模样变得更加邪恶，因为我现在已经知道他黑暗的过往了。眨眼。眨眼。眨眼。他的表情显得冷酷无情，他不需要我的同情，因为同情就意味着他是软弱的，意味着他的父亲做错了。眨眼。眨眼。眨眼。同情意味着他不够强大，只是个可怜人。他不停地眨眼，忽然让我觉得有些害怕，我花了整整十秒钟才抑制住这种害怕的情绪，一次次地努力关上恐惧的开关。眨眼。眨眼。

有人推了推我的碟子。

"把蔬菜也吃了，小豹子，我们需要你健健康康的。"布拉德说道。

"把这些东西都吃了，我已经准备好把孩子从你肚子里掏出来了。"绑匪说道。

这回，布拉德没有指责他，反而点了点头表示赞同。

我喝了一小口布拉德给我倒的牛奶，真希望自己能把压在他小拇指下的牛排刀抢过来，一下捅进他戴着围巾的脖子。想象一下，那红色的鲜血跟紫色的丝绸一定非常般配。

吃完晚餐，收拾好餐具以后，布拉德昂首阔步地走出餐厅，只拿了一块苹果派回来，递给了我："小豹子呀小豹子，拿着它上楼回你的房间吧。谢谢你跟我一起吃了这顿小小的晚餐哟。我很喜欢这里那里地跑，好见一见我们的货品保管员。"当他说"这里"和"那里"时，他没拿苹果派的那只手来回地挥舞了一下。

货品保管员？你指的是，怀孕的姑娘？你是说，一位母亲？你真的太恶心人了，而我居然还不能冲你发火。真是令人作呕，简直难以忍受。

布拉德伸出手来，用食指和拇指捏了捏我的耳垂，我思考着要不要一拳打得他失去平衡，然后借助他向前倒的动作，一把抓住他的胳膊往他胸前一搂，这样他就能翻过来一屁股倒在地上——这一系列攻击都是借助他的身体做武器；然后，我就用自己的身体做武器，抬起脚尖踢碎他的喉咙，就像我"老爹"教我的那样。这一脚踢下去后，我再迅速抓住左边的火钳，刺向肯定已经目瞪口呆傻站在那儿的绑匪。可惜，我这怀孕的身子连简单明了的动作都做不了，结果我只能默默地接过了那块苹果派。

我的头上又被扣上了纸袋，几乎什么都看不到，就这样拿着我的美式餐后甜点，又回到了我的囚室，绑匪走在我的身后。

通常，他会将我一把推进房间。但这回，他就这么站着，领我进了房间："臭婊子，别用这种居高临下的眼神看着我。从第一天开始，你就满不在乎，连眼都不眨一下。我告诉你，我要把你的肚子掏空，你是赢不了我的。你也别觉得听了我哥哥讲的故事以后，就有的乐了。"

　　丢下这番"友好"的睡前"祝福"后，他留下了一个充满恨意的冷笑，转身走了。

　　我最好还是假装乖乖地听话，免得他一怒之下打破了既定的日常模式。

第九章
被囚第 30 日

不出所料，早上 7:30，烤面包的香气传来，这是厨房里的人第四次来做饭了。房间里的木地板随着楼下天花板上风扇的转动而微微颤抖，嘎吱作响，食物搅拌机高速旋转的声音也夹杂其中。在想象中，我看到那台苹果绿的机器中搅拌着做糕点用的巧克力糖浆。厨房里仿佛升腾起一片巧克力做的云朵，飘向高空，紧接着便能闻到融化的乳酪和黄油饼干的香味。我使劲吸了吸鼻子，肚子咕咕直叫，口水都要流出来了。唉，要是能舔一口装巧克力的空碗，咬一口刚出炉的派，那该有多好。但在现实里，我只能待在这监狱一样的房间，默默地蜷缩在床上，一点儿都不想动。绑匪在走廊里咳嗽了一声，他背靠房门呼哧呼哧地喘着粗气，整个门都"哐当、哐当"地响。刚才早些时候，他把我和铁桶一丢到床上，用枪指着我说："不许动，别出声，否则今天就让你的孩子吃枪子儿。"

他说这番话时，枪管顶着我的肚脐，就像顶着我孩子的小脑袋一样。这浑蛋真的很有可能开枪，因为我明显感受到他话语里那彻骨的寒意，即便他现在已经离开房间了，那种寒意依旧萦绕在我的心头。我按照他的吩咐，一动也不动，心里却不住地颤抖。我控制不住地想到金属子弹穿透孩子的身体的场面，这可怕的念头就像嗡嗡缠人的蚊子，挥之不去。

十七年过去了，我坐在桌前写下这番经历，面前的墙上贴着我自己写的一句话："无论你在等待什么，都要做好准备。"这句话的意思是，如果你有所期望的话，那就不要只是空等，而是要采取行动去实现目标。累积一砖一瓦，抓紧每分每秒，脚踏实地迈出下一步，这样，你就能够离看似遥不可及的目标更近一些。我写下这句话是为了时刻提醒自己，无论我在等待什么，都一定会实现。我可以突破重重疑虑，战胜物理定律，乃至克服时间的考验。

时间，嘀嗒嘀嗒的时间，就像无尽的流水，它能够以柔克刚，它可以水滴石穿。无论你等待的是什么，在漫长的等待过程中，在时间的煎熬里，你总会想，还有什么结没解开吗？路线都确认好了吗？数据都测量过了吗？你逼着自己想啊想，只要是对达成目标有帮助的，任何事情都要想到，还有什么是没想到的吗？

在我被囚的日子里，许多个下午都是在嘀嗒的时间中浑浑噩噩地度过的。我想不到还能做些什么，神经十分紧张，一直盯着这间囚室的墙壁看。它的墙壁是一条条搭棚子用的粗糙木板，裸露的房梁就像树枝一样，而天花板就是白云遮盖的天空。地板会突然因为绑匪的踩踏而嘎吱作响，那声音总让我心头一惊，然后便开始绞尽脑汁地思考还有什么能做而未做的事情。如果实在想不出，那就做唯一能令我安心的事情：演练。无论我等待的是什么，我都需要一遍遍地演练，哪怕十遍、百遍、千遍，都不够，我要演练、演练、再演练。

我热爱奥运会选手。尤其是那些参加个人项目的奥运会选手，他们虽然不是为团队而战，却是为自己的灵魂而战。我热爱游泳健将，热爱田径明星。我对他们起早贪黑辛勤训练的幕后故事十分着迷。这些运动员一遍遍地训练、训练、再训练，永不停歇。最后，他们站到全世界瞩目的舞台上，时间一到，枪声一响，他们便飞身而去——紧绷的肌肉上流淌着汗水，他们越过跨栏，风驰电掣、如箭离弦。他们如同生活在水里的鱼，速度最快的那个就像魔鬼鱼，"嗖"地一下冲出去，将其他对手甩在身后，仿佛闪电一般一掠而过。每当冠军诞生时，我都会尖叫喝彩。那是他们努力的结果，他们的胜利理所当然、实至名归。"是金子总会发光的"，尤其是能承受烈火考验的真金。拼搏、坚定、专注、顽强、竞争——拥有这些精神的人，一定能赢。我欣赏这样的选手，我热爱他们。

在被囚禁的第 30 天，我静静地躺在床上，等待厨房里的人离开，那样我才能重新开始演练，摆脱这白日里的梦魇，不再去想孩子中枪的画面。

十一点左右，给我烤面包的人要走了，绑匪又假惺惺地讲了几句恭维话。一股酸水泛上了喉咙，我不禁冲着床单干呕起来。我听到了关门的声音，跟往常不同的是，绑匪没有去别的地方，而是径直上楼走向我的房间。这跟平常可不一样，我不喜欢意外的变动。我的后脖颈上冒出了汗珠，喉咙里的酸味儿更厉害了。我的心脏又开始像蜂鸟振翅一样狂跳不已。

他不耐烦地闯了进来。

"起来。"他说。

我站了起来。

"把它穿上。"说着，他把一双旧耐克运动鞋扔到我脚边。这双鞋比我的脚要大两码。我穿上它们，把鞋带系紧。第 32 号装备，一双跑鞋。等等，我的鞋呢？这段时间我一直都没穿鞋吗？我怎么会没注意到呢？

"走。"说完他就用枪顶住我的后背，像到这儿的第一天晚上一样，我在前，他在后，就这样慢吞吞地走着，我还是不知道我们要去哪儿。但不同的是，这次我没有被蒙住眼睛，头上也没扣纸袋。

噢，上帝啊，求您帮帮我。我们这是要去哪儿？小蝴蝶，你为什么没有来提醒我呢？不，也许你来了，只是我一上午都盯着墙看了。我好后悔，我为什么不看一眼窗户？他这是要带我去哪儿呢？

我们走下三段台阶，左边就是厨房，穿过厨房就是正门了。但我们没有左转，而是径直走向了一扇敞开的后门，门外有一小片空地，以前这里应该是有个户外野餐桌，人们可能常在这里吃饭，所以地上的草都快磨没了。我看到这片空地上到处都是烟头。难道是绑架团伙的休息区？我很想转身看看这栋房子的外观是什么样，但他用脚尖踹了我一下，让我继续往前走，结果我连一眼都没看到。

这片空地周长约有十五英尺，外围是一片长条状无人修剪的草地，方向跟我们刚出来的房子平行。这片草地平坦的地方约有四英尺宽，再往外就延伸到一片山坡上了。他用枪戳了戳我，示意我朝山坡走去。到了跟前，我发现这个山坡颇为陡峭，上面长满了大树。一条只有一英尺宽的羊肠小道蜿蜒地穿过树林。我们就沿着这条小路开始往山上走，当时正值中午。

*他要带我去哪儿？我要死了吗？我已经怀孕八个月了，只要他们有设备，孩子就能存活。但是都等到这会儿了，他们还有必要冒险给我做剖腹产手术吗？他要带我去哪儿？*我疯狂地抚摸着肚子，就像一个流落荒岛的人在拼命地摩擦树枝生火一样。这时，我忽然意识到，每当我的孩子受到威胁时，我控制恐惧的情感开关就会自动打开。怀孕前我从没这样过。意识到这一点后，我反而镇定了一些——我必须调节情绪，消除恐惧，害怕是于事无补的。但对我来说，无论是从心理上、医学上还是哲学上来看，这个发现都很有意思。有时我会想，是不是孩子的情绪——比如孩子的恐惧——在某些时刻变成了我的情绪呢？我在孕育着他，他是不是也在给我生命的回应呢？

上午早些时候下过雨，每一寸泥土、每一片树叶都带着雨后微凉的潮气。树上的新芽顶着水珠一动不动。在这样的天气里，周围一片寂静，仿佛没有任何生命。太阳也不刺眼，似乎一点儿也不想赶走空气中的寒意。头顶上满是厚厚的云朵，就像一张湿漉漉的毯子，盖在天空中。我没穿外套，不禁打了个寒战。

"真是没用。你这个不值钱的臭婊子。瞧瞧你，真是够下贱。跟人鬼混还怀了孕。你就是渣滓，一文不值。你对这个世界来说什么都不是。"他一边用枪顶着我的后背，一边把脸凑到我的脖子旁边，冲着我的耳朵说话。喷了两口热气后，他一口唾沫啐在我脸上，补充道："你这个一无是处的荡妇！"

如果我勇于承担责任，如果我打算辛勤工作来养育这个孩子，这难道不也是一种选择吗？是的，我有幸过着安稳的生活，拥有父母和朋友的关爱，但尽管如此，我还是选择了这样的人生道路。虽然这样的道路并不完美，有点儿特立独行，但这不也是一种选择吗？为什么要对我品头论足？对我指手画脚的人是谁？是他！是一个罪犯！等等，冷静，冷静。他不是针对我。集中精力，不要分神。他这是在为自己的罪行寻找借口。冷静，别分神。冷静，深呼吸。

我实在不清楚，我到底做了什么能让他如此义愤填膺。我不过就是一个怀孕的女人，只是怀孕的时候年纪还很小而已。但是这样就意味着我没有道德，必须得向他道歉吗？还是说我要跟世界道歉？跟上帝道歉？跟这森林、跟这大树、跟这空气中变幻成万物的分子道歉？我跟谁道歉都没有用，他不会放过我的。到目前为止，他所有的命令我都乖乖听从了，而他一心只想伤害我。我低着头，沉着地听他继续指责，他似乎准备了一肚子的说辞，喷出来的唾沫星子顺着我的皮肤缓缓流了下去。

"没错，你听清楚了，你这个欠揍的臭婊子。其他女孩儿，她们都是哭着喊着求我饶了她们。可你呢？你是哪儿来的疯丫头？你就那么若无其事地坐着，是不是根本就不想要这个孩子，是不是？你根本就不在乎。"

你错了。我想要这个孩子的心，远远地胜过我想获救的心。多少次，我都幻想着，那只黑蝴蝶会给我选择的机会：是要继续待在那个恐怖的房子里，但能保住孩子，还是要获救却失去孩子？我根本用不着选择，我会直接开始计划出逃,假如我和孩子要永远被关在这监狱般的房间里,我要把床上的哪个位置留给他。我幻想着用双手捧住他那圆溜溜的小肚子,亲吻他那粉嘟嘟的小脸蛋儿。

"我敢说,等咱们到了矿井,你就会开口了。到时候你就没这么大胆子了。"

为什么他要带我去矿井?

"没错,我敢说你肯定会吓得尖叫的,臭婊子。什么?那是什么?是什么?"

我不知道要如何回答。我走在他前面,脚下是一条蜿蜒的羊肠小道,我走得小心翼翼,生怕绊倒了,而他在我身后一遍遍地问:"什么?"这是个反问句吗?他是想嘲讽我到了矿井会有的反应吗?他到底要不要我回答呢?他是在自言自语吗?

我停了下来,转过头去,我的身体仍然朝前,右脚踩着一块拳头大小的石头,左脚踩在一块树根上。他慢吞吞地跟上来,看到我的动作,脸"唰"地一下就涨红了,他拿枪的手绕过我的上腹部,仿佛他是我的爱人,正要从身后拥抱我似的。他凑到我的耳边,像一条疯狂的毒蛇一样嘶嘶地说道:"我问你问题的时候,你要回答,臭婊子。说,你觉得我们今天要去做什么?"

"我不知道,先生。"

"哈,好。那我来告诉你。你要爬上那边的小山,就几步路的事儿。然后你就会看到我把你们这些小婊子都扔在了哪儿。我已经受够了你这副懒洋洋的样子,就好像你是这儿的老大似的。我要让你知道,等待你的下场是什么,那样一来,估计你就不会自以为是地坐在屋子里了,别一脸随时要杀了我的样子,你这个又傻又蠢的臭婊子。"

他呼出来的气体实在是臭不可闻。

刚离开房间时我脖子上的汗珠本来在路上冷得快要冻住了,现在他一边威胁我,一边喘着粗气,我的汗珠又开始流动了。我感到体温上升,突然开始呕吐，朝踩着石头的右脚边吐了一大口酸水。

他往后退了退，面对我的恶心反胃，他唯一的关心就是说了一句：
"快走。"然后拿枪捅了捅我的后背。

我按照他说的开始爬那座山，小路已经消失了。面前出现了许多巨大的花岗岩，这里是自然形成的岩石山。石头上布满了青苔和地衣的小斑点，就像一个青春期男孩胳膊上的汗毛一样，毛茸茸的。由于我的身体头重脚轻，脚上又穿了一双不合码的鞋子，当我在斜坡上弯腰往上爬时，身体形成的奇怪的角度，很不稳固，非常危险。

我突然身不由己地向后滑去，撞了他一下，但我用手掌攀住了一块石头，稳住了身子，石头上多刺的地衣扎进了我的皮肤。

"起来，起来！走！"他说着，却也没有伸手帮我站起来。

我好不容易爬到这堆岩石的顶上，来到了此行的目的地。

我们站在环形的山顶，中间有一个盛满黑水的深洞。看来这座山是被炸开了，山顶的岩石被炸开了一个洞，垂直通了下去，一直伸到水里。这么说，之前有人在这儿采过矿。这是一个矿井。这就是他口里说的那个矿井了。

这个矿井约有八个游泳池那么大。

"据说这里面有的地方有四十英尺深。臭丫头，你要不要跳下去看看是真是假啊？"

"不，先生。"

"不，先生？不，先生！你就这个反应？你这个欠揍的臭婊子。下来，我让你见识见识，我看你是不是吓得屁滚尿流。"

类似的话他刚才早就说过了。我看他八成是疯了。天天在那个房子里看守着我，像个奴隶一样给我送饭，他承受的压力怕是比我还大吧。他疯了，他是个疯子。疯子的行为是不可预知的，我没法再估测事态的发展了。我得仔细听、认真听，不管他说什么，我都得照做不误。

我赶紧跟上他，免得他拧着我的脖子把我拖过去。

我们沿着矿井外围走着，下了一个小小的斜坡，来到矿井边缘的一个小水坑前，这个水坑应该是矿井里的水溅上来形成的。他一边用枪指着我，一边弯腰捡起了一卷湿答答的绳子。

"把你的双手放在背后。"

我照做了，他迅速把枪放在地上，像个训练有素的水手把船系到揽柱上一样，他动作敏捷地用绳子的一端绑住了我的手腕，然后把绳子的另一端绑在了矿井边缘的一棵树上，像拴看门狗一样把我拴住了。

"你就站在这儿看着。"他说道。

他走到小水坑边，把手伸进乌黑的矿井，用手在矿井的岩壁上摸索着，好像是在解开什么东西。原来又是一条绳子，这回是一条松松垮垮的缆绳。他拖着那条绳子从我身边经过，找到了一块巨石。他坐在石头后面，脚踩在石头上做支撑，然后开始以石头为支点，用力拉那条绳子。他的胳膊、腿和下巴都绷紧了，那拼尽全力的样子就好像绳子的另一端拴了非常沉的东西，现在他要把那重物拉上来一样。

拉到一半，他气喘吁吁地停了一会儿，说道："我把之前的一个女孩儿绑在了一块很贵的滑水板上，没错，就是那种海上比赛用的滑水板。"他的胸脯随着呼吸剧烈起伏，但他却面带微笑，得意扬扬地讲述着那些恐怖的细节，"我在滑水板底部拴了一块巨大的水泥砖，然后把她、滑水板和砖块一起，都从矿井那边推了下去。"说着，他伸了伸脖子，向矿井的一边示意了一下。随后他停住话头，大口大口地喘气。接着，又继续刚才那个疯狂的话题，并继续拉绳子，"刚开始，滑水板竖着的一头栽了下去，带着她一起沉入了水里，水泥砖拽着滑水板一点点儿下沉，最后滑水板又恢复了平衡。噢，不过她并没有沉底，正好就在水面下浮着。很快你就会看到了。等我把这块水泥砖从矿井底下拽出来，你就能看到了。没错，我就是猜到总有一天要让你们这些不知天高地厚的臭婊子见识见识，才把那女孩儿拴在这里的。你说，我是不是很聪明啊？"

"是的，先生。"

呃……所以……结果呢？然后呢？还有什么？

听了他的话，又看到他一系列古怪的行动——拉回一个受害者，我承认，自己体内负责冷酷思考的那一部分又开始蠢蠢欲动了，我有些好奇。他这就好像是给自己在水下精心制造了一个战利品。坦白来讲，我不是很清楚他这个装置究竟是什么样子。但站在这里看着矿井，听着他的描述，我觉得，这个战利品的时间应该并不久远。试想，滑水板要往上浮，而水泥砖要往下沉，两者之间的张力会不断拉扯日渐腐烂的尸体。因此，最终，那根把她和滑水板绑在一起的绳子会撕裂她的肌肉、器官乃至骨头，她的尸体会被拉扯得七零八落，有的部分会漂上水面，而另一些则会沉到水底。

这么说，她应该是刚被丢进去不久了？

"我把你带来后，就把她搬到了地下室。当时她已经快要生了。没错，几天前，这个臭婊子就躺在那边的岩石上，被切开肚子拿出了小孩儿。当时你正稳稳当当地坐在屋里盯着墙面发呆呢！"

我无法描述自己在那一刻的心情。我通常不让自己受任何情绪的影响，但是当他指给我看他是从哪儿抱走一个新生儿的，当他用力拉扯着那女孩儿的尸体证明的时候，那一刻，恐惧的开关自动打开了，我经历了人生中最漫长的恐惧，至少有五分钟，也许有八分钟。我应该是吓坏了，完全无法关掉恐惧的开关。我看着他，把一个素不相识的女孩儿从漆黑的矿井中拉了出来，我的大脑在震惊中变得一片空白。我只记得自己当时曾呆呆地盯着一只红雀看，它居高临下地站在矿井旁最高的一棵橡树上。我觉得自己仿佛在等着它俯冲下来把我抓走，那是我当时唯一的念头。

绑匪又开始用力拉绳子了，他的身体就像一台起重机。水面传来"咕噜噜"的声音，中间开始冒气泡，整个矿井就像是地狱里一口煮沸的大锅。红雀应声而起，"扑簌簌"地飞走了。

　　"扑通"一声巨响，一颗留着长发、已经腐烂的头颅露出水面。接着，是她的整个身体，已经被水泡得肿胀不堪，皮肉都开始分解了。她的胸口紧紧地勒着绳子，就像绑匪说的，她跟一块紫底黑条的滑水板绑在一起。那块水泥砖应该吊在下面，只要他松手，尸体又会沉入那矿井之坟。他用力拽着绳子，让她悬在水面上，仿佛他是一个魔术师，能让平躺在铁桌上的姑娘飘浮起来似的。我的腹中传来一股热流，穿过心肺向上涌，淹没了我的肩膀、脖子和脸颊，让我陷入了极度恶心的感觉中，一动都不能动。

　　女孩儿的尸体就这样在我面前漂浮着，她的肚子被横着剖开了。那道巨大的伤口在水里已经泡烂化脓了，边缘就像灼伤的疤痕，仿佛被火烧过的白纸。但我知道，这并不是灼伤的痕迹，而是肉体腐烂后出现的红斑，是死水里的细菌在啃噬她的伤口。

　　"切开她的肚子以后，发现孩子已经死了。当时大夫喝了好多酒，醉得都走不动了。他来不了，所以我替他干了活儿。没错，是我切的。我把孩子绑在一块石头上，扔下去了，现在跟其他尸体一起沉在水底了。我把那个臭婊子扔下去之前，她还在哭喊，我那块油布上全是她流的血。害得我得给你买块新的，小婊子。你也快到时候了。"说着，他朝岩壁上指了指，"之所以都要在这里完成，是因为怕她身上溅出来的血弄脏了屋子。第一次干这差事时，屋子里被弄得一团糟，那以后我们就学聪明了。大夫想让你顺产，觉得我们不用给你做剖腹产。不过，那可不一定。我已经受够你了，估计忍耐不了多久了。所以，我劝你，别他妈的再用那种恶毒的眼神看我了。"说完，他放开绳子。她沉了下去。

　　我再也无法控制情绪，摇晃着晕了过去。

★ ★ ★

从沉沉的昏迷中醒来时，周围是一片可爱的灰色。就像一块干净的写字板一样，上面空空的，以后也是空空的，什么都不会出现。在这片灰色的空间里，有一种失重的感觉，思维不去回想过往，也不去计划未来，不确定是该跌落回黑色的无意识，还是该醒来迎接白色的现实。周围没其他颜色，只有灰色，然后灰色慢慢褪去，变成了白色，外界的声音也随之而来，但灰色很快又出现了，接着又褪去了。随着灰色的来回出现，声音也忽远忽近。

一根树枝在你平躺的头旁边折断了。

一声咳嗽。

只言片语。

眼前迅速变成黑色，然后又回到灰色，突然有人推了一下你的背，于是灰色彻底变成了白色。

"醒……"你听到了声音。

"醒醒。"这回听得更清楚一些了。

你虽然还闭着眼，却已经能看到一些轮廓和更多的颜色了。

又被推了一下，这回推的是肩膀。

"醒醒，你这个该死的臭婊子。"这回听得清清楚楚了。

睁开眼睛，恶心反胃的感觉又涌了上来。我躺在矿井旁的一片苔藓上，双手被绑在背后。

"赶紧滚起来。看你还敢不敢再那样盯着我。"

我们又沿着那条蜿蜒的羊肠小道回到了囚禁我的房子，我的手腕被绳子绑着，而他抓着绳子的另一端，就像是在遛狗一样。我精神恍惚，注意力无法集中。如果你从来没有陷入这种极度震惊的状态，那你要理解，在这种情况下，你的各种感官都会失灵。你会看不到，听不到，也闻不到。所以当我们回到房子跟前时，我完全无法辨识房子的颜色、形状、宽度和高度。我连一扇窗户也看不到。因此，在那之后，我仍然不知道这栋房子是什么样的，所以我还是只能把它想象成一栋白色的农舍。在那令人毛骨悚然的时刻，我唯一的念头就是我们要回去了。*我们要回去了。我没有死。他没有把我扔进去。他没有把我的孩子抢走。他没有把我的肚子切开。我们回去了。*这是我此生唯一一次迫不及待地想要回到那间小牢房。

第十章

被囚第 32 日

在那些单调的日子里，我一无所有，只剩一望无际的天空。

目光穿过虚无，默默注视，苦苦守望。

当一切都变成可爱的洁白，

我的内心也终获安宁。

——S. 柯克 [1]

　　厨房里的人走后，已经过去两天了。从矿井回来后，也是过去了两天。现在，我只想好好地洗个澡。比如那种流沙浴，可以让我躺在热乎乎的流沙中，任凭撒了薰衣草浴盐的温水流遍全身。或者像以前，我躺在妈妈定做的加深版涡流按摩浴缸里，舒舒服服地看着墙上的电视，妈妈特地在家里布置了那么一间白色大理石的浴室，淑女专用、男士止步。我可以自在放松地泡浴，直到皮肤都泡得起了皱，身上都变得滚烫，我就"啪嗒、啪嗒"地踩着妈妈浴室里毛茸茸的白色脚垫，裹上里兹大饭店 [2] 送给她的白色厚浴袍，走进旁边妈妈的更衣室，光着身子穿上各种

---

[1] S. 柯克（S. Kirk）：指香农 · 柯克（Shannon Kirk），即本书作者。

[2] 里兹大饭店（Ritz）：世界一流的五星级大酒店，在伦敦、纽约、巴黎等地均有开设。

名牌高跟鞋——吉米·周、莫罗，以及那双华伦天奴 [1] 的系带水晶鞋。我穿着它们，假装自己站在时装舞台上，认真地在更衣室里走起台步。我满心期盼着这洁白耀眼的美梦能够成真，可是回过神来，自己却身处布满灰尘、光线黯淡的囚室之中，头发和皮肤也都脏兮兮的。而且，从第30天开始，我又多了一项负担，那就是得变成个心口不一的两面派。我开始逼真地表演痛哭流涕的样子，同时还语无伦次地恳求那个缺乏自尊的绑匪，求他放了我和我的孩子。

实在没办法，我必须得让他觉得他自己非常了不起。

我给他他想要的，满足他那可怜的自尊心，这样一来，我们就恢复了日常的生活模式，暂时相安无事了。

虽然我十分希望能够洗澡，就像彻夜工作的律师开庭前渴望喝杯咖啡一样，但是我不会偏离日常的轨道，我要专心演练复仇计划，决不能因为提出什么新要求而打破眼下的生活规律。其实，我本来可以把被子当成毛巾，用从水杯里得到的水弄湿它，用来擦洗身体的重要部位，但是，我必须努力遏制这种想法，我绝不能浪费任何一滴水，绝不能滥用任何一样装备。

第32天中午，吃完肉馅薯饼后，我等着他来回收托盘。我站起来，摇了摇头，不禁对自己的身体感到很嫌恶，腿上都是一块一块的灰，头发油乎乎的。每天去洗手间时，我都会用那块脏兮兮的毛巾来擦身体，但是这样做帮助实在不大——坦白地说，那块毛巾已经反复用了那么多次，我觉得再继续用，说不定会越擦越脏了。

第32天是暖融融的，万里无云，艳阳高照，天空格外干净。我房间的墙上铺着松木板条，闷热得就像桑拿浴室一样。我想起厨房里的人来的日子，烤箱的热气和食物的味道混杂在一起，就像火灾中的浓烟一样飘进我的房间。这天甚至比那些日子还要闷热。

---

[1] 华伦天奴（Valentino）：与前文所提到的吉米·周（Jimmy Choo）、莫罗（Manolo）一样，均为世界知名的奢侈品品牌。

地板开始"嘎吱、嘎吱"作响，这声音预示着那个变态要来把空托盘收走了。我坐在床上，数着从我脚边到门口的松木地板，然后目光上移，看向门框旁的白色水泥墙，继续数着从门口向周围延伸的裂痕。我其实早就知道答案是多少了，但还是又数了一次。在那些日子里，每天我都以这种方式来记忆每个细节：从脚边到门口有 12 块宽度不同的松木地板，门框旁有 14 条大小不一的裂痕。

钥匙在金属锁孔里"当啷"作响，日复一日，皆是如此，我疲倦地低下头。我嗅到了自己腋下散发出的浓重汗味，不禁厌恶地屏住了呼吸。当他最终打开门时，我赶紧乖乖地坐直了身子，他像往常一样，一步踏上了 3 号地板。

"把托盘递给我。去不去厕所？"

"去，谢谢。"

"那动作快点儿。我可没有一整天的工夫。"

你没有一整天的工夫吗？你整天都在做什么？噢，对了，什么都不做。你整天就是无所事事而已。你这个废物。

不过，我不再像先前那样用轻蔑或刻薄的眼神看他。我垂下眼帘，小心翼翼地把托盘递出去，然后假装紧张不安地扭动着身子，朝洗手间走过去。而他则跟往常一样，站到楼梯口守着。

在洗手间里，我背靠着门，忍不住对自己变得如此庞大的身形而感到惊讶。孩子在我体内动了动，但动得很慢，就像是一头不慌不忙的鲸鱼，把背部缓缓地露出海面。此时，孩子的身量应该已经长足了，他应该是蜷缩在我腹中有限的空间里。不过，我倒觉得他根本不必蜷缩起来，我的身体看上去这么肥大，就像大号的户外烤肉炉一样，肚子里面应该很宽敞才对。

我轻轻地拍着肚子，扫了一眼洗手间。我还没描述过洗手间是什么样，对吧？这里以前肯定是个壁橱，从面积来看，应该还是个大壁橱。这里的空间呈楔形，紧靠房子一侧的屋檐，天花板是随着屋顶倾斜的。

地上有一个带支脚的浴缸，几乎把整个洗手间全占了。要想上厕所，就必须斜着身子绕过浴缸，由于空间太小，一坐上马桶，腰就必须挺得笔直。要是再把胳膊肘搭到旁边的白色洗手台上，那坐姿就庄重得像教皇一样了。洗手台上方有一面廉价的方镜子，那是直接用胶水粘在墙上的，方向摆得不太正。在马桶和洗手台之间，塞着一个一英尺高的白色垃圾桶，里面有两个白色塑料袋，底下的是备用的，上面的是用来装垃圾的。去杂货店买东西，店家给的就是这种薄薄的塑料袋。收银员会莫名其妙地给你在每个袋子里只装一样东西：番茄酱装一个，牛奶装一个，面包再装一个……最后恨不得让你拎走一百个塑料袋才好。我讨厌这些塑料袋。非常非常讨厌。

不过，这都是题外话了。

洗手间跟我睡的卧室一样，铺着松木地板。我已经观察这个白色房间太多次了，很想找点儿装备偷偷带回去，可凡是能够看到的东西，要么是用螺丝固定好的，要么是用胶水粘住的，剩下的就都没什么用处了。我可以把垃圾桶拿走，但是这么个小小的废纸篓能派上什么用场呢？洗手台上的那块方形毛巾边长 6 英寸，脏破不堪。除此以外，洗手间里再也没有什么可以拿来做装备的东西了。没有清洁剂，没有指甲刀，也没有镊子，真该死，哪怕有根牙线也能派上用场啊！

虽然我早就知道这里没有什么可用的东西，但洗手间的门一关上，我还是立马又开始搜寻起来。我斜着身子绕过浴缸，坐在马桶上。我的大肚子碰到了浴缸的弧形边缘，左胳膊肘搭在洗手台上。方便完之后，我站起身来，把自己干渴的嘴唇凑到洗手台的水龙头下面，努力灌进去很多水。然后厌恶地拿起那块已经用了好几周的脏毛巾，飞快地擦了几下身体。

我原地转了个身，贪婪地盯着浴缸。唉，要是能躺进去，拧开热水水龙头，那该有多好啊！我可以泡在热气腾腾的水里，把身上的恶臭统统洗去。我一边想着，一边把左脚踩在马桶圈上，用右脚支撑着身体，伸出手去挠了挠腿，因为肚子太大了，要够到大腿都变得很难。

我使劲伸着手，头往一侧的地上偏着，突然，我注意到一个放了好久的东西。这东西放得非常隐蔽，藏得很深，但其实一直就在我的眼皮底下。

那是一瓶漂白剂。

就在那儿，是个一加仑[1]的瓶子，标签已经没有了。因为它被紧紧地塞在马桶后面的空隙里，所以从外面一直看不到它。而且，最令人难以置信的是，当我蹲下去把这个新发现的宝贝拿出来时，发现它几乎是满的，里面竟然还有3/4的漂白剂！感谢上帝！感谢上帝！次氯酸钠，欢迎加入这场派对。今后，你就是第36号装备了。

这件装备堪称意外收获，令人惊喜，却并非我的复仇计划所必需。不过，虽然计划的准备阶段已经接近尾声，但我仍然能为这瓶次氯酸钠想出完美的用途。我把眼睛凑到瓶口查探时才意识到，我确实需要它，因为它可以给我的复仇对象增添痛苦。我得到了这件装备，实在是欣喜若狂，甚至陷入了一种恍惚的精神状态，觉得自己都要爱上这瓶漂白剂了。可能我确实有那么一会儿是发疯了，我甚至把这个塑料瓶子抱在怀里，大大地亲了一口蓝色的瓶盖。

垃圾桶底部放着备用的塑料袋，我把它拽出来，塞进裤子里：第37号装备，塑料袋。

我把装有漂白剂的瓶子又放了回去。现在我还没有办法把漂白剂都带走，不过我有一整个闷热的下午可以用来思考，我一定能想出办法来。

"快滚出来！"他一边大喊大叫，一边用肥大的拳头砸着洗手间的门，门上的木板在剧烈颤动着。每次他这么做，我都担心这块陈年的木板会当场裂开，破一个大洞。

"好的，先生。我这就出来了。对不起，我肚子不太舒服。"这当

---

[1]加仑：英美制容量单位，英制1加仑等于4.546升，美制1加仑等于3.785升。

然是骗他的话，因为在我把瓶子放回原处到他砸门的这段短暂时间内，我已经想到了如何安全地把瓶子带走。我根本用不着花一个下午的时间来冥思苦想。

"真的太对不起了，马上就出来，主要是我现在觉得反胃、想吐。"

"我他妈的才不管你是要吐还是要拉。快给我滚出来！"

我打开门，双臂在胸前交叉，抱着肩膀赶紧溜回了囚室，装出一副卑下、温顺又惶恐的样子。

他掏出那一大把钥匙，把我锁在了房间里。

除了锁门的钥匙以外，其他钥匙是用来干什么的呢？我不知道，也不在意。

在接下来的一个小时里，我拼命地想象一些恶心的画面。我先站起身来，原地转圈，等转到头晕眼花就立马停下，四肢着地，用手掌和膝盖撑着，低下头暂时缓和一秒，待稍微恢复平衡后，又站起来继续转圈。同时，我开始思考，最令人反感、作呕的回忆是什么，自然而然地，我想起了那个被泡在矿井里的女孩儿的尸体。于是我开始一遍遍地回放这个画面。接着，我又自己在脑海中编了一个微电影，想象着绑匪的双胞胎哥哥就在这儿，想象着自己去舔他的后背。没错，就是那个布拉德，他的后背肯定都是汗毛，上面还长满了坑坑洼洼的疙瘩，我想象着自己的舌头从他那毛茸茸的后背上舔过去，想象着他背上的疙瘩都破了，流出脓水来，而他则舔着一盘血淋淋的小牛肉。我把这可怕的画面牢牢地印在脑海中，然后又一次站起来转圈，一边转着一边想象：我不停地舔他的后背，他背上的疙瘩一个个爆开，疙瘩里流出的脓水沾满了他的汗毛，而我的舌头就这样舔过去，旁边那盘小牛肉上的血水也越来越多……我不停地转啊、转啊，最后，我觉得自己头晕得非常厉害，浑身都不舒服，于是赶紧用手指去挖喉咙。终于，终于，我吐了出来！自己给自己催吐，比想象中要难多了。而且，我以后再也没有这么做过，催吐实在不是个好主意。不过有时候，为了更大的利益，必须得做出一次这样的牺牲。

　　我稀里哗啦地吐在了距离门口很远的位置，这是我计划好的，他平时绝不会走到那儿去。我担心如果吐在了门口，他以后可能会不想进门，或者进门后不再按平常的路线走，那样我的后续计划就要泡汤了。我希望他还能像以前一样，毫不犹豫地走进门来，然后一脚踏上 3 号地板。

　　天气这么热，很快空气中到处是胃酸散发出的难闻气味。我应该坐在这儿等到晚饭时间呢，还是现在就大声把他喊过来呢？其实，有时候我突然需要上厕所，也会喊他过来。我不知道他不来送饭的时候都待在哪儿。也许他就坐在楼下的某个房间里，也许他为了办什么差事出门去了，总之，不管他去了哪儿做了什么，我在被囚的房间里都听不到。除了饭后正常用洗手间的时间之外，如果我拍门请求用洗手间的话，十二次里有八次他都会爬上楼来，不耐烦地给我开门。也就是说，他做出响应的概率还是很高的，十二次中有八次都会出现。我觉得，这是因为他不想等到我用铁桶方便之后，再去花功夫来清理那个铁桶。因此，这一次他极有可能会出现，十二分之八的概率，还是值得一试的，我决定喊他过来。

　　再说，这些呕吐物的气味实在是太难闻了，屋子里温度又高，这刺鼻的味道直冲大脑，更坚定了我的决心。

　　不行不行，我可受不了一下午都闻着这个味儿。

　　我一边沾沾自喜地搓着手，一边转着圈儿跳着华尔兹来到门口。我把自己想象成一个治病大师，现在正给手掌预热，接下来要用按摩大法给病人接骨续筋、去除病痛了。等手心热乎了，我深吸了一口气，开始大张旗鼓地拍门。

　　"不好意思，先生。不好意思。我吐了。"我大喊道。

　　果然，楼下的某个地方传来了脚步声。忽然，脚步声又停了，我估计他是想确认一下我是不是真的在叫他。

　　于是，我继续一边拍门一边大喊："不好意思，先生，我吐了。真的很抱歉。"

"真他妈的该死，狗娘养的小婊子！"他气呼呼地踩着重重的步子上了楼。

我赶紧退后几步，离开了门口。接着，他就进来了。

"妈的！"他一看到地上的呕吐物，就骂骂咧咧地捏住了鼻子。

"我会打扫干净的，先生。真的太对不起了。求求你，求求你饶了我。我看到洗手间里有漂白剂。我能用那个来打扫吗？我能将功补过吗？"我跪倒在他的脚边，拼命地乞求他，"我错了，我错了。"

他皱着眉头退了出去，站到了楼梯口，示意我可以去洗手间："好吧，快去。把这堆狗屎清理干净。动作快点儿！"

我没有起身，保持着跪倒在地的动作，手脚并用地爬到了洗手间，抓起垃圾桶、毛巾和漂白剂，然后又爬了回来。我迅速地把地上那摊呕吐物都捞起来丢进垃圾桶，然后在毛巾上倒了两瓶盖的清洁剂，开始擦地板。擦干净以后，我留下瓶子，只把垃圾桶和毛巾送回了洗手间。我把脏东西都倒进了马桶，在浴缸里冲了冲垃圾桶，打开水龙头洗了毛巾并且拧干了，然后，就回到了我的房间。

"谢谢，先生。真对不起，给你添麻烦了。"

"别他妈的再吐了。我在看《辩护律师》[1]呢！"说完，他又把我的房门锁上了。

原来这就是你整天忙活的事儿。想想也是，你这种人还能干什么呢？

看来我们又回归和平相处的日常模式了。舒适自在，起码现在是，对吧？

第36号装备，漂白剂。你来得正是时候。明天，好戏就要开场了。

---

[1]《辩护律师》（*Matlock*）：一部描写律师的美国电视剧，于1986年至1995年间播出。

第十一章

刘罗杰探长

案情接下来的发展十分出人意料，你可以选择相信，也可以选择不信。的确，就算是作为联邦调查局的报告，这一部分也实在是太稀奇了，或者说太魔幻了。

有时，我喜欢暂时从日常生活中消失一下，以前在联邦调查局工作时，这种情况很多。比如，我参加了一场会议，但会议提前结束了，我因此忽然闲了下来。我当然可以回调查局继续工作，也可以打电话给我的妻子桑德拉，或者去找我的铁拳搭档洛拉。但是，我更愿意利用这一小段偷来的时光，独自溜到铺满鹅卵石的小巷，找一家我熟悉的意大利老餐馆，进去稍坐片刻。如果这场提前结束的会议是在波士顿召开的，那么我要去的餐馆应该会是玛利亚维斯[1]，它就坐落在城中十字区的一座小山上。我觉得，从人类发明用砖头砌房子开始，那家餐馆就存在了。

也许，我会窝在餐馆里一处昏暗的角落，把手机放在屁股旁边的座位上，不去碰它。服务员会给我送来菜单，但我不需要菜单，在偷来的时光中，谁还要看这么缺乏想象力的东西！在这里，我是自由的，是无拘无束的。此刻，我的直觉会告诉我，我想要的其实很简单。"来一

---

[1]玛利亚维斯（Marliaves）：波士顿第四古老的餐馆。

份意大利土豆饺，再来一杯可乐，谢谢。"服务员脚步轻柔地离开了，马上会给我端来热气腾腾的食物。

我喜欢这种感觉，此刻，全世界没有人能找到我。我仿佛变得强大有力，掌控了整个世界。没有人能说，我不可以出现在这里，因为连我自己也没想到自己会在此刻出现在这儿。这全都是因为那天赐的礼物——偷来的清闲时光。我的精神可以翱翔在虚空中，在看不见的宇宙弦[1]之间飘浮，永远摆脱重力的吸引和束缚。

从十三岁开始，我就知道了独自躲起来的妙处，但是在偷来的时光中，在独处的安宁里，我绝不会让思绪徘徊在悲惨的记忆中，也绝不会回想那不幸的一天正是那一天。让我走上了后来的人生道路，选择了这样的职业。因此，虽然现在我只是在讲述那些偷来的美好时光，但我也不愿意提起一丁点儿的悲惨过往。

我当然希望桑德拉能在这样的时刻陪在我身旁，但那是不可能的。这些空闲时间是意料之外的，而她总是忙于各种巡回演出，没法出现在我身边。而且，一般也不会有人想着我。我知道，我可以多接一些案子，把工作进度往前赶，也可以打电话给妈妈或者某个朋友，听他们唠叨两句，时间也就过去了。要是会议结束后，我被堵在路上的话，那我连这些事情也不用做了。但只要我没有碰上大堵车，那我就拥有了一段偷来的、惊喜的、额外的时间。这时间如此宝贵，我不想打电话给任何人，也不想工作。我要静静地坐在这儿享用意大利面食和汽水，我可以盯着饭店里变幻的光影发呆，也可以默默地聆听邻桌情侣的对白。

到生命的最后时刻，我愿意把这些零碎的时光都拼凑在一起。我相信，把它们都摆在一起就能明显地看出，每一段偷来的时光其实都十分相似，因为每一次，我的心态都一样，都微笑着欣赏生命在那一刻的自

---

[1] 宇宙弦（Cosmic string）：近代以及现代的一些科学家为了研究和阐释宇宙的各种情况而引入的一个概念，宇宙弦是一个假想量，实际上是不存在的。

由自在，谁也无法打扰我。我可能会坐在玛利亚维斯的餐桌前，可能会出现在曼彻斯特或新罕布什尔的水库旁，可能会躺在亚特兰大宾馆的床上，可能会漫步在苏豪区的街道上，也可能会站在肯塔基州的公园里看着两匹骏马——一匹是棕色的，一匹是黄褐色的。但不管在哪儿，对我来说都一样，因为我在这些时光中获得了内心的安宁。

当然，我之所以能享受这种安宁的感觉，也是因为我不必真的四处躲藏。我无须躲避什么人，唯一要避开的，只有我自己和那些悲惨的回忆。如果我需要奔波躲藏，那情况恐怕就截然不同了。或者，如果我真的有什么非常糟糕的事情需要对别人隐瞒，那么，我肯定也没法安静地坐在餐馆里，更别提点什么意大利土豆饺了。

干我这一行，会发现罪犯是分等级的。最高级别的罪犯是一种高智商的自大狂，他们在作案时不会留下任何线索。没有指纹，没有足迹，没有轮胎印，没有头发丝，没有证人，没有同谋。一句话，什么都没有。最低级别的罪犯则是一种莽撞的白痴，他们简直就像把犯罪过程直播给你看一样。在这二者之间，就都是些普通的笨蛋了，他们在某些方面可能会小心翼翼，但总会留下一些关键的破绽，而我们的工作就是紧咬住这些破绽不放，顺藤摸瓜，抓住罪犯。

在多萝西·M.萨鲁奇的案子里，根据博伊德打电话提供的信息来看，我们要找的正是一种极端的罪犯，是特别莽撞、白痴的那一种。接下来，我就要讲到那一部分神奇的内容了，你可以选择相信，也可以干脆忽略。但是，要知道，现实常常比小说更奇妙，假如你觉得接下来的内容不可思议，那我得说，有些案件调查时遇到的问题还真是这么解决的。不过，案件得到解决并不意味着结果就一定是好的，而且，有关好坏的印象判断本身就是很主观的。

"刘探长，你绝对想不到我要说什么！"博伊德说道。

当时，我就站在芝加哥西环区的卢·米切尔餐厅外面，而洛拉正坐在餐厅里面，觊觎着我的那份面包。

"怎么了，博伊德？"

"刘探长，你绝对绝对想不到！连我自己都觉得不可思议。哎，真他娘的……"

话音戛然而止。

"我一会儿再打给你。"他匆匆说完就把电话挂了。

接下来发生的事情前面已经说过了。于是，我就回到了卢·米切尔餐厅里，发现洛拉正在吃我的吐司面包。跟大个子斯坦交谈了一番之后，我和洛拉走到了公园。这时，博伊德又打来了电话。

"刘探长，对不住。刚才挂了电话，真对不住。不过你绝对想不到！"

"说吧，博伊德。我有一整天的时间能听你慢慢道来。"

其实我并没有一整天的闲工夫，但我也许真的可以听他讲上几小时。这个养鸡农民的声音显得非常亲切，不禁让我想起了以前跟爷爷相处的时光，那时候我的生活还很平凡，不像后来那样，糟糕得如堕地狱之中。

"刘探长，我现在在我表弟博比家的厨房里，他家就在印第安纳州的华沙市郊外。我建议你马上动身来这儿。"

博伊德接着告诉我，他从家里出发，开了一小时的车，到印第安纳州的华沙市去采购养鸡用的饲料。"跟你讲，要不是我的发动机盖的锁坏了，要不是发动机盖自己弹起来了，我肯定就没法给你提供这条线索了。感谢上帝，多亏上帝保佑，我的发动机盖才坏了！

"刘探长，我把鸡饲料都堆在了卡车的后车厢里，可是我没带防水的油布，得赶在天下雨之前把饲料都拉回家才成。虽然要立马换个新的发动机盖锁可能没门儿，但我还知道有个办法能让我暂时合上发动机的盖子，那就是到五金店去买一卷结实的猩猩牌胶布，然后把机盖粘上。那种胶布的黏性特别大，我估计都能把一头驼鹿粘到树上呢。于是，我就跟个老老实实的基督徒一样，满脑子只想着怎么对付自己的麻烦事儿，匆忙跑到了镇上的五金店。结果，我简直不敢相信自己的眼睛！你猜怎么着？他也在那儿！刘探长，就是买我面包车的那个人！就是他！他正在五金店里排队交钱呢！"

"他看见你了吗？"

"没有，刘探长，没有，长官，他根本就没看见我。我排在后面，他看不到我。再说，不知道他迷迷糊糊地在想什么呢，根本就没留意任何人。轮到他的时候，店员竟然连喊了三声'下一位'，他才反应过来。也不知道那家伙的心思都飘到哪儿去了。不过，你别急，我还没说完呢。哎呀，后头还有呢！"

"接着说，博伊德。继续。对了，这是什么时候的事儿？"

"一个半小时以前吧。他交完钱一走，我就在柜台上扔下一张二十美元的钞票，告诉他们'甭找了'，然后匆匆追了出去。我看到他开着我的面包车走了，我抓紧时间把发动机盖粘好，然后沿着马路开到我熟悉的一家药店。那里有公共电话，我就是在那里给你打了第一个电话。幸亏我走到哪儿都带着你的名片，这才能第一时间联系上你。可是，我才说了几句，就不得不挂了电话，你猜怎么着？因为你要找的那个人又出现了！他把车停在了另一边，正准备要进药店呢。刘探长，那是一家老式药店，只卖处方药，不卖零食，也不卖尿布。现在你应该可以找到给他开处方的大夫，然后抓住他吧？不过呢，说不定根本用不着那么麻烦，因为后头还有呢！"

"等等，等等。他看见你打电话了吗？"

"绝对没有。不管是在药店还是在五金店，他都没看见我。我一直跟他保持着很远的距离，我估计你会希望我这么做，刘探长。要是他发现了我，可没什么好处。那样，他说不定就溜了，对不对？在五金店的时候，我一直低着头，躲在一个穿着黑红条纹猎人夹克的大个子后头。你们要找的那个家伙在五金店里买了胶布、铁铲和一捆油布。从他买的东西来看，情况可有点儿不妙，对不对，刘探长？"

"是有点儿不妙，博伊德。你说他在药店里也没看见你？那你看见他什么时候离开药店了吗？”

　　“没有，长官，我先走了。我开着车去别处找公用电话了。我可不想让他看见我。哎呀，我知道了！你是不是想让我悄悄地跟着他？太对不住了，瞧我，光想着不让他看见我了。不过，我还没说完呢。”

　　“你接着说。”我边说边想起了另一个案子——粉红熊。

　　“于是，我开着车在周围转啊转，就想找个公用电话。唉，我跟你讲，公用电话太他娘的难找了，刘探长。最后，我突然想到了我表弟博比。我之前跟你提过他对吧，他儿子在印第安纳大学读书，是篮球队的，对吧，你记不记得？当时你问到那个‘山地人’的车牌，我说起过，记得吧？”

　　“没错，博伊德，我记得。快，接着说。”

　　“于是，我就想起了博比表弟，他住在距市里半小时车程的一个镇子上，其实路不算远，但都是土路，所以在路上花的时间有点儿多。他在那儿有一个挺大的老牧场，养牛的。我当时就想啊，我可以开车到博比表弟家，然后用他家里的电话打给你，我还可以顺便把卡车停在他的拖拉机车库里，这样一会儿下雨，我的饲料就淋不着啦！

　　“所以我最后就直奔博比表弟家了，刚到那儿，他就迎了出来，胖乎乎的脸上带着庄户人那种热情的微笑，可是他一开口，说的话实在是太神奇了！”

　　“他说什么了？”

　　“他说：‘哎呀，博伊德，我刚准备给你打电话呢。我刚去查看了牧场外围，翻过山之后，居然看到你的面包车停在一棵柳树下，就在那个老校舍的院子外头。你把车停那儿干吗呀？’

　　“我实在是没法相信他说的话，结果他就亲自带我去看了。刘探长，我那辆栗色的面包车还真他娘的就停在那儿！挂在车头和车尾的‘山地人’车牌也都还在！我跟博比说，我们俩得弯着腰，慢慢地、悄悄地后退着往回走，确保不被任何人发现。我们真就这么做了。两个大老爷们儿，就这么鬼鬼祟祟地倒退着走出了整片牧场。一路上我们就怕撞上什么人，紧张得牙齿都在打寒战。博比家里有两杆来福枪，只要你一声令下，我们就去帮你打探情况。我们还没告诉当地的警察，打算先听你的吩咐，刘探长。"

"你们待着别动就行。把地址告诉我，我来处理。我们马上就到。你就一直待在博比家的厨房里，千万不要出门。"

这该死的嫌疑犯居然大摇大摆地出门晃悠，像个没事儿人似的，仿佛他也在享受偷来的时光。现在，我们知道他到过了一家五金店，还知道他去过一家药店，去问问就知道他买了什么药，我们可以把那两家店的监控录像和两家店之间的道路监控都作为证据调出来查看。而且，我们还知道他把面包车停在了哪儿，我非常肯定，他绝对就藏身在博伊德顺口提到的那座老校舍里。这回，他插翅难飞了——起码当时我是真的觉得他插翅难飞了。

第十二章
反击之日

啦啦啦啦啦啦，

啦啦啦啦啦啦。

只要坚定地打消疑虑，

你就能轰动整个世界。

——柯莉《空中漫步》[1]

我以前曾经在书上读到过，也可能是听人说起过，只要两英寸深的水就能淹死一个人。我的第33号装备就是水，在我被囚禁的第33天，它终于要派上用场了。至此，我已经想好了这项计划的全名，那就是"15/33"。

跟往常一样，我在早上7:22醒来。第14号装备电视机和第16号装备收音机上都显示出了时间。每天起床后，我总是会铺好床，今天也是如此。然后我就坐在白色的床单上，等待8:00的早饭。到了7:59，门外准时地传来了木地板"嘎吱、嘎吱"的响声，这位严格守时的囚室

[1] 柯莉（Kerli，1987—）：爱沙尼亚的一位歌手，《空中漫步》（*Walking on Air*）是她演唱的一首歌曲。

看守走近了。他打开门，走进来把托盘递给我，上面摆着那个印花的瓷碟子，不过这个碟子现在缺了个口，因为之前有一天我故意把它掉在了地上——在单调无聊的监禁生活中，我也只能这样自娱自乐了。碟子里盛着厨房里的人做的蓝莓松饼。当然，还有牛奶和一小杯水。我不喜欢吃蓝莓，但是松饼上淋的黄油糖浆看起来很不错，说不定会好吃。

"谢谢。"

接下来又是老一套的"再来点儿水"的问答环节。

然后，他就离开了。

命运的交响乐日复一日地演奏着千篇一律的乐章，无精打采的指挥家一边打着哈欠，一边动作机械地挥动着指挥棒。快醒醒吧！乐队为了一首摇滚版的赞歌已训练了多时，现在马上就要开始演奏了；到时候，唯一的观众将会被惊得目瞪口呆。大师，快用你的指挥棒催动节奏，加快演奏的速度吧！

那天他带我去了矿井，当时我被吓晕了，脑子一片空白。回来以后，直到这被囚禁的第33天，我都用哭喊哀求来给日常生活增添"乐趣"，这都是为了满足这个绑匪那点儿可怜的自尊心。这些夸张的感情表演都是我故意设计的，其实我要反击的决心正悄悄地与日俱增。同时，我还加速了计划的实施，把日程都提前了。我原本打算再多等上两个星期，等厨房里的人再多来两次，我再实施计划，那样我的计算和演练就会分毫不差，那样我就有更多的水可以用了。但是，经历了那次恐怖的矿井之行后，我决定直入正题，省去接下来的准备过程，赶紧进入计划的最后阶段。从矿井回来后，我又等了三天，是为了让他放松警惕，使生活回到相安无事的日常轨道上来。我不希望他焦虑不安，更不希望他对我产生怀疑，我得让他麻痹大意地陷入一种盲目的自信中。为此，我特意迎合了他那疯狂变态的思维模式：我哀号、哭喊，装作一个可怜巴巴的贱民，跪倒在他的脚下，战战兢兢地仰望他，就像仰望一个权力无边的神，仿佛他是天地的支柱，是万物的主宰，是宇宙中唯一的君主。呸，狗杂种。

　　要欺骗一个人，让那个人误以为自己权力无边，这种欺骗本身才是最为精彩并臻于极致的权力游戏。

　　我的计划要等到第33天的午饭时间才能实施，因为早上7:22—8:00这段时间太短了，不足以让我事先布置、准备好。我狼吞虎咽地吃完了松饼，然后就等着他在8:30过来回收餐具了。饭后，我坐在床的一角，用棉线剔牙，那是我从流苏围巾的边缘处拽下来的。我努力把这根棉线在紧实的牙缝间穿来穿去，松饼的碎渣混着唾液，在这根简陋的牙线上像珠子一样连成了一串。我用棉线从后排的大牙开始一直清理到门牙，由于被囚禁期间我一直都没有刷牙，缺乏对牙齿的护理，因此整个剔牙的过程中牙龈一直在出血。

　　等我从这儿逃出去了，我必须得去看牙医。

　　在卧室里进行这种颇为私密的身体护理，让我觉得有些难堪——把睡觉的地方当成洗手间，实在不像是文明人的做派。

　　我可是非常有教养的啊！

　　我看了看自己的手指甲，对指甲参差不齐的边缘感到很不满。我就这样焦急地等啊等，一边等，一边百无聊赖地整理自己的仪表，就像一只鸟在梳理自己的羽毛。

　　幸好，他又按时回来了，对我的计划毫无察觉。

　　命运的乐队，快快敲响隆隆的定音鼓吧！演出就要开场了！

　　他打开门走了进来，我把托盘递给他。

　　跟往常一样，他带我去洗手间，我洗脸、洗身体、漱口，然后就着水龙头喝水。这回我是直接用手捧水来洗，我以后再也不需要用那条脏兮兮的毛巾了。

　　乐队成员身体前倾，拿起乐器做好了准备。小提琴独奏加入到低沉的鼓声中，将气氛调动了起来。钢琴家坐得笔直，抬起了手，蓄势待发。

　　我摇摇晃晃地回到了囚室。到目前为止，15/33计划的第一阶段顺利完成了，打钩。

　　那一天发生的所有细节都汇成了一部电影，在我的脑海中根深蒂固。一举一动、一分一秒都深深地烙印在我的记忆里，十七年来一遍遍地回放，现在想来依旧历历在目。早上，从洗手间回来后，他把我用力地推进了囚室。他的手拽住我的小臂时，触感冰凉，那一瞬间我产生了一种错觉，仿佛他的手要粘在我的皮肤上了，就像结了冰的玻璃跟嘴唇粘在一起似的。我慢慢地伸长脖子，瞧见他的下巴上有一块脏东西，粘在了他没刮的胡楂儿上。那块黄色的污迹看上去像是蛋黄，我估计，他把松饼给了我之后，自己就去狼吞虎咽地吃了一顿，然后再回来收走了托盘。

　　他自己吃了一顿热腾腾的早餐，摄取了充分的蛋白质，给我吃的却是冰冷的点心，毫无营养。

　　我希望他能懂点儿礼貌，在见我之前先把脸擦干净。我希望他能有点儿风度，对我表示歉意，因为我对很多事情都颇为不满。比如他把热乎乎的臭气喷在了我的脸上，狐臭和口臭的味道充斥在空气中；比如我被囚禁在这个屋檐下，而他却能毫不愧疚地享用美餐；比如他用冰凉的手碰我。这个盲目、愚蠢的笨蛋不知道自己正一步步踏入陷阱，他的存在本身就让我感到厌恶，他因为自己的过往把我变成了受害者——他自己受到了伤害，又转而伤害我。我希望那块恶心的蛋黄能消失掉。要是我没去看他那张布满黑头、皮肤干裂的臭脸就好了，要是我没有看到粘在上面那块黏黏糊糊的污迹就好了。可惜，那块蛋黄还挂在那儿纹丝不动，我已经看到了，我只能不动声色，因为接下来还有重要的任务要做。

　　他终于从我眼前消失了，接下来是我独处的美妙时光了，在午饭前，还有三个半小时供我准备。开工了！计划进入第二阶段。

　　其实我根本就不需要三个半小时这么长的准备时间。大概只要一小时，我就能把一切都布置妥当。多余的时间我就用来演练。*我必须站在这儿。我站了过去。然后我必须松开这个。我假装松开了绳子。我必须*

把这个捡起来，然后立马扇过去。我挥舞着一块木地板。在我离开房间时必须把这个解开。最后这一部分我就没有进行实际演练了，我担心会暴露了我的致命一击，那可是最为辉煌的结束乐章，是第三道能够保证置人于死地的枷锁。

最后的时刻就要到来了。假如我是个芭蕾舞女，此刻我该踮起脚尖，我的四肢、我的身体都将进入紧绷的状态。肚里的孩子翻了个身，他的小脚从这一头挪到了那一头。他从里面轻轻地踢了一脚，五个脚指头和小小的脚后跟隐约可见。我爱你，宝贝。再坚持一下。好戏就要开场了。

三角形的高窗外，一阵疾风呼啸着掠过树梢，紧接着，天空突然阴沉下来，骤雨顷刻而至。

长笛的合奏传来，听上去就像是成群的蜜蜂在嗡嗡作响。小提琴的演奏愈发激烈，掀起了一股狂暴的旋风。三角钢琴仿佛笼罩在熊熊燃烧的烈火之中，闪烁的黑白琴键起落不停，令人眼花缭乱，仿佛下一秒整架钢琴都要在烈火中化为灰烬了。

数分钟后，天空仍然是灰蒙蒙、湿漉漉的，虽然雨还没有停，但也不像先前那样大了。假如空气温暖的话，这一天就会变得闷热潮湿，就像我在位于萨凡纳的奶奶家所度过的那些夏日一样。但是，这里的空气是清凉的，我也不在奶奶家，而是在一个平淡无奇的大农场里，因此这股潮气就显得有些寒冷刺骨了。

我的儿子绝不能出生在这里。我不会让他在冰冷的湿气中来到这个世界，也绝不会让他被任何人抢走。

我现在的身体状况决定了我只能通过精心的计划和布置来采取反击行动，因为此时我已经怀孕整整八个月了。尽管有很多机会可以反抗，但我实在无法通过身体搏击来战胜绑匪。我本来可以用瓷碟子的碎片或电视机天线的尖端做利器，刺进他的脖子。我还可以把墙脚的护壁板和床柱都拆下来，用作猛击他的武器。这些可能性，我确实都想过了。但最终我放弃了这些方法，因为那要求我的身体必须灵活敏捷，能够做扑、刺、跳一类的剧烈动作，但我挺着大肚子，实在不具备这些能力。而且，我极有可能会失手。我的身体很难把需要做的动作做到位，而且我也不想因为这些愚蠢的尝试而危及肚子里的孩子。所以，我尽量把能用的装备都用上了，同时借鉴了基础生物学和物理学的知识，设计了杠杆系统和滑轮系统，最终实现这个宏大的复仇计划。

我爸爸是一名物理学家，同时还在部队里受过训练，柔道水平达到了黑带级别。他将这两个领域结合起来，教我如何在战斗中利用敌人本身的重量和动作来进行反击。我妈妈一向性情冷酷、愤世嫉俗，她告诉过我："永远不要低估一个人的愚蠢或懒惰。"任何对手都有失误的时候，这时，就能用上她的另一句教诲了："千万不要放过对手的弱点。当敌人把头伸出来时，你要毫不留情地斩断对方的脖子。"我知道，她只是在打比方，但被囚禁之后，我始终想把这番话按字面上的意思来加以运用，只是时机一直不成熟。

绑匪在许多时刻都暴露出了他的弱点、愚蠢和懒惰。我可以把这些一一细数出来：面包车、厨房里的人、卷笔刀，严格遵守固定的行为模式，无法控制的可怜的自尊心，把枪管对准我未出生的孩子，每餐主动多给我提供一些清水、电视机、收音机，还有，每次他开门进来时，都会把那串钥匙留在锁孔里。

到了第 33 天，我可以很有把握地推断出，厨房里的人在第 37 天之前是不会出现的。冷血医生和废话夫妇也不会来，因为我没有表现出任何要临产的症状——就算有，我也不会让绑匪发现的。至于布拉德，我估计他已经顺利地飞到别的地方去了。

现在只剩下他和我了，这正是 15/33 成功的必要条件。

悬挂在空中的收音机显示，现在是 11:51，还有九分钟就到好戏开幕的时候了。我站到事先计划好的位置，抬头盯着时间，此刻收音机已经被拴在了一根悬空的绳子上。当时，时间一分一秒地走着，很慢，我的心跳也非常平缓。我只有一点儿紧张，而那只是因为这场复仇大戏终于要开场了。在这段时间，我进行了无数次的演练，仿佛是在背诵一篇激情洋溢的爱情宣言。刚开始，讲稿上的内容还会让人内心颤抖，甚至泪流满面，可是经过上万次的背诵以后，这篇讲稿就只是一堆无关情绪的文字了——就像一位总统按照大屏幕上的题词照读，又像一名糟糕的演员在干巴巴地念着台词。"我爱你"说出来成了机械的三个字，声音毫无起伏，身体毫无动作，没有因感动而伸出的双臂，也没有因激情而放大的瞳孔，脸上的表情冷漠僵硬，眉头都不会因为加重情感而皱一皱。"我、爱、你。"这句话只是平淡地被讲了出来，而且说话的人一边讲还一边盯着手表看时间。假如说话的人在表白时总看时间，那么这种爱的宣言实在毫无爱意可言；但是，假如说话的人在表白时，几乎遏制不住要双膝跪地，或是在耀目的亮光中仍能睁大双眼一眨不眨，那么爱意就传达出来了，连整间屋子都要为之颤抖不已。

　　面对这项需要完成的任务，虽然我也摩拳擦掌、跃跃欲试，但那只是像没有心脏的铁皮人表白爱意一样，毫无激情可言。我估计，此刻就算蒙着眼或者处于睡眠状态，我也能把他杀了，因为这些天来我演练了一遍又一遍，早已驾轻就熟。

　　等到了 11:55，我把目光投向了开场的大明星——一袋漂白剂，马上就要轮到它登场了。漂白剂有很强的腐蚀性。我曾经读到过一篇文章，里面引用了来自斯克里普斯环境健康与安全研究所的斯科特·卡利登的一句话："漂白剂可以在不锈钢上腐蚀出一个洞来。"因此，我把那 3/4 加仑的漂白剂倒进了那个薄薄的塑料袋里，用一根我从毛线毯上拆下来的红线把袋口松松地扎了起来。然后我把红线的另一端向上抛，搭在离门最近的房梁上垂了下来。我站在门边，拽着这根红线，借助房梁做滑轮，把漂白剂拉升到半空中，同时我手里还拽着另一根绳子，上面也拴着一样东西——至于是什么，待会儿再揭晓——这样一来，那袋漂白剂就吊在了另一样重物的下面。这两样东西一上一下，都悬在 3 号地板的正上方。

　　漂白剂有很强的腐蚀性，科学家已经告诉我们了。当漂白剂溅到眼睛里、嘴里或脸上时，天晓得会烧成什么样，想想也知道很吓人。

　　时间走到了11:59，天空忽然放晴了，一缕阳光穿透浮云倾泻而下。我背靠着墙，站在门边纹丝不动，周围充满了汗水的味道。我知道，我之所以会出汗，并不是由于紧张，而是因为我终于可以离开这间可怕的囚室，告别这里的一切了。

　　地板又传来了熟悉的晃动，嘎吱作响。午饭时间到了。我紧紧地贴在门边的墙上，一动不动地站在事先算好的位置。门外，他把托盘放在了地上。杯盘相碰发出了丁零当啷的声响，仿佛是预备的信号，我挺直了腰，蓄势待发。

　　钥匙叮叮当当，插进了锁眼，金属的摩擦声传了出来。

　　门开了。

　　他把门敞得很开，这正是我所需要的，正是我所希望的，一切都按计划进行。

　　他从地上端起食物，头也不抬地弯着腰径直走进来，一脚踩上了他每次都停下的位置。从第5天开始，我就一日三次地标记、测量，不出所料，他又站在了3号地板上。他呆呆地看着面前的床，此刻那已经不再是床，而是一个死亡陷阱。不知他对此作何感想？他本来以为我会乖乖地坐在床上等着吃午饭，结果却看到……褥子被掀起来，斜着卡在床架和墙壁之间，放在地上的床垫被切开了，里面铺着塑料膜，盛着水，变成了一个真正的水池。这是一个有着棉布边儿的"矿井"，而且就在屋里，距离门口只有几步。我给了他一秒钟的观察时间，希望他能发现，这张床就像一幅还没画完的油画，等他这个主角自己走进去，立刻就会变成一幅旷世奇作。这是一幅即将完工的杰作，只等他自投罗网，一切就大功告成了。但愿他会开始后悔，埋怨自己不该给我留下包裹床垫的塑料膜，不该懒得拆掉它，或者他应该把床板钉上，不该在地上铺床的。目光所及，他将会看到那个被巧妙盖上塑料膜的床垫，里面盛着水，刚好到床垫高度的一半左右，他还会看到斜靠墙壁立着的褥子，就像是这口水井上敞开的井盖，只要他一走进去，就会立马盖上，把他关在里面。他应该也注意到了，床架少了几根细横木。他会不会奇怪那些木头去哪儿了？收音机在空中晃晃悠悠地放着音乐，悬挂它的绳子是那条红色毛线毯做成的，收音机的插头就插在床脚的插座上。

他有没有把水跟电联系起来？有没有感到房间里正升腾起来势汹汹的杀气？有没有发现插座中的电流、我的精心谋划和无边仇恨已经汇成了一道利刃，正向他直逼而去？有没有意识到床上方震耳欲聋的歌剧声中越发紧张的气氛？压迫感越来越强，屋里仿佛电闪雷鸣。

我知道，假如再多给他一秒钟，他便会转过头来，看到我就站在左边，正在敞开的门旁边。他会困惑地咕哝一句："怎么回事？"当然，那时候我绝不会给他发问的机会，但现在我可以简单地解释一下。

从第4天晚上到第5天黎明，我干了一个通宵。我用铁桶提手的锋利边缘做工具，把卷笔刀的刀片拆了下来，然后用这块刀片切开了包裹床垫的塑料膜，并且小心地切开床垫。这项工作颇费时间。我的工具只有刀片，而且非常小，切割时稍有不慎就会前功尽弃。我必须小心翼翼、有条不紊地操作，就像一位艺术工匠在修复损坏的伦勃朗[1]名画一样。我得一寸一寸地切，保证每一次下刀都像外科医生一样精准。我保留了包裹床垫四周和底部的塑料膜，并用图钉固定好。图钉是我的第24号装备，过会儿我再解释图钉的来源。最后，我把切下来的塑料膜从暴露出来的床垫支撑板之间铺进去，又用了一些图钉固定住，便成了一个空水池。我还把自己的黑雨衣撕开，给塑料膜上一些不太结实的地方打上了补丁。他根本就没注意到我的雨衣早就不见了。

有句话说："敌人总是对你的计划视而不见，因为他得专注于自己

---

[1] 伦勃朗（Rembrandt）：指伦勃朗 · 哈尔曼松 · 凡 · 莱因（Rembrandt Harmenszoon van Rijn, 1605—1669），荷兰画家，17世纪欧洲最伟大的画家之一。

的计划。千万别想着炫耀你的聪明机智，那样会引来对方的注意——孤芳自赏就行了。要相信自己一定会取得胜利。"这是我父亲说的。当初他还在部队上时，有一次接到任务，要去解救某个被监禁在小岛上的大人物。到达目的地后，他把这句话草草地写在了一张纸巾上，然后就穿着海军潜水服，从飞机上跳了下去。我们家吃晚饭时，父亲总是津津乐道地谈起这些往事，即便过去了多年，妈妈在法庭上无往不利，父亲也从部队退役潜心研究科学，但谈话内容却没有丝毫变化。妈妈还把那张纸巾裱进画框，挂在了家中的办公室里。

到了第 33 天，床垫水井的壮观场面显然超出了他的想象力，令他目瞪口呆。他无论如何也想不到，水井里装的都是每顿饭他提供给我的温水。每次去洗手间时，我都就着水龙头大口大口地喝水，就是这样才保证了维持生命所必需的水分。床形水井上方悬挂着收音机，插头就在床头板旁边墙上的插座里。一首无与伦比的交响乐正在回荡，仿佛是水井正在贪婪地发出呼唤，迫不及待地要吞噬他。

疯狂的音符啊，疯狂的旋律！吼哮吧！

就在第 33 天，在绑匪进屋给我送午饭前，我自己都忍不住对屋内的场景发出惊叹。每次你给我带水来，我都会说："谢谢你。"其实我的意思是："谢谢给我水，让我淹死你，谢谢你给我机会，让我电死你。"

此刻，乐队神出鬼没，演奏的旋律如此激烈，乐音连成一片，我已经分辨不出单个的音符了。这绝世的音乐演奏着复仇的旋律，如此欣喜若狂！我已经如痴如醉。

他进了屋，走到那个我花了数周时间算准的位置上停下来，一秒后，我松了吊着那袋漂白剂（36 号装备）的绳子，同时还松开了超声波机的延长电线（22 号装备），那根电线拴着悬在他头顶上方的电视机。装着漂白剂的塑料袋先砸下来，在他头顶爆开，几乎同时，电视机也掉了下来，把塑料袋砸扁。两样重物都分毫不差地击中了他那脆弱的脑壳。

　　漂白剂一定溅进了他的眼睛，因为他因眩晕而虚弱无力的双臂没有去保护被砸中的头部，而是伴随着高声惨叫伸向了双眼。从那一刻起，我将他的动作进行定格，一帧一帧地回放。他用左手手背揉着左眼，同时右手手背揉着右眼。即便现在回忆起来，也跟当初一样，完全没有听到他大张着嘴里发出的咒骂声和尖叫声。只听到收音机里歌剧的赞美，听到小提琴高音的迎合，还有噼里啪啦的电流声从插座里泄漏出来的声音，仿佛迫不及待地要加入这一大合唱。电视机从他的头上落到了右肩，接着弹到了背部，最后重重地落在了木地板上，这突如其来的撞击使得床垫里的水泛起阵阵涟漪。电视机的一个金属角在他的后脖颈上划了个口子，鲜血顺着他的脊椎向下淌，就像气球上坠着的红色丝带。

　　趁他还未完全倒下，我准备使用另一件武器，在松开漂白剂和电视机的同时，我就把这个武器拿起来了。那是一块松动的木地板，在我手中变成了打人的武器。我从他的左侧把木板平伸过去，宽面抵着他的后背，根据他的身高体重，利用他倒下的动作，以足够的力度将木板猛扇在他后背上，让他跪倒在地，身体前倾，确保他一头栽在水里——反正他早晚都会跌进去。他摔进了我精心设计的矿井里，我从他的脚后跟溜了出去，站在走廊上看向屋里。同时，我从门口的钉子上解开了绳子，这条绳子是用红线编成的。从第20天开始，我就从那条红色毛线毯（5号装备）上拆下红色的毛线，而且从未被他发现。每天黎明时分，我都把剩下的毛线毯折叠起来，盖在拆下来的线上。原本在空中晃晃悠悠的收音机轰然掉进水中，沉了下去。水里的他，脑袋被砸开了花，上面沾满了漂白剂。房间里充斥着电流的噼啪声和嘶嘶声。这回，我在外面，他在里面。

　　这一切都发生在不到十秒钟的时间内，差不多就是他从街上把我抓走所用的时间。

　　现在，是正义的时刻。冷酷、激烈的正义，熊熊燃烧的正义，破人头颅、电力十足的正义。

15/33 是一个由三部分构成的完备计划。首先是电视机和虽不必要却锦上添花的漂白剂，这两件武器从天而降，接着是触电，最后是溺水，这三部分不论哪一部分都可以置人于死地。而且，就算电视机没有砸中他，我仍然可以用木地板扇他，让他绊倒在地。如果他没有跌入水中，我会拼尽全力用木板打他，直到他倒在地上，然后亮出我的杀手锏，从背上的箭筒里掏出四支箭，拉弓射向他的眼睛、脖子和腹部。

还有弓箭和箭筒？没错，我充分地利用了已有的装备。我把铁桶的提手掰直，和阁楼上得到的松紧带一起做成了一张弓。那些箭本来是床架上的细横木，我把它们拆了下来，用电视机天线的顶端把它们磨尖了。每天早上，我都把横木跟天线安回原处，营造出毫无变化的假象。箭筒是用我那件雨衣的袖子做成的，底部用红毛线系紧了。我还从超声波机的内部拆下了电线，用来做箭筒上的背带。谢天谢地，我有足够的装备可以杀死他，弓箭并不是必需的，因此，虽然在准备的过程中没法练习使用弓箭，但也并不会让我感到慌张。感谢上帝，感谢那天使般的黑蝴蝶，这个房间的布局给我提供了位置的优势，我利用这个优势，抓住时机出其不意地发动了进攻，而且在不懈的研究的帮助下，我熟悉了他的行为模式和步伐，精确地估算出他的身高和体重，现在哪怕是让我模仿他，我都能模仿得惟妙惟肖。

那些图钉又是哪儿来的？你应该还记得，在面包车上度过的第一天夜里，我睡得比他少吧。那辆面包车里很热，加上我又身材臃肿，因此出了很多汗，而汗水让胶布产生了奇妙的变化。第1天我就发现了，在高温的作用下，胶布的黏性正在慢慢丧失，我的手腕比较细，渐渐地可以活动了。最后，当他开始打鼾时，我便试着摇晃手腕，努力地想摆脱胶布的束缚。果然，在他昏睡了五十分钟之后，我的右手彻底解放了。橄榄色的小火炉挡住了侧面的滑动车门，后门又被一条铁链锁住了，如果不彻底摆脱所有胶布的束缚，我没法逃出去。我不敢确定他还有多久会醒来，很可能根本来不及解开我的左手和双腿，尽管如此，我仍然在无声地挣扎。我一边悄悄地跟胶布搏斗，一边弯下腰去，用右手捡起了背包，把图钉拿了出来。那是一包办公用图钉，一包有一千个，包得很结实，图钉在里面不会晃动，也不会发出任何声音。我把这包图钉装进了我那件有内衬的黑色雨衣的口袋里。突然，他动了一下，我赶紧坐直了身子，把右手又塞回到胶布圈中，没精打采地垂下了头，假装在睡觉。他打了个哈欠，从椅子上转过头来。我能感觉到他在看着我。

"愚蠢的臭婊子。"他说道。

而我则在心里默默地想，*白痴，我要用这些图钉把你杀了。*

三十三天过去了，他倒在水里，浑身上下"滋滋"作响，皮肉随着电流颤动不已。而我则站在囚室外面，在湿冷的空气中冻得瑟瑟发抖。当他倒下时，身体已经是软绵绵的了，他的腿像烂泥一样摊在地板上，双脚摆成了内八字，但他的躯干却搭在矮矮的床架上，头部淹没在床垫里的水中。整个场景看下来，最诡异的是他的屁股，随着每一次电流的波动都抬起来，然后重重地摔下来，撞在床沿上——就好像他只是把头埋在水里睡着了，在梦中还一次次地提起屁股想翻过这块长木板。床垫里的水看上去是蓝色的，水面随着电流泛过一些黄色的条纹，水流在他周围形成漩涡，溅到了地板上。墙上的插座里迸出了一些火星，看上去似乎要把这整间屋子都烧着了。不过，最终只是在木地板上留下了几个黑色的斑点，并没有着火。噼啪声伴着四溅的火花，水里浮起了许多气泡，随着他渐渐沉入死亡的深渊，那些气泡慢慢减少了，激烈的电流也平静了下来。我站在门外等着，一直等到水里不再冒泡。这过程就好像你在微波炉里爆玉米花，等到最后几秒钟时，里面发出"啪、啪、啪"三声，然后安静了，紧接着又发出了"啪、啪"两声，所有的爆米花都做好了。"叮！"微波炉发出清脆的声音，仿佛在说："大功告成啦！"

突然，一阵嗡嗡声席卷了整栋房子，屋里瞬间暗了下来，显然，这场电刑让电源短路了。尽管时值正午，但这破旧的走廊还是暗了下来，周围陷入了一片可怕的寂静。我伸手从背后掏出一支箭，把腰挺得笔直，就像公园里迈步拔剑的石像一样。他死去的房间里没有一丝声音传来。我的身后、头顶、脚下，乃至任何地方，都没有一丁点儿脚步声。我静静地站在之前囚禁我的房间外面，看着倒在里面的绑匪。然后，我把门锁上了，从锁孔里拔走了那串钥匙。

寂静。

我的心跳在自己耳中咚咚作响。

楼梯井中的窗户外面，有一只燕子在用翅膀拍打着玻璃，就像一个传令官来报："没有敌情，没有敌情！"

*我衷心希望你能喜欢我打造的这个小小的泳池，希望你能在里面享受畅游的美好时光，混账东西。*我恨恨地在门上啐了一口唾沫。

我走下楼梯，来到厨房。之前我曾无数次地幻想过的厨房，我以为这里应该到处都挂满了印花的彩色布，有木头做的柜子，还有白色的水槽和苹果绿的食物搅拌机。可是，眼前的一切让我迷惑不解，所有东西都跟我想得截然不同，让我觉得自己仿佛上当受骗了。这里并不是什么乡下厨房，我面前摆着两张长长的不锈钢桌子——这分明是餐厅厨房的风格。炉子又大又黑，那个食物搅拌机是单调的原白色。整间厨房里没有一丝彩色。这里既没有粉色条纹的围裙，也没有趴在地上晒太阳的胖猫咪。更重要的是，除此之外，还有一个不得了的意外在等着我。

在离我最近的那张不锈钢桌子上，我发现了另一个装着食物的瓷碟子。这绝对不是给我的，因为我吃饭用的碟子已经在楼上摔碎了，现在它的碎片就散落在那个被电击身亡的绑匪脚边。面前的这个碟子被包裹在保鲜膜里，上面贴了一张便利贴。旁边放着一杯牛奶和一茶杯水，跟我每顿饭见到的一模一样。我走近了一些，看到便利贴上写着一个字母"D"。我把目光投向旁边的垃圾桶，在一堆垃圾的上面，赫然有一层揭掉的保鲜膜，上面贴着另一张便利贴，不过这一张写的是"L"，那是我名字的首字母。之前我怎么从来没见过这些？这么说，这栋房子里不只我和绑匪。还有另一个女孩儿。那个女孩儿的名字是以D开头的。

这种变故可不属于我计划的一部分。我还是要集中精力，先完成15/33，然后再重新制订计划。我发现了一些信封，上面写着这栋房子的收信地址，然后我找到先前绑匪用的那部电话，拨打了911求救电话，要求跟警察局局长通话。他接了电话。

"请仔细听我说，并且把我说的记下来。我会慢慢说的。我叫丽莎·依兰德。我怀孕了，一个月前在新罕布什尔州的巴恩斯特德被绑架。我此刻身在梅多维尤路77号。千万不要开警车来，千万不要把这条消息广播出去。不要闹出什么动静，悄悄地来。否则，你们会让我和另一个被绑架的女孩儿陷入困境的。就开一辆普通的车来，抓紧时间。切记，不要广播，不要大张旗鼓。听明白了吗？"

"明白。"

我挂了电话。

现在我可以专心寻找另一个受害者了。我走出大门，终于，我看到了这栋建筑的全貌。这一回我倒是想对了，这栋房子确实是白色的。跟我先前注意到的一样，这栋房子有四层，下面三层每层都有四个侧翼房间，最顶层是阁楼。房子旁边有一块褪了色的牌子，写着"苹果树寄宿学校"。厨房是崭新锃亮的，但这栋房子的外观却如此陈旧，连墙皮都掉了，给人的感觉就像时空错位了一样。我不禁想起了电影《绿宝石》[1]里的一幕，当时凯瑟琳·特纳[2]和迈克尔·道格拉斯[3]扮演的人物去拜访胡安[4]，想借他那辆名叫"小宝贝"的卡车。胡安的房子从外面看是一栋破败不堪的小棚屋，里面却如同富丽堂皇的宫殿。

这栋房子里有许多房间，那个女孩儿D被关在哪一间都有可能，

---

[1]《绿宝石》（*Romancing the Stone*）：一部1984年的美国电影。

[2]凯瑟琳·特纳（Kathleen Turner，1954—）：美国著名的电影女演员、导演。

[3]迈克尔·道格拉斯（Michael Douglas，1944—）：美国著名演员、制作人。

[4]胡安（Juan）：《绿宝石》中的一个人物，是一个走私团伙的毒枭。

我并不打算费劲地爬楼梯把所有房间都找一遍。而且，我也不打算贸然地大喊大叫。幸运的是，我突然看到了一样东西。在房子的左翼，有一扇熟悉的三角形窗户，高度跟我房间里那扇三角形窗户一模一样。我沿着整栋建筑走了一圈，经过仔细观察，我发现再没有类似的窗户了。其他的窗户基本都很大，有的甚至占了房间的一面墙。我推测，假如她是被关在这些有大窗户的房间里，那么她的房间一定是拉着窗帘的。我又一次抬头向左翼那扇三角形高窗看去，我发誓，我看到那只黑色的蝴蝶正在窗框边徘徊，仿佛在给我指路。

我毫不犹豫地打开了通向左翼的楼梯的侧门，爬上了三楼。这个楼梯井跟通往我房间的楼梯井一模一样。上到三楼，我在完全一样的位置，发现了一个看上去十分熟悉的卧室。

我"嘎吱、嘎吱"地踩着地板，走近了这间上锁的卧室。

"D？"我说道。

没有任何回应。

"D，你的全名叫什么？我刚从房子的另一边的侧翼逃出来。喂，里面有人吗？"

一阵稀里哗啦的声音传来，有什么东西掉在了地上。

"我在这儿，我在这儿！求求你，放我出去！"她一遍遍地大喊着这两句话，听上去激动得快疯了。我掏出那串从我的房门上拔下来的钥匙，开始找哪一把能打开她的房门。我观察了一下她房间的门锁，有趣的是，这个锁非常古旧，只是一个非常简单的普通门锁，根本就不像囚禁我的房间那样。我的房门上不仅有新式的钛合金锁，而且还有一道门闩。为什么绑匪对她就这么放心？为什么绑匪如此低估她的能力？换作是我，我被关进来的头天夜里就可以把这道锁撬开。我找到正确的钥匙，打开了她的房门，面前，一个金发女孩正挣扎着从床上坐起来。地上散落着一堆书，估计刚才就是它们掉在地上发出的声音。D穿着一条紫色的孕妇裙，一只脚光着，另一只脚穿着匡威全明星系列的黑色运动鞋。

我又一次开始纳闷儿，我自己的鞋子去哪儿了？我不禁缩了缩脚趾，低头看了一眼。现在，我脚上穿的鞋，还是绑匪给我的那双大号耐克运动鞋。为什么她可以留着自己的鞋子？这个女孩儿跟我一样怀了孕，肚子已经非常大了。

"警察正在赶来的路上，马上就到了。"

我话音刚落，外面就传来了轮胎摩擦地面的声音和汽车引擎的突突声。

为什么在我被关的那一侧听不到汽车停下的声音？她这里却能听到。那么，当厨房里的人来的时候，当冷血医生和废话夫妇来的时候，当女童子军和她们的妈妈来的时候，当布拉德来的时候，她一定都听到了。她有没有向他们大声呼救？不，就算她呼救了，他们应该也没有听到。

"我叫多萝西·萨鲁奇。我需要看医生。"

我听到了车门关上的声音。警察应该来不了这么快，我 3.5 分钟之前才刚打过电话。但又似乎像是警察，因为来人在外面围着这栋房子走了一圈。来的人究竟是谁？要去哪儿？

面前那个女孩脸色苍白，额头上冒出大颗大颗的汗珠。她的眼睛低垂着，我看得出来，这绝不是因为无精打采，而是因为她不舒服。她的右腿肿胀不堪、颜色通红，看上去胫骨好像断裂了。她的头发油乎乎的，一个发夹把刘海儿夹向了一侧。

外面来的人去哪儿了？

多萝西的囚室在很多方面跟我的囚室都非常相似：木头做的床没有床板，塑料膜包裹的床垫直接放在了地上，褥子摞在上面，头上也有三根裸露的房梁，还有熟悉三角形高窗和木地板。但是，她这里没有电视，没有收音机，也没有笔袋、尺子、铅笔、纸和卷笔刀。我估计，应该也没有图钉。不过，她有两样我没有的装备：编毛衣的棒针和几本书。

房子的另一端传来了尖叫声。声音来自我被囚禁的那一侧。

我赶紧试着去扶多萝西，想带她走。

甩门的声音传来。还是来自我被囚禁的那一侧。

"快，多萝西，快起来。"

她吓得一动不动。

"多萝西，多萝西！我们得快走，快！"

房子外面传来了奔跑的脚步声。

接着，脚步声上楼来了。

多萝西紧紧地贴着床后面的墙壁。

我伸手去拽她的胳膊。

在我们身后的门口，一块地板嘎吱作响。

这一刻，我终于意识到，自己犯下了重大的错误。

第十三章

刘罗杰探长

刚跟博伊德通完电话，我就立马和洛拉一起开车上了高架公路，这是通往印第安纳州较为通畅的一条路线，我们加大油门、拉响警笛，全速赶往现场。在路上，我跟当地警察局通了电话，向他们解释了情况，说我们马上就到，并且告诉警察局局长，不要轻举妄动，也不要通知媒体。他说："没问题。"同时，他还保证会让他的手下悄悄地埋伏在周围。

等到了印第安纳州的盖瑞市，我们就把车顶上的警报器拿了下来，不动声色地融入到印第安纳州飘着稻香和麦香的安逸氛围中。在这个清冷的春日里，我们假装自己只是开着私家车路过的普通人。天空就像铺了一块灰色的铁板，偶尔泛起一丝微弱的蓝色。明亮的太阳好似一抹久远的记忆，深深地埋藏在阴沉的乌云背后。

我可以感觉到，坐在驾驶座上开车的洛拉正处于一种亢奋的状态，她的汗水混杂着古龙水的陈年香气，充斥着车里的每一个角落。我坐在副驾驶的位置，降下了自己这边的车窗。

"把这该死的窗户关上，刘。风声太大了，我耳朵都要被震聋了。"

呼啸的风声让我也很烦闷，而洛拉有着猎狗般灵敏的感觉，对她来说，这动静会更吵人。于是，我又按下按钮，把车窗升了上去。

　　我们径直把车开到了当地警察局，那里已经变成了本案的一个临时指挥中心，不过只有两个人。这栋建筑只有一层，一进门，面前就是一块齐腰高的木隔板，木隔板后面是几张灰色的桌子。我本来以为会有穿蓝色制服的巡逻警察来接待我们，但是却连一个巡逻警察的影子都没看到。只有一位身着军官服的老警长跟我握了握手。

　　"刘探长，我是本地警察局的马歇尔局长，这位是副局长汉克。非常抱歉，我知道你肯定希望见到更多的人手。但是，刚跟你通完电话，我就发现，偏偏在今天，局里所有的同事都去参加上一任老局长夫人的葬礼了。他们要赶回来得花上两个半小时。不过，请别着急，先听我说，有个新情况。"

　　那位局长走近了一些，郑重地直视着我的眼睛。

　　"我说，你绝对想不到。你要找的那个被绑架的女孩儿，刚才打电话来了。这时机未免也太巧了，我都有点儿不敢相信！"

　　"什么？多萝西往这里打电话了？"我难以置信地问道。

　　"多萝西？谁是多萝西？不不不，那个打电话来的女孩儿说她的名字叫丽莎·依兰德。"

　　"粉红熊。"洛拉小声地嘟囔了一句。

　　"什么？"马歇尔局长没听懂，问了一句。

　　"没有没有，没什么。你刚才说的是丽莎·依兰德？"我接着说道。

　　"对，她跟我们的通话录音了，如果需要，你也可以听听看。她是三分钟前打来的，接完她的电话后我就不停地给你打电话，不过你没接。她说让我们去那所老校舍找她，她会在那儿等我们。还说让我们别拉警笛，否则会让她和另一个女孩儿陷入困境。"

　　另一个女孩儿。另一个女孩儿。我敢说那个女孩儿肯定就是多萝西。

　　"既然你们要找的是一个叫多萝西的女孩儿，那这个丽莎·依兰德又是谁？你们知道她吗？"

　　"知道。一个月前，也就是我们正在找的这个多萝西失踪了一周后，丽莎·依兰德在新罕布什尔州失踪了，我们联邦调查局有一个小组去她家里取证过。但是，丽莎在失踪那天的早上收拾了一个很大的背包，里面装着衣服、一盒她妈妈的染发剂、很多吃的，还有其他一些零碎物件。负责调查的探员认为，这些东西说明她很可能是离家出走。她的案子就这样被搁置了，全凭那么一丁点儿有限的证据。去他妈的统计数据，都是计算机模型惹的祸，说什么离家出走的概率大，就不调查了。我就知道她也跟我们正在追查的这一系列失踪案有关。"我伸出紧握的拳头，用手背擦了一下额头，暗暗地咬紧了牙关，努力抑制住想要怒吼的情绪。

　　"罗杰，快。咱们得抓紧时间到现场去，快走吧。"洛拉拽了拽我的胳膊肘，示意我该出发了。

　　我早就发现了，在外人面前，洛拉会根据不同情况选择不同的称呼，当她想要提醒我，让我回过神来时，她就会叫我的名字"罗杰"。其他时候，她只会叫我"刘"。

　　"局长，你能给我们带路吗？"

　　"没问题，小菜一碟。我们就开塞米的那辆沃尔沃去吧。那是一辆旧车，已经锈迹斑斑了，任谁看见都不会起疑心的。对了，给你们介绍一下，塞米是我们局里的接线员。"说着，局长指了指旁边的一个大胖子。那男人舒舒服服地靠在椅子上，正在吃一个甜甜圈，他看上去一副没睡醒的样子。他的工位被挡板隔开了，就像是坐在衣橱里一样，面前的桌子上摆了一个接线总机。胖胖的塞米点了点头，对局长的话表示赞同。他嘴上不停，继续嚼着甜甜圈，同时一言不发地把车钥匙递给了局长。他的下巴和嘴唇上沾满了甜甜圈的糖粉，身上穿的制服衬衫掉了两颗扣子，我这才想起，我们现在是到了一个非常非常小的镇子上。

　　马歇尔局长、副局长、洛拉和我一行四人上了塞米的那辆橘黄色沃尔沃汽车。我跟洛拉坐在后排，车里堆满了各种垃圾，在我们的脚边滚来滚去，有加油站的咖啡纸杯，也有从敞开的袋子里漏出来的普瑞纳牌狗粮。我们的手枪都上了子弹，插在腰间的枪套里，随时准备迎接战斗。洛拉把她的鼻子探出窗外，仔细地嗅着沿途的气味。她浑身的肌肉都在微微颤动，僵直的手指紧紧地压在大腿上。虽然我没有像洛拉那样，但精神也是高度集中。我在心里绷紧了一根弦，做好了随时迎接危险的准备。

第十四章

第 33 日（续）[1]

　　听到身后传来的声音，我转过了身，背对着多萝西，看到双胞胎绑匪中的另一个——布拉德。这一刻，我意识到自己身上忽然肩负起保护四个人的职责：我，我肚子里的孩子，情绪激动的多萝西，还有多萝西肚子里的孩子。我需要观察他的情绪，从而判断眼前的形势。我看到他双目充血，泪水像火山爆发时的岩浆一样喷涌而出。一大片黏糊糊的泥状物从他的眼睑处往下淌，就像滑坡的泥石流一样，看上去仿佛是他脸上的皮肤正在融化。有那么一刹那，我产生了一种错觉，觉得面前似乎不是一个人，而是一尊在高温中迅速熔化的蜡像。于是，我眨了眨眼，更加仔细地观察了一下，发现泪水在他的脸上留下一道道明显的痕迹，就像从细沙上退去的海潮一样。终于，我明白了，那是泪水流淌在厚厚的粉底上的迹象。他化妆了？没错，绝对是化妆了。这可真叫人意外。很快，源源不断的泪水就彻底洗刷了他脸上的粉底。这回，他的脸看上去不那么干净利落了，而是跟我刚刚杀掉的那个男人一模一样，一样的丑陋、一样的邋遢。由于过度悲伤，他一言不发，只是沉重地喘息着。

---

[1] 第 33 日（续）：此处是续第十二章的内容，虽然第十二章的标题是《反击之日》，但其实讲的就是被囚后第 33 日的内容，因此本章标题为《第 33 日（续）》。

现在的他，就像一头饥饿的公牛，喷着粗气，双脚在木地板上来回地摩擦，仿佛做好了准备，随时会猛扑过来发动攻击。

我迅速地得出了四个结论：

布拉德发现了他弟弟的尸体。

布拉德也有一套钥匙，可以打开我们的囚室——现在他手里正松松地握着那串钥匙。幸好，在踏进多萝西房间时，我就把自己得到的那套钥匙扔进了背后的箭筒里。

原来布拉德没有搭飞机到别处去。

布拉德现在肯定要用非常残忍的手段来伤害我们——比以前更变本加厉。

"我的弟弟！"他尖声大叫道，用力地跺着多萝西房间的地板，朝我猛冲过来。"我的弟弟，我的弟弟，我的弟弟！"他不停地说着，然后转身在房间里走来走去，疯狂地挥舞着双臂。他身上穿了一件深蓝色的天鹅绒西服。等到他第三次猛扑到我面前咆哮时，我忽然不经意地瞥见，他右手的袖口边有四颗金色的装饰纽扣，其中一颗纽扣上有凹痕。撇开这歇斯底里的大吼大叫不说，单看布拉德这一丝不苟的打扮，他确实是非常注重个人形象的。既然如此，他的衣服上怎么会有颗碰坏了的纽扣呢……

突然，他抡起胳膊一巴掌扇在我左边的太阳穴上，就好像我的头是个网球，而他的小臂是球拍。这时，我一下子意识到，也许刚才之所以能看到那个凹痕，是因为我对未来产生了预感。我可以肯定，应该是他打我时，我的头骨在那枚纽扣上留下了凹痕。也许，由于我不断地对形势进行判断，并且一直在预测接下来会发生的每一个细节，所以我的大脑提前看到了未来马上要发生的事情。当然，我无法证明这一理论的科学性，但是假如将来有机会，我愿意跟神经系统科学家探讨一下这个现象。

虽然我原本就没有什么大的情绪波动，但是在挨了一巴掌之后，我反而彻底关闭了所有的情感开关，变得更加冷酷了。我顺势倒在了地板上，内心却惬意地感受到所有的情感都在瞬间一扫而空。我不再是人，倒像是一个物件。此刻的我就是一个机器人，是一台冰冷的机器。

我的眼皮不停地跳动着，随着我的跌倒，有一根床柱做成的箭从箭筒里滚落出来。我紧紧地盯着它，迅速伸手一把将它抓住，同时另一只手从自己弯曲着的背上取下了弓。我侧卧在地板上，拉满弓弦，将箭头瞄准面前这个新的囚室看守，他正在疯狂地来回走动，只等他转过来面朝我，我就可以把箭射出去了——这一切都发生在他打我之后的短短三秒钟内。演练，演练，再演练。只要问问参加过战争的士兵就会知道，不断的演练能够在关键时刻把你的身体从恐怖的现实中抽离出来，即使情况无比凶险，身体也能迅速地做出反击。

多萝西站在褥子上，十分凄厉地大声尖叫，就好像她是舞台上的首席女高音，正在表演一部情节惊悚可怕的歌剧，曲子的音符一直在高八度的位置盘旋不下。我觉得，她那震耳欲聋的高音都要将空气震碎了。我真希望能把她这尖锐刺耳的声音换成轻柔美妙的钢琴曲，我甚至开始想念绑匪给我的那台破旧的收音机了。不过，在这千钧一发的时刻，我来不及叫她冷静了。就这样，她站在我身后的床上扯着嗓子飙高音，而我则用左边的身子着地，侧卧在她的床前，将箭头对准了我们共同的敌人。他刚才那一巴掌下手又重又狠，我的左眼肿了起来，一滴血流进了眼睛，让我左边的视线变得模糊起来。但我的右眼还完好无损，依然敏锐。

终于，他转过身来，面朝着我了。此刻，敌人跟我之间的距离只有四英尺，我举起弓箭，瞄准了他的眼睛。我没有给他任何退缩的机会，甚至都没让他停下来缓一缓神，我立刻松开了紧绷的弓弦，木箭应声离弦，破空而去。

去吧，我的箭！射中他！

那支箭在半空中微微摇晃了一下，但是马上又自己调整好方向，像一枚热导导弹一样，全速前进，笔直地朝敌人飞了过去。箭头正中他鼻软骨和左侧颧骨之间凹进去的脆弱部分，稳稳地插在他下眼睑下方一英寸的地方，深陷在皮肉之中。要是我能有更多的机会来练习射箭就好了，那样我就可以准确无误地射中他的眼睛，说不定还可以射穿他的大脑。

紧接着，他发出了一阵野兽般的怒吼。他抬起手，把箭头从脸上一把拔了出来。在我看来，这实在是非常愚蠢。我爸爸在执行军事任务时曾受过伤，有一次，他说起了自己身体右侧的伤疤，便教导我：如果被刀子捅了，千万别去碰。要抓紧找医生。刀子可以暂时封住伤口，能起到一定的止血作用。当初叛乱分子拿一把厨房用刀从旁边捅了我，我没有马上把刀拔出来，而是就这么带着它走了十英里。假如我那时把刀拔出来了，我肯定早就不在这世上了，更不会有你这么个女儿了。

鲜血从布拉德的脸上喷涌而出，顺着他那天鹅绒的西服向下流淌，最后滴在了木地板上。有一大滴血落得飞快，溅了些许在我的手上。多亏上帝保佑，多萝西总算是不再叫唤了，她扑到我身边，从地上抓起书，一本接一本地砸向布拉德那流血的脑袋。《麦田里的守望者》[1]《冠军的早餐》[2]《百年孤独》[3]《魔界奇人》[4]，这些书顶着 J.D. 塞林格、冯内古特、马尔克斯、布莱伯利等一众作家的名字飞了过去，还有一些

---

[1]《麦田里的守望者》（*Catcher in the Rye*）：美国作家杰罗姆·大卫·塞林格(Jerome David Salinger,1919—2010)于1951年出版的一部著名小说。
[2]《冠军的早餐》（*Breakfast of Champions*）：又名《再见，蓝色星期一》（*Goodbye Blue Monday*），是美国作家柯特·冯内古特（Kurt Vonnegut, 1922—2007）于1973年出版的一部小说。
[3]《百年孤独》（*One Hundred Years of Solitude*）：哥伦比亚作家、诺贝尔文学奖获得者加西亚·马尔克斯（García Márquez, 1927—2014）于1967年出版的一部小说。
[4]《魔界奇人》（*Something Wicked This Way Comes*）：美国作家雷·布莱伯利（Ray Bradbury, 1920—2012）于1962年出版的一部黑暗科幻小说。

其他的经典之作也加入了战斗，成了我们的武器。**这一切加起来就成了第 39 号装备：文学。**

布拉德的怒吼声渐渐弱了下去，变成了低沉的呜咽声，他显得非常虚弱，踉踉跄跄地扑向门外的走廊。他用一只手死死地捂住脸上往外喷血的伤口，另一只手颤颤巍巍地拿钥匙从外面锁上了门，其间还不小心重重地撞在了门板上。再次被囚禁起来，并没有让我特别担心，真正令我担心的是，外面有一只受伤的野兽需要我来对付。野兽受了伤以后会变得极度痛苦和敏感，在一无所有的境地中，受伤的野兽再无后顾之忧，它们绝不妥协，反而会拼死一搏。

显然，我的处境变得十分不妙。房间外面有一头狂暴的土狼，里面有一个歇斯底里的少女：多萝西又瘫回了床上，嘴里发出凄厉刺耳的痛苦呻吟。我垂着肩膀，沮丧地爬起来，站在一块老化的木地板上，看上去似乎有人常常在这块木地板上踱来踱去。我用目光搜寻着三角形高窗外的天空，祈祷着那只黑蝴蝶能突然出现，为我指引方向。然而，窗外什么都没有。

你怎么会没想到布拉德有可能出现呢？你怎么会犯下如此严重的失误呢？我自责不已。

诚然，我对自己的期望总是高得离谱。我希望自己能无所不知，尽管我心里清楚那是不可能的。我觉得，这应该是一种愿望吧，我希望自己能掌握宇宙间所有的知识，并且充分利用前人的智慧。我希望自己能破解一切有关时间、空间、物质和暗物质[1]的问题，能探究生命之谜，能理解世间万物的意义。

当我发现自己身为人类总有缺陷时，我会变得很谦虚。不过，我依然会对自己有更高的要求，绝不向现实低头妥协。

我一边估测这间新囚室的大小，一边提醒自己，警察已经知晓情况

---

[1] 暗物质（Dark Matter）：一种比电子和光子还要小的物质，是宇宙的重要组成部分。

了。这一切很快就要结束了，放松，放松，深呼吸。从现在开始，警察随时都有可能出现。但愿警察能在他回来之前赶到这儿。眼下我要做的，就是制订一个新计划来对付意外情况的发生。万一接到报警电话的人也是绑匪的同伙，那该怎么办？

多萝西蜷缩在床上，那副病殃殃的样子就像一头濒死的小鹿。她的呻吟声打断了我的思路。不论是在家中的实验室，还是在被囚禁的期间，我从没考虑过在我的个人计划中加入其他人。而且，我根本就不知道该如何跟同龄的女孩儿交谈，更别提让我先开口搭话了。在被抓到这儿之前，我根本就没有任何女性朋友。我唯一的朋友就是莱尼，从四岁起我们俩就是朋友了，到了十四岁，他就变成了我的男朋友。莱尼是个多愁善感的诗人，而我则常常冷酷无情，因此我们俩在一起刚好可以互补，从而达到一种平衡的状态。莱尼对英语的精通程度颇为惊人，在一些看似毫无关联的单词中，他总能迅速地发现其中隐藏的规律，我们的老师费尽心思也难不倒他。等我们上到五年级时，学校单独给莱尼成立了一个特殊班，新罕布什尔州高等教育委员会的一位专家特地前来，花了一周的时间给莱尼出了许多英语语言方面的难题。那些顶着语言博士、医学博士、这博士、那博士头衔的人，研究来研究去，最后也说不出什么科学原理，只说莱尼是"天才"，那口气听上去就好像"天才"也是一种医学症状似的。不过我觉得，对于莱尼表现出的特殊天赋，奶奶做出的判断是最正确的，尽管奶奶什么头衔都没有。

奶奶家在萨凡纳，从我被囚禁的第33天往前数大概八个月的时候，她曾坐飞机来到了新罕布什尔州。当时，我的父母去波士顿观看"百老汇在波士顿"的巡回演出了，我跟奶奶、莱尼一起待在家里，我们坐在有靠垫的高脚椅上，围在杂物桌前玩填字游戏。不用说，莱尼以碾压般的实力领先了七十分。我在心里计算了一下，继续玩下去毫无胜利的可能性。

"奶奶，咱们还是一起做软糖吃吧，这么玩下去根本没有意义。"

我说，"我已经算过了，咱们根本赢不了，还不如趁早叫停。要不然，我们改玩国际象棋吧？莱尼对于战略类的游戏很不在行，咱们可以大赢一把，叫他溃不成军。"

"我看，你是说你能叫我跟莱尼溃不成军吧。"奶奶调侃道。

"好吧，如果你这么想，那我也没办法。"我说道。我已经为奶奶打开了大脑中的好感开关，于是，我无辜地瞪着大眼睛，朝她微微一笑。奶奶挑了挑眉毛，以她特有的方式对我眨了眨眼作为回应。我很喜欢奶奶的样子，她那布满皱纹的皮肤看上去非常柔软、洁白，与她那卷曲的白头发十分相称。对我来说，她就像一个清晰可见的精灵——是的，她就是我人生中的一个快乐精灵。她的上身穿着印有黄绿色小花的红色衬衣，下身穿着一条红色的灯芯绒裙子，腰间系了一条粉红色的丝带，脚上蹬着一双木底红皮鞋，绑着紫色的鞋带。奶奶的头发和面容都白得闪闪发光，身上却如此鲜艳多彩，仿佛有一道彩虹包裹着她的灵魂一样。

奶奶是一个作家，她出版了一系列小有名气的犯罪小说。她的目标读者群体是跟她同龄的女性，那些上了年纪的太太们不是躺在湖边度假屋的安乐椅上度日，就是干脆住进了砖头砌的养老院。而奶奶跟自己作品的读者截然不同，她从不向年龄屈服：她一边写作，一边做些针线活儿，就这样辛勤地工作着。她来看我的时候，还给我做软糖吃呢。

在我被囚禁的第 33 天前八个月，奶奶来的那一天，刚好是我和莱尼上高三的第一天。那是十月中旬里的一个周五，天气热得有些反常。一阵晚间的微风穿过厨房里敞开的窗户，轻轻地吹进来，拂动了滑石水槽上方的拱形窗帘。烧水的茶壶发出了吱吱的声音，奶奶从高脚椅上下来，把炉子关上了。

"要知道，"她说，"莱尼跟我们并没有什么两样。唯一不同的是，他幸运地成了文学寄生虫的宿主，以前查尔斯·狄更斯 [1] 身上就有这种寄生虫，现在鲍勃·迪伦 [2] 身上也有。那是一种负担和压力，大多数普通人都无法掌控，但事实上，它也是一种卓越的能力。我多希望自己也能承受这种灿烂的痛苦呀！"

她用一块厚厚的防烫布把茶壶的把手包裹起来，而我则目光空洞地盯着莱尼——他说，这种眼神总是把他吓得不轻。

"丽莎，打住！"他边说边伸手到我面前打了个响指，仿佛要把困住我的魔咒打破。然而，我早已神游天际了。我的思维飘进了隐蔽的冥想里，大脑彻底开启了研究模式。

当奶奶从微生物学角度来谈莱尼的文学天赋时，我忽然灵光一现，迫不及待地想要探索某些科学问题。也许没有必要严肃地对待她这番友好的评价，也许她只是诙谐地开了个玩笑，这只不过是周末聊天中一个轻松的小插曲。也许我不该用实际行动来证明她的话是否真的有生物学价值——但是，十几岁的青少年常常会有难以抑制的心态变化，结果我发现，在荷尔蒙的作用下，我陷入了一种在科学理论和肉体欲望之间挣扎的状态。没错，也许我希望自己也能感染莱尼身上的文学寄生虫吧。也许正是由于我产生了这种愿望，所以在跟莱尼缠绵时，我们的保护措施失败了：就是那天晚上，就在莱尼的车里，我怀上了这个孩子，我记得那之前我们刚吃掉了一整包奶奶做的软糖。其实，当时我脑子里百分之百想的都是微生物移植的问题，丝毫没去想什么排卵受精的事儿。在不可思议的科学幻想和无可争议的医学现实之间，我不小心迈错了一步，

---

[1] 查尔斯·狄更斯（Charles Dickens, 1812—1870）：英国著名作家和社会批评家，创造了许多世界知名的文学形象，被公认为英国维多利亚时代最杰出的小说家。他的代表作有《雾都孤儿》《双城记》《艰难时世》《大卫·科波菲尔》等。
[2] 鲍勃·迪伦（Bob Dylan, 1941—）：鲍勃·迪伦虽是一名音乐人，但他写作的歌词引起了文学评论家的广泛关注，对英语诗歌和文学产生了重要的影响。

正是这一步让我屈服在了荷尔蒙的作用之下。我真痛恨青春期。

下一次生理期的时间到了又过了，我却没有用到卫生棉，于是我知道自己怀孕了。我下定决心，以后绝不会再让这种平庸的肉体欲望破坏规律的精确思维。我请求莱尼的原谅，并且对他保证我会自己承担全部责任，不会扰乱他的生活。那天，还是在厨房的杂物桌前，我们又一次坐在了有靠垫的高脚椅上。我把怀孕的消息告诉了他，并且跟他道了歉。当时我的父母都在工作，奶奶也回到萨凡纳了。当我提到我会独自承担责任时，情感丰富的莱尼突然热泪盈眶。

"绝对不行。"他说道。

"莱尼，别这样。这都是我的错。"

"不，这是我的错。我想要这个孩子。"

"你想要这个孩子？"

"嫁给我吧，丽莎。"

我迅速地考虑了一下我们在少年时代和青年时代要完成的事情，并且估算了一下时间。这时，茶壶里的水又开了，那吱吱的声音又一次宣示着我们人生中的一项重大改变。当我从高脚椅下来去关炉子时，我的心里已经有了答案。这个答案既诚实地符合了我的内心，又准确地符合了我对未来的计划。

"好。但是要再等十四年，等到我们三十岁的时候再结婚。到那时候，我们都拿到了学位，而且我和你也可以分别在科学领域和文学领域建立自己的事业。"

"好吧。"他答道。他用衣袖擦了擦眼睛里的泪水，然后拿起一支笔，用歪歪扭扭的字体，在施耐特牌纸巾上写下了他内心的挣扎。

对我来说，这就是浪漫的最高境界了。至于莱尼的感受，我就不得而知了。随后的整个周末，他都泡在图书馆里，一直在研究那些曾写过自己孩子的诗人。等到周一来上学的时候，他的眼睛闪闪发亮，蹦蹦跳跳地走进教室。

要是奶奶知道了，她那番奇思妙想的比喻会给我的人生带来这么大的改变，她一定会被吓得不轻。不过，我从没对她提过这件事。如今，十七年过去了，我在写下这些经历时，仍然觉得有些担心，她已经八十八岁了，我可不希望她突然发现自己的曾孙居然是这么来的。

不知为何，在多萝西被囚禁的房间里，我想起了奶奶，想起了八个月前的那天晚上，她说出了那些决定我命运的话。我径直走向了床前，颓然坐在地上。多萝西的身体朝我的方向蜷缩着，就像一个形状奇怪的羊角面包，中间鼓得圆圆的。我完全不知道该如何安慰她，而且我觉得，如果我告诉她，我是如何在自己的囚室里杀死另一个绑匪的，那么她也许会离我远远的。说不定她对正义的看法跟我不一样呢。

布拉德在楼下来回地踱步，并且"乒乒乓乓"地乱扔东西，从他那疯狂的吼叫声里，可以听出他是多么地心烦意乱。一声巨响传来，我估计他肯定是把椅子或者茶几扔到了墙上，那动静我们在三楼都听得一清二楚。

这一切很快就要结束了。警察在哪儿呢？警察会来的。他们会来救我们的。他们究竟在哪儿呢？应该很快就来了吧？这会儿他们该来了吧？

我知道，只需要一秒钟，我就可以把多萝西房间的门锁撬开。刚才进门的时候，我已经把这件装备算上了：第38号装备，易撬的旧锁。不过，现在撬锁根本没有意义，除非警察来了，或者就算警察不来，布拉德离开这栋房子也行。幸运的是，在多萝西住的这一侧，楼下和屋外的声音都能听得很清楚。我非常肯定，假如我们能保持安静，一定可以抓住某个时机，把门锁撬开，然后冲出去。因此，我不再走来走去地思考对策了，眼下唯一的任务就是让多萝西安静下来。我们必须得静静地听，仔细地听，耐心地等待。如果警察没能来，那就充分地利用耐心——第11号装备——等布拉德离开。然后，我们就抓紧时间逃走。

多萝西躺在床上，浑身剧烈地颤抖着，直到这时，我才注意到她身上那条紫色的孕妇裙没有衬里，皱皱巴巴的，我妈妈绝对不会让我穿这种流水线作业生产出来的低品质衣服。在被囚禁之后，我第一次开始思考自己身上穿的衣服。我穿的那条黑色孕妇裤，是由法国工匠手工缝制的，过了这么多天，依然保持着原来的样子，而且几乎没有起皱。妈妈发现我怀孕之后的第二天，就给我买了两条这样的裤子。她说："丽莎，即便碰上了这种意外，我们也不能随便凑合。你要衣着得体才行，不许再把那种像袋子一样松松垮垮的东西往身上套了。你的外表会说明很多问题，既包括外在的，也包括内在的，既有主观的，也有客观的。"她边说边抬手从笔挺的衬衣上拂去一粒几乎看不到的面包屑，然后整了整袖口的钻石纽扣，纽扣上方还绣着她名字的首字母缩写。接着，她继续说道："这么做并不是为了炫富。没错，用买这两条裤子的钱，我大可以给你买上十件便宜的孕妇裙子。但是，一分钱一分货，质量是会自己说话的。用数量来换质量，是很愚蠢的做法。那根本就是在浪费钱。"她抬起手在空中挥了一下，仿佛要把经济损失从她那高傲的视线中赶出去，全都赶到落满灰尘的偏僻角落。当时，我确实非常惊讶，为何我的穿衣风格比我的身体状况更让她担忧，但现在我已经明白了，那只是她的处事方式罢了。

　　不过，我这条裤子的质量跟安慰多萝西没什么关系，法国工匠留在混合棉材料上的细密针脚再精巧，也没法给我提供什么解决问题的办法。多萝西哭得太用力了，结果开始干呕起来，而且她一边断断续续地胡言乱语，一边还挥舞拳头击打着褥子。她每打一下，我的太阳穴就"突突"地跳动一下。可怜的多萝西，不管先前她承受着怎样的心理压力，这一刻都突然倾泻出来了。我估计，如果她现在把脸转向我，我肯定会看到她的眼珠在来回转动，就像在工艺品店里买到的黑白分明的"咕噜眼珠[1]"一样。

――――――――――

[1] 咕噜眼珠（Googly Eyes）：一种外形像眼睛一样的塑料工艺品，塑料外壳里面有一颗可以自由转动的黑色珠子。

　　警察到底都去哪儿了？我想了关于奶奶的回忆，又想了关于妈妈的回忆，时间已经过去很久了。可我还是这么坐在地板上，脸上一直流着血。一定有什么不对。一定出了什么差错。我得想办法，把我们两个都救出去。

　　楼下传来了某件重物摔在了另一件重物上的巨响，紧接着是震耳欲聋的怒吼声："咿呀啊——我的弟弟啊！"

　　别指望其他人来救我们了。要制订一个不依靠任何人的计划，只靠自己。先解决多萝西的问题，让她安静下来。布拉德肯定会离开这栋房子的。他会去找工具或者别的东西。他一定会离开的，到时候我们得做好逃脱的准备才行。抓紧时间，先让多萝西镇定下来。

　　我实在想不到什么安慰她的办法，只好盘腿坐在地上，把一只手平放在她的枕头旁边。我的另一只手捂着脸上出血的伤口。我以为，只要她还有精力注意到周围的事物，就会像抓住救命稻草一样抓住我的手。其实，这是我学来的，我纯粹是在模仿奶奶以前安慰我爸爸的做法。那一天，我爸爸的姐姐，也就是奶奶的女儿，去世了。奶奶虽然哭得非常伤心，但还是勉力对爸爸做出了这个小小的安抚动作。爸爸跟林迪姑姑很亲。林迪姑姑只比爸爸大九个月，她是因为患上癌症才去世的，病魔来得非常突然，毫不留情。

　　我和妈妈用我们自己的方式安慰了奶奶和爸爸。我们没有在家里痛哭流涕，而是制订了一个非常详细的旅行计划，我们打算跟奶奶和爸爸四个人一起，花上一个月的时间游遍意大利。我跟妈妈好像没有直接谈过林迪姑姑去世的事情，但是我看懂了她的暗示，选择了适当的情绪。我在家里一直保持安静，专注于制订那份精确到分钟的旅行计划，挑选着要去的博物馆、教堂和饭店。其实，我真的非常思念林迪姑姑，但悲伤是无济于事的，既无法治愈我爸爸的痛苦，也不利于研究林迪姑姑的血液样本。我趁着护士不注意，偷偷地抽取了林迪姑姑的血液，她还悄悄地递给我一个医院里用的采血小瓶，在我耳边低声说道："孩子，你这么聪明，有朝一日一定要找到治疗癌症的办法，或者用你的机灵才智跟不公平的世道做斗争。总之，千万不要浪费你的天赋。"她艰难地吞咽了一口唾沫，竭力张开干裂的嘴唇继续说道："别去理那些对你的情绪感受指手画脚的蹩脚大夫。爱是最重要的情感，而我觉得你已经掌握了爱，也能够控制爱。"

面对这个在床上哭泣的女孩儿，我是不是该打开爱的开关？这个可怜的年轻姑娘显然正在承受着我所不能理解的痛苦。我们的处境十分相似，但此刻她所经历的情感是我完全不能理解的。我的手放在她的棉布床单上，感受到她脸颊的温暖。我看到她的胳膊骨瘦如柴，不禁十分惊讶，难道在被囚禁的期间，她什么都没吃吗？当然，今天的午饭她确实还没能吃上，因为负责给她送饭的人已经被我杀了。

此刻，太阳躲在浓密的乌云背后，只是隐隐约约地露出了模糊的白色轮廓，黯淡无光。多萝西冰冷的房间笼罩在阴影里，我差点儿以为夜晚就要来临了，但其实现在才刚过正午不久。

身处房子的这一侧，听到的声音与另一侧截然不同。屋外十分喧闹：奶牛哞哞地叫着，远处不时传来悠长的钟声。而且，多萝西房间里的三角形高窗不知是被石头还是别的什么东西打破了一个洞，冰凉的微风呼呼地吹了进来，夹带着青草和牛粪的气味。此外，楼下那个激动的绑匪还一直在摔东西，嘴里不住地咒骂着。他就像一头被困的野兽，而囚禁他的牢笼就是他自己的疯狂。

警察不会来了。必须得另寻出路了。

尽管周围充斥着恼人的噪声，但不知为何，当我把手放在多萝西的头旁边时，她的情绪却渐渐平静下来。她紧紧地抓住我的手指，就好像我是悬崖，而她是一个快要掉下去的攀登者，为了活命，正拼尽全力地用指甲抓住世界尽头的一块岩石角。我不敢移动分毫，因为随着她那逐渐绵长和加深的呼吸，她居然疲惫地眨着眼睛，不可思议地渐渐陷入了一种瞌睡的状态。在入睡前的最后一秒，她用充满泪水的蓝色大眼睛与我对视了。我们的脸只隔了一英尺。在那一刻，多萝西·M·萨鲁奇成了我此生最好的朋友。我把爱的开关打开了——专门为她打开了——我希望，这样一种情感能激励我重新制订计划，从而拯救我们两个，不，是我们四个。

爱的开关是最容易被关掉的，也是最难开启的。与之相反，最容易开启却最难关掉的情感有：仇恨、懊悔、内疚和恐惧。其中，恐惧是最容易开启的。"爱意"完全是一头难以驯服的野兽。实际上，"爱意"根本都不能被界定为一种情感。爱意是一种不自觉产生的状态，是由难以估量的化学反应催生的，它会让你陷入一种不愿脱离的美好循环。到目前为止，我只有一次产生了爱意，那就是当我肚子里的小生命轻轻地动了一下的时候。对我来说，那是多么奇妙的一天啊！我惊讶地感受到了爱意，这种令人着迷的感觉用情感的外衣来伪装自己，悄无声息地渗透到我的心中，深深地埋藏在那儿。我愿意不惜一切代价来保护并延长这份"伟大的爱"，它就这样突如其来地闯入了我的生命，而且没有给我提供任何可操纵的开关。

不过，"平凡的爱"则可以看作是一种情感，它是有开关的。虽然很难开启，但一旦打开，爱意就会如泉水般喷涌。当我看着多萝西慢慢睡去时，我打开的就是这样一个爱的开关。她的脸颊上布满了泪痕，头枕在我那只已经麻木了的手上。

第十五章
刘罗杰探长

有时，当我回想起那一天，我会忍不住发狂，既想扼住身边任何人的喉咙，又想抓起一块砖头，砸向最近的玻璃。近在咫尺却失之交臂，差之毫厘而谬以千里，这实在是太令人绝望了！

印第安纳州中部的样子很像纽约州的北部，只不过比纽约州更加平坦。也就是说，比平坦的地方还平坦，超级平坦。我们开车笔直地——真是笔直地——穿过镇子，向目的地驶去。这条恼人的四车道公路上，简直有一百个信号灯。布置这么多的信号灯，好像纯粹是和经过这里的外地人过不去，惹他们生气烦躁，而当地人却毫不在意。这儿的人似乎不急着赶时间，而是优哉游哉地在路上闲逛，黄灯刚一亮起，他们马上就刹车不走了。这一整条路的柏油路面都磨损得非常厉害，褪成了灰色，显然是经受了乡间阳光的无数次暴晒，在瞧不见的甲壳虫大军的振翅声中变成了这副模样。不过，我提到的那一天，却一点儿也不炎热；相反，那是一个寒冷的春日，头顶布满了厚重的乌云，零星的雨点儿从空中落下，打在灰色的柏油路面上，留下一个个黑色的污点。

我们就像一群沉默的幽灵，开车穿过小镇，途中经过了加油站，还有夫妻合开的五金店和小杂货铺，一眼望去，店里都非常冷清，没什么客人。有几个女人手推购物车沿街走着，可放眼望去，这附近又没有什么大型超市。我们都不说话，内心只有一个愿望，那就是在揭穿这起骇人听闻的阴谋之前，千万不要惊动罪犯或他的同伙。可是，我们开的那辆橘黄色沃尔沃却动静很大，就好像它整个儿就是一台警报器似的，它的发动机消音器没有了，走到哪儿都大声宣布着自己的存在。

我们经过了一处废弃的建筑，门前的标志显示，之前这里曾是一家肯德基快餐店。被木板钉起来的窗户上用蓝色的喷漆写着"小心电缆"，并且画了一个箭头指向地下。虽然我一心想着眼前要执行的任务，但是仍然分神纳闷儿了一下，为什么"小心电缆"四个字不是用更显眼的橘黄色标识出来的？

塞米借给我们的这辆沃尔沃实在是破烂不堪，一路上都轰隆隆地吼叫着，局长顶着巨大的噪声，试图跟坐在后排的我和洛拉讲话。我身体前倾，把一只手搭在局长驾驶座的靠背上。

"什么？"我大喊道。

我把自己的安全带解开，更近一步向前靠了靠。但即便是离得这么近，我还是听不见局长在说什么。汽车引擎的"突突"声震得我耳朵嗡嗡作响，这感觉就好像我正坐在"齐柏林飞船[1]"演唱会的舞台上一样。

局长转过头来看着我和洛拉。我又向后坐了坐，但是没有再把安全带系上。我看了看洛拉，她压在大腿上的手更用力了，现在几乎是死死地抓着腿上的肉。我觉得，她的指尖现在肯定都没有血色了。

"探长，你们追查这个案子已经很久了吗？"局长问道。

"呃，局长……"洛拉抬手指着前方。

我把视线从洛拉身上移开，看向公路。

一辆卡车正以惊人的速度朝我们直冲过来，我已经记不清接下来大喊着提醒局长的人是我还是洛拉了。我只记得局长把头扭了回去，重新

---

[1] 齐柏林飞船（Led Zepplin）：一支成立于1968年的英国摇滚乐队。

面朝前方，然后迅速地向一边打方向盘，试图避开这迎面的撞击。不可思议的是，我对之后发生的事情的记忆，都变成了一帧一帧的定格画面。比如，我向旁边抬起胳膊，护住了身上还系着安全带的洛拉，而洛拉同时也抬起胳膊护住了我。再如，坐在副驾驶座上的副局长抬手抓住了帽檐，仿佛是要躲避一场迎面而来的风暴似的。我还记得，我曾讶异地想，为何副局长没有出声提醒我们呢？为何他没有发现一辆失控的卡车正朝我们撞过来？但我很快又想起另一个画面，副局长在听到我们的大喊而抬头之前，似乎正垂首看着摊在腿上的一幅地图。

有的人说，车祸的经历就像播放慢动作电影一样，而且周围的声响也都变成了单音，一顿一顿的，就像一把缓慢开合的手风琴在演奏。然而，当塞米的沃尔沃一头撞上街边商场门口的路灯柱时，那巨大的声波却汇成了一道惊天动地的响雷，震得我耳朵生疼。我的头一下撞在了车顶上，接着我就晕了过去。等我再醒过来时，发现洛拉的双臂从我的腋下穿过，正英勇地将我从汽车的残骸中拖出来。假如这是在好莱坞拍电影，那么这惊险的一幕算是完成了，因为我的脚后跟刚碰到人行道，那根钢铸的路灯柱就倒了下来，彻底砸烂了塞米那辆可怜的老破车。

我和洛拉躺在地上，一边大口大口地喘气，一边抬手捂住脑袋上流血的伤口。局长和副局长也已经被洛拉拖了出来，躺在一旁，但是他们还没有恢复知觉。我用颤抖的胳膊撑住地面，挣扎着坐了起来，开始研究面前这狼藉的车祸现场。局长躺在人行道上，靠近汽车驾驶座的一侧，他的肩膀扭曲着，两条胳膊像布娃娃一样软绵绵的，显然是脱臼了。副局长也躺在人行道上，靠近汽车副驾驶座的那一侧。他的脸上有一道正在流血的大口子，从额头开始，穿过紧闭的右眼，划过整个脸颊，一直延伸到下巴。我不禁想，这得留下多么可怕的一道伤疤啊！他的左脚踝不自然地歪着，看上去应该是骨折了，先前他一直在整理的那顶帽子，掉在离他左脚五英尺远的地方，此刻正顶部朝下，随风摇晃着。局长的无线对讲机里传来了嗡嗡的静电声，看来那个吃甜甜圈的接线员塞米早不知道跑哪儿去了。我们只能靠自己，没人会支援了。

　　局长和副局长都身负重伤，局里的接线员也不在工位上，这个小警队里其他的人员都去离这儿有两个半小时车程的地方参加葬礼了。虽然在离开警察局出发之前，我把苹果树寄宿学校的地址告诉了联邦调查局的同事，请求他们前来支援，但他们离这儿也很远，得有两到三小时的车程。此刻，我能打电话求助的，就只剩下一个人了。

　　"洛拉，我的手机，我的手机在哪儿？"我一边喊一边挣扎着坐直了身子。我一开口说话，血液就冲上了大脑，心脏跳得十分沉重。在头晕目眩之间，我不禁闭了闭眼睛，缓了一下神。

　　"洛拉，手机，我的手机，拿我的手机来。"

　　我眯着眼睛，恍恍惚惚地看到她手脚并用地爬向汽车，她的手稳稳地压在柏油路面的颗粒上。洛拉爬进那辆嘎嘎吱吱作响的破汽车里，她刚刚才把我们从车里救了出来，现在几扇车门都还半敞着。我觉得，她应该会用牙齿咬着我手机的天线爬出来，就像一只叼着死鸭子归来的猎狗一样。

　　我的脑海中模模糊糊地浮现出一些其他的画面。突然，汽车中传来一阵噼里啪啦的声音，我回过神来，仔细地观察它。本来就冒着烟的发动机盖中突然蹿起了火苗——发动机起火了。跳动的橘黄色火焰不停地扩散、蔓延，像燃烧的手指一样，绝望地摸索着汽车身上的皮肤和伤口。卡车底下漏了一摊汽油，弯弯曲曲地流淌到了我的脚边。

　　"洛拉，从车里出来，快！着火了！"

　　我想她应该没听见我说话，因为我好像并没有真的喊出声来。我感觉自己仿佛又被困在了常常出现的噩梦中，拼命地想要尖叫，却什么声音都发不出来。

　　我又试了一次。

　　"洛拉！火！"我拖着颤抖的双腿努力想爬动，正在这时，洛拉退出来了。她站在车边，把手机朝我扔了过来，然后马上扑向不省人事的局长和副局长——他们离发动机太近了。

手机掉在了地上，我没去管它，而是摇晃着身子跟洛拉一起扑向了局长和副局长。我把副局长拽离原位，洛拉则把局长拖走了。随后汽车瞬间爆炸了，燃烧的车漆像一场火雨从天而降，正落在刚才局长和副局长躺过的位置。我们有惊无险地躲过了这一劫。

刚一离开汽车周围，我就立刻卧倒在地。火雨把现场变成了人间炼狱，我就像被催眠了一样，神情恍惚地看着眼前的一切。烈火熊熊燃烧，仿佛火苗已经在塞米那辆沃尔沃的车前盖里被困了好几个世纪一样，此刻终于挣脱了束缚，可以尽情肆虐了。

面对火焰，我的反应总是这样。我会不可抑制地回想起自己五岁时，父亲不小心把家中仓房烧着的场面。当时，家里刚买了小鸡，才在仓房里养了一周。在仓房着火的那一天，妈妈带着尚在襁褓中的弟弟去购物了。爸爸在湖边用干草生了一堆篝火，然后让我进屋去拿两瓶冰的百事可乐。五岁的我甩开小脚丫冲进屋里，一把敞开冰箱门，抓了两瓶可乐，然后又赶紧跑出去找父亲。但不管我跑得多快，不管我花了多长时间，等我出去时，那堆篝火已经被来自五大湖[1]的狂风吹动，烧着了搭仓房用的干燥木板，火苗透过木板间的缝隙钻进去，吞噬着整个仓房。我不知所措地站在那里，手上还抓着那两瓶百事可乐，仿佛是掐着两只鹅的脖子。一道烈火筑成的高墙横在我面前，从地面向天空直冲而上，火焰没有向旁边扩散，而是越烧越高，夹着滚滚热气朝我直逼而来。我面朝烈火，背后就是我们家的房子。

"快进屋去！"父亲当时应该这样大喊了。他疯狂地冲我挥舞着手臂，"快进屋去！"父亲应该一遍又一遍地大声喊了，但我只能听到橘红色火苗在嘶嘶地咆哮，那声音让我一步都动不了，只能呆呆地看着。

---

[1]五大湖（Great Lakes）：指北美洲的苏必利尔湖（Superior）、密歇根湖（Michigan）、休伦湖（Huron）、伊利湖（Erie）和安大略湖（Ontario）这五个相连的湖泊。

许多年过去了，地点也换到了印第安纳州中部，但我还是跟当年一样，什么都做不了，只能直勾勾地看着那辆沃尔沃熊熊燃烧，一抹暗影悄然笼罩了头顶。就在片刻之前，我们在路上看到的那个推购物车的女人把伞打在了我的头上，替我遮挡了断断续续的雨点。

"你受伤了吗？你能听见我说话吗？"我只能看到她的口型，听不见她的声音。

"我的手机。"我喃喃地对她说道，抬手指了指十英尺外手机掉落的地方。

"什么？"

"手机，手机。帮帮忙，在那儿，我的手机。"

这个女人看上去大约五十多岁，一头淡黄色的卷发脏乎乎、乱蓬蓬的，身上穿着居家服，脚上趿拉着一双旧拖鞋。她慢吞吞地走向我指的地方，像一个上了年纪的老奶奶一样艰难地弯下了腰，然后又慢吞吞地走了回来，一脸不解地把手机递给了我。

旁边的商场里有人开始尖叫，但那声音一片混乱，我根本听不真切，说不定我的耳膜已经被震破了，也可能是因为我太专注于要打的电话了。洛拉喘着粗气坐在局长旁边，抓住他的手腕，一边盯着自己的三洋[1]手表，一边计算他的脉搏。我看到洛拉的鼻孔在放大，鼻子担忧地皱了起来，便知道局长的心跳恐怕很慢，情况不容乐观。

在打那个电话的时候，我的判断力肯定是受到了影响。而且，我肯定也违反了联邦调查局的探员守则。但是，在那一刻，我觉得自己没有别的选择了。

"博伊德，"电话接通后我说道，"事已至此，我需要你的帮助。"

---

[1] 三洋（Sanyo）：日本电器品牌。

第十六章
第33日（续）：走

> 我知道，情况似乎不容乐观。
>
> 我知道，结果常常不如人意。
>
> 但是，乔治娅，即便如此，
>
> 我们还是要走，走吧，我们走。

——纯真使团 [1]《走》

多萝西熟睡的样子，深深地印刻在我的记忆中，就像珍藏在钱包里的一张老照片，即便会随着时光流逝而颜色泛黄，但那刻骨铭心的思念永远不会消逝。多萝西睡得非常香甜，虽然受到了惊吓，虽然忍受着病痛，但此刻的她显得十分乖巧。她那金色的卷发伴随着每一次呼吸而轻轻地起伏。我多想让自己的呼吸节奏也跟她的起伏变得一致，也许那样，我就能变成像她一样的睡美人，可以有人来照顾我、保护我，为我抵抗狼群，为我击退恶龙。但是，只有可爱的多萝西，我的新朋友，我唯一的朋友，她像一个孩子，激发出我内心的母性，只有她，只有她才配拥有这样的资格。只有多萝西才能享受暴风雨前的宁静。而我，我只是区

---

[1] 纯真使团（The Innocence Mission）：美国的一个民谣摇滚乐团。

区一件武器罢了。

　　她为什么会在这时候睡着？其实我明白，我非常理解她。当我把手放在她的枕边时，她似乎终于放弃了挣扎，不再跟失眠的痛苦和激动的情绪做斗争。她把自己的命运托付给了我，而我一定要救她。

　　我还有任务要完成。尽管我为多萝西打开了爱的开关，但其他的开关却仍然是关闭状态，因为我绝不能让任何一种情绪扰乱我的判断。我对警察已经不抱任何希望了，我不再指望他们的出现，而是开始考虑如何自救。

　　这时，脸上被捅了一个窟窿的"布拉德哥哥"开始在屋外哀号了，他正在向房子的另一侧走去，那里有厨房，有我先前被囚禁的房间，还有他那烧焦的、死去的弟弟。我觉得，他应该不会在那一侧逗留很久。而且我估计，他说不定会从他弟弟身上找到什么工具、装置或物品，可以供他进行疯狂的复仇。然后，他便会折返来找我们。从我的房间出来以后，他一定会再次经过厨房。在那里，他很快便能发现，我用过电话了。因为我把那个写有地址的信封留在了电话旁边。他肯定会愣住，从头到脚都像一个嘴角淌着口水的白痴一样，傻傻地站在那儿，然后终于意识到，我已经报警了。他比他那个死去的双胞胎弟弟可聪明多了，我不能低估他。这样算下来，我和睡着的多萝西最多只有四分钟可以从房子里逃出去，之后我们还要跑到那辆面包车停放的位置。

　　我一边叫醒多萝西，一边收好第 40 号装备——多萝西房间里织毛衣用的棒针，把它放进我背上的箭筒里。我还摘下了第 41 号装备，也就是她头上的发夹，然后来到上锁的门前。两个月前，杰克逊·布朗在房顶上追一只咕咕叫的鸽子，结果不小心被一处锯齿状的屋檐角划伤了脚掌。我把它脚上的毛剃掉，处理了伤口，最后又用一根微型针把伤口缝了起来。既然我骨子里是个能做手术的外科医生，那么，要把多萝西囚室房门上的这把旧锁撬开，就像用叉子的平头去开一听品食乐[1]肉

[1] 品食乐（Pillsbury）：美国的一个食品品牌。

柱罐头一样，易如反掌。啪，开了。

　　门已经打开了，而醒着的多萝西就成了需要我照顾和负责的对象。我脚步轻轻地走回她的床前，弯下腰去，面对着她仰起的脸。我用那只沾了我眼睛上的血的手，紧紧地捂住了多萝西干裂的嘴唇，她的眼睛惊讶地瞪大了，我直视着她。

　　"多萝西，别出声。如果你想活命的话，嘴巴就要闭得紧紧的。站起来，跟着我，咱们现在就走。"

　　我没有松手，因为我还不确定她是否听明白了。

　　"你听明白了吗？如果你发出一丁点儿动静，我们就完蛋了。你绝对不能出声，要听我的。明白了吗？"我的箭筒突然从背上一下滑落到肩头，织毛衣用的棒针、床柱做的箭和各种钥匙都在里面当啷作响。

　　多萝西点了点头，表示她明白了。

　　我慢慢地松开了捂着她嘴的手，我的血留在了她的唇边，她抬手擦了擦。

　　现在我们是换过血的姐妹了吗？这是否意味着，我有了一个挚友？

　　别想了。

　　别想这些不着边际的事儿了。抓紧时间去找那辆面包车。

　　说实话，你如果看到当时的场面，可能会以为是我绑架了这个姑娘。我不得不从背后推着她走，用我的食指和中指戳着她的脊梁骨，就好像我的手指是枪管一样。她没有受伤的那条腿骨瘦如柴，另一条有伤的腿却肿胀不堪。刚才她由于情绪激动而干呕了一阵，再加上精神疲惫，此刻她走得摇摇晃晃的。而且还不停地扭头看我，那眼神就像一只困惑的小狗。我不停地说："转身，继续走。别出声。"

　　我们先后跨过了门槛。在楼梯口处，她似乎很犹豫，不停地带着询问的表情回头看我，仿佛在说："真的要下去吗？真的吗？"我用我的手指枪管更用力地推了推她。虽然她已经怀孕很久了，但是她的背上却一点儿肉都没有，瘦骨嶙峋的。

　　外面很潮湿，充满霉味儿的空气从楼梯井中直扑上来，钻进了我们的鼻子。虽然在有太阳的时候，这房子里也有一股霉味儿，但是那一天，这股味道变得尤为刺鼻。多萝西就像闻到了嗅盐一样，瞬间清醒了许多，她吓了一跳，站在原地一动不动。我又用手推了推她。

　　我没有对多萝西感到生气。我知道她跟我不一样，我是没有情绪波动的。我只希望她能提起精神，加快脚步。多萝西绝对不是一件装备，此刻，她是我的朋友，也是需要我保护的人。而且，我们之间已经形成了一种难以言喻的纽带，没人能真正明白，连我自己都讲不清楚。因此，尽管我一直在低声指挥她的行动，但是我也停下过两次，拍着她的肩膀说："加油，坚强起来。你能行。"这句话是跟我妈妈学的。在林迪姑姑下葬的那一天，爸爸必须亲自把第一铲土[1]撒向她的坟墓，那时候，妈妈就是用这句话来鼓励爸爸的。

　　我们下了大概一半的楼梯，快要到最后一段台阶了。这时，我抓住了多萝西油腻腻的头发，向下拽了拽，让她停住脚步。我担心布拉德会突然折返，于是便屏住呼吸，细听外面那铺了柏油和石砾的路上有没有脚步声。多萝西那短促的呼吸声回荡在楼梯井中，其中还夹着呼噜噜的杂音，就像是一个得了肺炎的老太太一样，嗓子被痰堵住了，只能"呼哧、呼哧"地快速吸气。我抓住她的手腕，测了一下她的脉搏，发现跳得非常快；我又用沾了血的手掌摸了摸她的额头，那温度几乎要把我灼伤了。她又一次注视着我，在这一刻，我们之间的纽带更加紧密了，她尚未开口，我就答道："我懂。"

　　根据我的估算，再过上一分半钟，布拉德就会离开房子的另一侧。在这期间，我们必须到达一楼，离开这栋房子，穿过小小的停车坪，然

---

[1] 第一铲土：按照西方葬礼的习俗，死者的亲属虽然不会亲自埋葬死者，但是通常都会向坟墓中撒一些土。这主要是因为上帝在造第一个人时，用的是尘土。亲属这么做，也是希望死者能够安息，正如西方葬礼上的祈祷所言："尘归尘，土归土"。

后进入森林小径。虽然我被带到这地狱般的地方时，是被蒙住双眼、头套纸袋的，但是，从到这儿的第一天开始，我就已经在脑海中勾勒出了外面的世界，还有那条通往面包车停放处的路线。我一直在数步子，努力记住地面的软硬状况，感受周围的空气。我一遍遍地回放这些细节，直到把这一路上的地形和环境都转变成视觉记忆，仿佛亲眼所见一样。在想象中，我已经把从面包车到这栋房子的路线走了成百上千遍了。你猜怎么着？除了这栋房子不是一栋白色的农舍，而是一栋校舍之外，其他所有的细节我都准确地猜中了。如果你能把毫无助益的恐惧和先入为主的设想都抛弃掉，利用自己的感觉和记忆，自信地借鉴已有的知识，那么你就会发现，得到的结果与现实将是惊人地一致。你要仔细地去听、闻、尝、看，要格外用心地去感受和判断，不能放过任何机会。

　　世界上有那么多的色彩，可大部分人只能识别出百分之一。少数人可以识别出更多的色彩，而这些人，要么对其他人在生活中知觉的迟钝表示失望，要么声称自己曾在梦中见识过天堂的真面貌。这些幸运儿所拥有的，就是一种超感官知觉。

　　近日，我看到过一篇发表在《科学美国人》[1]上的文章，不禁回想起自己在那栋名叫"苹果树"的监狱里时曾体验到的超感官知觉。那篇文章总结了一项发表在《神经科学》[2]上的研究，该研究的主题是聋哑人和盲人的交叉神经可塑性。文中写道："这项研究……提醒我们，人类的大脑还有一些隐藏的超能力。"也许你还不太了解什么是交叉神经可塑性，简单来说，就是假如一个人丧失了某种感官知觉，那么大脑有

---

[1]《科学美国人》（*Scientific American*）：一本美国的大众科学杂志，创刊于 1845 年 8 月 28 日。在过去的 170 年间，包括爱因斯坦在内的许多著名科学家都曾为这本杂志供稿。目前，纵观全美仍在发行的月刊，这本杂志的历史最为悠久。

[2]《神经科学》（*Journal of Neuroscience*）：一本美国的神经系统科学领域的专业杂志。

能力进行重组。比如，"聋哑人在受到感官刺激时，他们的视觉能力会变得十分敏感，拥有正常听觉的人则不会如此。"我很喜欢这篇期刊文章的引言部分，我觉得它非常简明扼要："生活经历会改变大脑的发展，不过每个人的神经可塑性却并不相同。"

我在看不见听不清的情况下，成了一个丧失部分感官知觉的人。但是，在实践的帮助下，我在大脑中建立起了现实的模型，那是一个独立的知觉领域，在其中，外面的世界以一种非常真实的方式呈现出来。或许情感也只不过是另一种知觉，而情感的缺乏则让我拥有了更灵敏的听觉、触觉、嗅觉、视觉和想象力。

也许吧。

谁知道呢。

布拉德的脚步声一丁点儿都没有传来，我们快速地下到一楼，向屋外走去。我扫视了一下周围，没有发现布拉德的身影，于是我推着多萝西，让她斜着穿过柏油路面，向通往面包车的那条森林小路走去。我们离得很近，几乎快要贴在一起变成一个人了。我们挺着大肚子，在地上投下的影子就像两座叠在一起的大山。当我们走到小路入口时，我不禁惊讶地盯着影子看了一眼。

我们是一个女孩儿吗？是同样的女孩儿吗？十六岁的我们是不是一样的？我们看似成熟，实际上却还很年轻。我必须要救我们两个，不，是我们四个。

我一边从箭筒里掏出钥匙，一边从背后凑到多萝西耳边说话。她身体上散发出的热量让我的脸都变红了，我觉得她仿佛在燃烧。当清凉的水滴打在我脸上，赶走她的温度时，我才发现原来外面在下雨。

"多萝西，沿着这条路直行一分钟。能跑多快，就跑多快。我知道森林里很吓人，也很黑，但是你要相信我，这条路会通向一片开阔的牧场，那里有奶牛，还有一棵大柳树。柳树下停着一辆面包车，我们就开那辆面包车逃走。我已经拿到钥匙了。走吧。"

多萝西慢慢地、不太情愿地点了点头，然后向森林迈出了第一步。我跟在后面，紧紧地贴着她的身体。我们的步伐完全一致，而且离得很近，就好像我们的腿被前后绑在了一起一样。我们的脚一起落地，砰砰作响。突然，在这脚步声之间，隐约从身后传来了关门的声音。

"噢，妈的！不！你们两个臭丫头，给我站住！"布拉德用尖厉的声音疯狂地大喊道。

我将那串钥匙一把塞进了多萝西的手里。

"快走！照我刚才说的做。一分钟。快走！走、走、走！那把写着'雪佛兰'的钥匙就是面包车的。走！走！"

那就是我跟多萝西·M.萨鲁奇最后说的话。

我转身径直冲向布拉德，一只手拿着一根棒针，另一只手拿着一根床柱做的箭。

第十七章

刘罗杰探长

"真、去、他、妈、的！洛拉！真去他妈的！"我愤怒地把自己的大号手机扔在了地上，嗡嗡不断的耳鸣声让我瑟缩不已。博伊德接了我的电话，虽然我听不见他说话的声音，但是我觉得他应该是同意带上枪去查看校舍了。过了大概不到五分钟，他打回电话来——我之所以知道来电了，还是因为我的手机开启了振动。博伊德的声音在我听来就是一片含混的杂音，洛拉肯定从我的表情上看出来了，她从着火的汽车旁爬了过来。虽然我没有开口，但她还是明白我现在听不见声音了，于是便直接把电话拿了过去，替我接着听博伊德的回复。那天，洛拉穿了一条男式裤子，她听完电话，便从裤子的大口袋里掏出了笔记本，把博伊德说的话精简了一下，草草地写在笔记本上。博伊德这次带来的消息依然令人震惊而且难以置信。

以下就是她写的内容：

博在他的面包车里找到了萨鲁。森林？丽莎不在。博说："没看到另一个女孩儿。附近也没有其他人。"博用校舍厨房里的电话打来的。他说："这里有某种非常难闻的气味，是从楼上传来的。闻着像尸体。"

这张记录倒是挺像回事儿，值得收录进案件档案，可是，她又翻了一页，写上了自己的想法。这回，她一边写，嘴上还一边慢慢地说着，因此我得以从她的嘴型上读出了她写的内容：

"博伊德还知道什么是难闻的气味？他自己就浑身鸡屎味儿。"

联邦调查局要求我们提供办案过程中所有的信息，尤其是那些我们写下来的，都要被收进官方档案。但是，洛拉总是把自己的想法直言不讳地说出来，拦都拦不住。我只好把她的第二张笔记撕掉了，但愿她以后录档案的时候也别把这种意见掺和进去。

我把那张笔记揉成一团扔在已经被雨完全打湿的地上，她不满地说道："我从这辆着火的破车里救了这么多人出来，连你这个白痴都是我拖出来的，你总得给我点儿发表意见的空间吧，刘。"

不用想，我就知道她会这么回答我，而且我从她的嘴型上也读出来了。现在我根本就听不见声音，耳鸣、耳鸣、耳鸣，可怕的耳鸣声越来越大。我觉得自己好像身在梦中，虽然我拼命地跑，用力抬起双腿，胸脯剧烈地起伏着，但是我却寸步难行，只是在原地踏步。耳鸣、耳鸣、耳鸣，耳鸣声把一切都淹没了，让整个世界都模糊了。我把手掌弯成勺状，捂住耳朵，抬头望向下雨的天空，试图寻找其他的感官知觉，比如鲜明的颜色。但是，我只看到灰色的斑驳的天幕在头顶铺展，黑色的阴影像幽灵一样笼罩下来。云朵聚集在一起，变成了一片巨人的雷雨云，乌压压、阴森森、显得杀气腾腾，但是却只有零星的雨点落了下来，仿佛是上天打定主意要折磨我们一样，无论如何也不肯给烈火熊熊的商场停车坪浇下一场大雨。塞米的那辆沃尔沃上，喷漆已经所剩无几了，现在成了一个燃烧的、扭曲的铁皮盒子。只有少数几块橘黄色车漆还没有被火焰吞没。

那令人气恼的零星雨滴，偏偏有一大滴落在了我的鼻子上，它顺着鼻梁向下滚，然后滑落到我左脸颊的凹陷处，最后停在了我嘴唇的上边缘。水滴流过皮肤，这触感让我痒得难以忍受，于是我迅速地抬手，用我那件湿漉漉的灰色外套的袖子抹了一把脸。当我把注意力集中在这滴雨水上时，耳中的嗡鸣声似乎减弱了一些。

对于博伊德报告尸体气味一事，洛拉颇为不屑一顾。一方面，我用双手捂着耳朵，仿佛这样就能让耳中那两口嗡嗡作响的大钟消停一下；另一方面，我无声地看了她一眼，用目光告诉她"严肃点儿"。于是，洛拉也不再争辩了。

一辆救护车和一辆消防车赶到了事故现场，那辆救护车开得飞快，简直就是用两个轮子漂移过来的。这时候，我和洛拉已经站起身来了，分别守着副局长和局长。在洛拉那凶狠的命令和大声的咒骂下，旁观者退到了我们身后的安全地带，围成了一个半圆。她一直努力维持秩序，不让围观者靠近，而我则扫视着人群，想寻找一个可能有越野卡车的人。

有一个女人穿着一件有夹层的卡哈特[1]夹克，身形比一般人都要高大。她有一头乡下姑娘特有的浓密长发。在夹克里面，她穿了一件法兰绒面料的衬衣，连最上面领口处的衣扣也扣上了，衬衣的下摆没有扎进腰里，而是露在了外面。她下身穿了一条洗得发白的牛仔裤，脚上蹬着一双橡胶厚底的靴子，靴头上沾满了泥土。我估计她有四十多岁的样子。虽然她的身形像维京人[2]一样高大，但她的模样长得还是挺周正的。

"女士，您好！"我一边冲她点头，一边喊道。

"我？"她的声音我听不见，我只能看她的口型。此刻，我的耳中不仅有沉闷的嗡鸣，而且还伴随着风暴般的呼啸声。

"请问，您是不是有一辆卡车？"我喊道。

"福特F-150。"她答道。我走近了一些，转过脸去，把耳朵正冲着她讲话的嘴。她用手指了指一辆银黑相间的福特F-150，货真价实，就在她跟前停着。那辆车的车窗上蒙着淡淡的雾气，雨水缓慢地顺着玻

---

[1] 卡哈特（Carhatt）：美国的一个服装品牌，成立于1889年，以生产夹克、外套、罩衫、牛仔裤等工装服而闻名。

[2] 维京人（Viking）：泛指北欧海盗。在8至11世纪期间，他们一直侵扰欧洲沿海和英国岛屿。根据记载，维京人无论男女，身形均十分高大。

璃流淌出一道道水痕。

"全轮驱动的？"

"那当然！"她的口型说道。说完，还有些愤慨地吸了吸鼻子。旁边有一个留着络腮胡子的男人，他抱着胳膊，把脸转向了那个女人，跟她说了一句话。说话间，他朝我的方向微微点了点头，又摸了一下鼻子，从他的样子来看，好像是在说："这人什么情况？"

"女士，我们需要借用您的卡车。"洛拉插嘴道。她看到了我在耳鸣的痛苦中挣扎的样子，也看出了我搭话的意图。

我走得更近了一些，抓住那个维京女人的胳膊，把她带到一边，避到了人群听不见我们谈话的地方，然后问道："我们要去镇上的那座旧校舍，不知道您能否给我们带路？"

她又吸了吸鼻子，但是这回，她却露出了不可置信的表情，然后便微笑着同意了。

后来，洛拉告诉我，那个女人是这样回答的："天啊，这……我二十年前曾经在那里教过课，一直到学校倒闭为止。我一直非常好奇，从那之后，'苹果树'那儿究竟都发生了些什么。好的，我可以给你们带路，没问题。"

我晃动着肩膀，来回地侧着身体，从摩肩接踵的人群中穿过。我那受伤的耳朵中满是尖厉的风声，我拼命想让那呼啸的声音减弱一些。洛拉看出了我的不适，于是便担负起掌控局面的责任，尽管从她那抽搐的鼻翼来看，她似乎也很痛苦。洛拉拥有过人的嗅觉，身处车祸现场，金属和皮革燃烧的恶臭一定令她非常难以忍受。

第十八章
第 33 日（续）

"站住，把你手里那玩意儿放下。"虽然布拉德讲这句话的时候有些局促不安，但是他抬手的动作却十分熟练从容，他的手里拿着一把口径九毫米的微型手枪，枪口直指我的脸。

我在车道上停住了脚步，手中仍然拿着多萝西的棒针和我自己的木箭。于是，我们就这样陷入了古怪的对峙：我怀了孕，挺着大肚子，气喘吁吁地握着麦吉弗 [1] 式的武器；而他身穿一件血迹斑斑的西服，举着一把手枪，手指扣在扳机上。尽管我们俩的对峙根本就不像西部牛仔片中的对峙场面，但是每次回忆起当时的场面，我都会用想象给记忆中的画面添上一团西部荒漠里的风滚草 [2]，它蹦蹦跳跳地从我们中间滚过去，不知要滚向何方。

那些可恶的警察究竟跑到哪儿去了？

一片寂静，没有其他人出现。

---

[1] 麦吉弗(MacGyver)：美国动作冒险电视剧的主人公,该剧名即为《麦吉弗》(*MacGyver*)。麦吉弗并不像其他影视作品中的特工那样，拥有高科技武器，他并不带枪，而是只随身携带一把瑞士军刀和一卷胶布。

[2] 风滚草（Tumbleweed）：一种生长于荒漠地带的植物。当旱季来临时，风滚草会把自己的根从土里收起来，团成一团随风滚动。

我们仍然站在原地，一动不动。

远处，从面包车的方向突然传来了一阵刺耳的喊叫声。这绝对不是我想听到的声音，我原本盼望听到的是面包车发动机的"突突"声。那片混乱的喊叫声中有多萝西的高声尖叫，紧接着还有一些男人的呼喊声从更远的地方传来。这时，我错误地分了神，把注意力都放在了松树林另一端传来的声音上。

"博伊德！博伊德！快来扶着她，她要站不住了！"我听到一个男人在大喊。

一定是警察来了。

在那稍纵即逝的一刻间，我不小心露出了破绽，布拉德抓住机会，悄悄地走上前来，不知不觉地缩短了我们之间的距离。他从侧面一把擒住了我，将我手中的装备打落在地上，然后弯腰弓背地拽着我往回走。车道上落了一层薄薄的土，我那双运动鞋的后跟划出了两道浅浅的痕迹。

这兄弟俩怎么都喜欢把我倒着往后拽？

布拉德屏住呼吸，毫不松懈地拖着我走向他那辆双门四座的大众甲壳虫汽车走去，那是一辆珍珠白的老车。他用枪口指着我的太阳穴，将我一把推上了汽车的副驾驶座。接着，他一边保持枪口的方向不动，始终指着我，一边后退，像螃蟹一样横着绕到了这辆甲壳虫的发动机前。雨滴打在车子的挡风玻璃上，留下一个个模糊的圆点。从车里透过玻璃看出去，绕到车前的布拉德只剩下了一个水彩画般模糊的身影。

我在心中暗自盘算，一会儿车子发动起来，等速度达到每小时25英里时，我就可以打开车门，滚到路堤上。从物理学角度来讲，借助这一速率和向下跳的动作，我是有机会安全着陆的。但是，我肚子里还有一个已满八个月的宝宝，我曾发誓绝不会让他伤到一根汗毛。其实，刚才我并没有真的打算要跟布拉德做什么殊死搏斗，我原本想假装朝他冲过去，给多萝西争取逃跑的时间，然后再立马左拐，沿着那条布满尘土的长长的车道向下跑，只希望警察能赶快出现，跟我碰头。然而，没有想到的是，布拉德，这个像豹子一样敏捷的布拉德，直接用枪逼退了我的虚张声势。我怀疑，这把手枪本来属于他那个死去的弟弟，布拉德应该是刚才上楼的时候从他弟弟的尸体上拿到的。

我真该搜一搜他的尸体，提前拿走这把手枪才对。

布拉德将车开上了一条穿过森林的土路，朝着矿井的方向驶去。旁边的林木间有一条羊肠小道，正是几天前那个绑匪带我去矿井时走过的路。

清冷的天空有一搭无一搭地下着雨，不过，大部分雨滴都被笼罩在上方的浓密树冠接住了，并没有落在车上。我盯着正前方，默默地数着车子经过的橡树、松树和可爱的桦树，还有一些不知名的树苗。虽然由于头顶乌云密布，森林里颇为昏暗，但是柠檬色和翠绿色的新叶却处处可见。假如今天有太阳照射的话，闪耀的光芒将会化身为画笔，把新叶的绿色涂抹得更加明媚，光影也会在树木间舞动，就像变幻的万花筒一样，把这里变成一个梦幻般的森林。当然，只有那些能感受斑斓色彩的人，才会看到这幅美妙的画面。

我本来是要讲述一次恐怖之旅，结果说着说着却开始描述一个森林中的清凉美景了。不过说实话，我确实认真想过，要如何把这样的美景画下来，我想，我可能画不出那深沉的暗灰和墨绿，而且也绘不出那明快的嫩绿和金黄。一旦落在纸上，那幅画面肯定会逊色不少。其实，我只是在回忆自己当时的身心状态，并且如实复述罢了。从某种程度上来讲，这段叙述也展现了一个没有感情的人在那种危险时刻都想了些什么。

汽车驶过一条快要干涸的小溪，轮胎随着地形起伏颠簸了一下。我回过神来，看向布拉德。他的鼻孔向外张开，饱含泪水的眼睛闪闪发亮，鲜血从他脸上的伤口里流出来，一滴一滴地落在他的天鹅绒西服上。他感受到了我注视的目光，便开始破口大骂。

"臭婊子，我今天就要拿走你的孩子！"他说道。

我又转过头来，面朝前方，专注地盯着一棵桦树，黑色的纹路包裹着白色的树干，衬托出嫩绿的新叶。这棵树让我想起了我家屋后的那片白桦林，也就是我藏杰克逊·布朗的那个地方。在那一刻，这份回忆让我的意志变得更加坚定，我的内心也由此产生了更多的力量。我用尽全力扳动大脑里的所有开关，把残存的恐惧一扫而空，丝毫不剩。没错，我在囚室中一遍遍地演练，就是为了此刻，为了直面这不幸却不可避免的现实。也许我会误判布拉德的行进路线，但是我已经做好了最坏的打算。

这棵白桦树的出现，让我稳定了心神，开启了一种自律的战士模式。我把身体坐得笔直，仿佛是背靠在那棵白桦树的坚实树干上一样。

布拉德说这番话的意图，显然是想让我求他饶命。见我什么反应都没有，他突然踩住了刹车，我的上半身猛地向前甩去，于是我赶紧用双手撑住了仪表盘，免得撞到头。不过，因为我系了安全带，所以紧接着又被拽回了座椅靠背上。我们周围都是树木，只有身后是一条土路。向前看，这条路还有大约五十英尺就到头了，有一大堆枯木挡在道路的尽头。在这个位置，车子只能后退，除此之外无路可走。终于到了穷途末路的境地。

"罗尼[1]告诉过我，说你是个冷酷无情的婊子。他管你叫疯婊子。一个地地道道的疯婊子。噢，我就要把你的孩子拿走了。而你则要为你做过的事情付出代价。现在没有人知道你在哪儿，事后也没有人会截住我的。小婊子，小豹子。"

真是太精彩了！不知道你这是在引用谁的诗呢？是沃尔特·惠特曼[2]吗？

什么出路？这儿根本就没有出路。你这个脑子进水的白痴！你已经

---

[1]罗尼（Ronny）：罗纳德（Ronald）的昵称，此处指布拉德的双胞胎弟弟罗纳德。

[2]沃尔特·惠特曼（Walt Whitman, 1819—1892）：美国著名诗人、作家。

自己把自己困住了，你根本就不知道下一步该干什么。我能看到你的眼睛里跳动的不安，白痴！你实在是太笨了，就跟你那个双胞胎弟弟一样笨得无可救药。连制订一个对付意外情况的逃跑计划都不会。太愚蠢了！太幼稚了！

"我知道你在想什么，下贱的小豹子。你以为，我需要叫那个医生来，才能剖开你的肚子，把孩子掏出来。是不是？哈哈哈！"他得意扬扬地大笑起来，然后用他那特有的低音补充道："在他来之前，你以为是谁把那些女孩儿的肚子切开的？嗯？是我，臭婊子！是我！还有我的弟弟。我所需要的工具，后备厢里都有。我要掏出你的孩子，把你丢进矿井，然后神不知鬼不觉地从山头翻过去。"

好吧，看来他并不是虚张声势，也许这就是他的计划。

我噘起嘴，耷拉下脸，不由自主地显示出我对他的计谋感到有些意外。我差点儿就要对他说"阁下好计谋"了。不过，我还是决定要引诱他提高赌注，将这场疯狂的赌局推向高潮。

"布拉德，这的确是个不错的计划。不过，我觉得你今天恐怕经不住再流血了，"我边说边慢慢地眨了眨眼，脸上带着狡猾的微笑，"我是想说，你脸上那个大窟窿真是越来越丑了，搞不好会让你这张漂亮的小脸蛋儿毁容呢！可惜可惜。"说完，我冲他抛了一个飞吻。

讲到这里，我必须要坦白一下。没错，我真的要坦白一下。我不想给你留下错误的印象，让你觉得我之所以会说出这种话，是因为我很勇敢。其实，我讲这番话的时候，是非常幸灾乐祸的。好吧，我真的是这样。我只能坦白到这个程度了。说实话，我心里确实有那么一点儿邪恶的念头，我没法时时刻刻都压抑它。有时候，假如其他人因为我而感到不适，我反倒会觉得愉快。不过，请千万不要把这番话告诉那些目前还不认为我属于变态的医生。

我一定是吓到他了，而这正是我想要达到的目的。他的样子就好像被我施了冰冻魔咒，就这么一直瞪着我，眼睛一眨不眨的。他的眼睛里不再有新的泪水往外涌了，已经涌出来的泪水则顺着脸颊淌了下来，经过伤口的时候跟鲜血混在一起，汇成了一道粉红色的污流，最后都渗进了他下巴上的胡楂儿。

亲爱的布拉德，你看起来可不怎么样啊！嘿嘿嘿。

他继续瞪着我，不停地看啊看。零星的雨点打在汽车的发动机盖上，这儿一滴，那儿一滴，它们落下时的声音非常轻微，几乎要完全被发动机的噪声盖过去了。除此之外，一切都很安静，连惊呆了的布拉德也闭上了嘴。啪。突突。寂静。啪。突突。寂静。

你能想象出他的样子吗？一个满脸是血的诡异男人，神情震惊、目瞪口呆地看着我。如今，十七年过去了，梦到他的时候，我依然会从酣睡中惊醒，一骨碌从床上爬起来，而黑夜仿佛变得更加黑暗了。

还是回到十七年前吧。当时，我一直都在留意车上的电子表。我们刹车停下来的时候是 1:14，而到了 1:34 的时候，布拉德还在直勾勾地瞪着我。

于是，我也毫不示弱地瞪了回去。

虽然我是在设法用自己的瞪视来吓唬他，不过，假如当时有人在森林里偶遇我们的话，假如布拉德的脸上没有被削尖的床柱戳出一个窟窿的话，那么遇到我们的人搞不好会觉得，我们俩是陷入了热烈而煎熬的爱情之中。我们瞪着放大的瞳孔，目光紧紧地锁定在一起，好像在深情对视一样，就差嘴里叼一朵玫瑰花了。

据说，如果凝视一头野兽的行为是在表示挑衅，明确地向对方宣战。但是如果凝视一条眼镜蛇的话，则表示安抚，这是我在被绑架的前一周刚刚见识过的。那天晚上，我藏在了妈妈的书房里，发现她正在看一部从律师事务所带回来的录像带。也正是在那天晚上，妈妈知道了我怀孕的消息，并且在第二天带我去了妇产科。当时，她并不知道我藏在房间里，也不知道我怀孕了，但我心里清楚，这将成为我的坦白之夜。

当天晚上，我跟爸爸妈妈吃了一顿煎猪排配苹果酱的庆祝大餐，以此来纪念妈妈终于结束了长达四个月的庭审，从纽约回到了家中。毫无疑问，这次她又是大获全胜。我们家的餐桌是四人桌，分不出什么首席和次席。虽然如此，我还是特意挑选了一个灯光最昏暗的角落，而且套上了爸爸那件褪了色的海军卫衣。四个月前，我还不怎么显怀，当时这件衣服对我来说还非常肥大，如今却紧紧地贴在我身上了。由于单靠宽松的衣服已经没法掩盖我的身形了，于是我拿了一条粉红色和绿色相间的花被子裹在身上，一边抽鼻子，一边假装咳嗽，还嚷嚷着说自己浑身酸痛。

吃完晚饭后，我回到了自己的房间，做了几道高等微积分的题目，然后对着卧室里的镜子，仔细观察自己圆圆的身形。我脱掉了爸爸的海军卫衣，踮着脚尖走下楼梯，悄悄地溜进妈妈那间昏暗的办公室，她正在里面工作。妈妈有好几把像德古拉宝座一样的靠椅，此刻她正坐在其中一把上，办公室里闪烁的电视机在她身上投下了蓝色的光。妈妈仿佛是坐在一个发光的泡泡里，而我则站在泡泡外面，隐蔽地藏在红木书架和红木墙板之间的阴影里。

以前，我也常常藏身在书房的这个角落里，偷偷地研究妈妈的思想，并且收集反应数据，观察在不同的社交情形下，都有什么样的真实反应，因为妈妈有时候会在办公室里看一些电影，而爸爸说，那都是"言情片"。每次看到《人鬼情未了》[1]的结尾，看到帕特里克·斯威兹[2]弯下腰来跟黛米·摩尔[3]深情亲吻，妈妈都会抬手抓住脖子，一边深呼吸，一边轻轻摩挲自己的皮肤。我觉得，当莱尼亲我的时候，我也应该这样，于是我就照做了。莱尼似乎很喜欢这个动作，于是，在莱尼的紧紧拥抱

---

[1]《人鬼情未了》（*Ghost*）：1990 年上映的一部美国科幻、悬疑、爱情电影。

[2] 帕特里克·斯威兹（Patrick Swayze, 1952—2009）：美国演员、舞蹈家、唱作人，多出演硬汉角色以及爱情片的男主角。

[3] 黛米·摩尔（Demi Moore, 1962— ）：美国女演员、电影制作人，著名的好莱坞影星。

下，我便随着身体的感受，放任大脑暂时开启了欢愉之情。

在那个特别的晚上，当我观察妈妈时，她没有在看电影，而是在看一个野生动物电视节目的原始视频素材。这一回，妈妈负责的委托方是一家娱乐巨头公司，他们拥有这个电视节目的版权。有一个比较有名的野外探险"专家"在参与节目录制时意外身亡，现在他的家人把电视节目、电视台、制作人和其他所有沾边儿的人都告上了法庭。他的家人递交了"过失致死"的诉状，声称悲剧发生时，死者随拍摄团队深入到印度的荒原地带，他是在"受到威胁和强迫的情况下"才去接近了一条剧毒眼镜蛇，并因此丧命。

此刻，妈妈在书房里看的，正是与事故相关的原始视频。那位野外探险家脚蹬野外探险靴，穿着贴身的卡其色服装，衣服上还绣着胸标。这一切都被如实地录了下来，并且原样呈现，没有经过任何剪辑和加工处理。突然，妈妈从靠椅上直起了背，身体前倾，同时停下了手中的笔记。电视上，那个"专家"正趴在长满深草的印度大地上，平视着一条眼镜蛇。他的脸距离那条眼镜蛇的头只有五英尺，那条眼镜蛇一动不动地弓着身子，仿佛被催眠了一样。妈妈看了一眼办公室墙上的布谷鸟古董钟，在手中的笔记上写下了时间，然后又把目光转向了那个生前为她的委托方拍摄节目的明星，继续研究他临死前的最后时刻。妈妈抬起一只手，放在嘴边，用一根手指轻轻地敲打着牙齿，仿佛有些焦虑不安。虽然我看不到，但是我能猜出来，她现在应该是扬起嘴角，露出了一个浅浅的微笑，那表示她对于接下来要发生的事情感到很兴奋。在那一刻，我觉得，妈妈是被死亡的永恒力量征服了。在见证生命的终结时，她似乎显得很愉快。我确实也认为，死亡只是一个最基本的事实。不过，我却没有放任自己开启这样的情绪。我只是抬起手，用掌心轻轻地抚摸肚子，安抚着我的宝宝。

视频里的男人一直瞪着眼睛跟那条蛇对视，就这样一动不动，过了大概得有一小时之久。这个时间是我估计出来的，因为妈妈等着等着就不耐烦了，然后便拿起遥控器开始快进。播放。快进。减速。倒带。快进。暂停。播放。画面上的眼镜蛇快速地抽搐了一下，那个野外探险明星也不由自主地抖动了一下，但是他并没有移开目光。一开始，眼镜蛇先慢慢地退却了，它缓缓地低下了高昂的头颅。但是，紧接着，它突然又迅速地抬起头来，一边后退，一边发出了奇怪而急促的嘶嘶声，转眼就钻到岩石下面，消失不见了。正在这时，一头老虎从镜头没拍到的地方跳入了画面，从背后扑倒了那个男人，一口咬在他的脖子上。

妈妈腾地一下从椅子上站了起来，做笔记用的纸张和钢笔都掉落在了地板上，还伴随着一声惊叫："天哪！"

我一直在旁边跟她一起盯着电视屏幕看，此刻我用力地眨了眨眼，缓解了一下眼睛的干涩。我看了看时间，最多还有二十分钟，我就得去选好第二天上学要穿的衣服，然后上床睡觉了。

那头老虎从容不迫地享用着这顿大餐，把那个男人开膛破肚，如此血腥暴力的场面全都被录了下来。其实，摄影师显然已经吓跑了，但是他在仓促间落下了仍在录制状态的摄影机，因此这才意外地录下了整个过程。

"真是美丽的动物！"妈妈说着，又一屁股坐回了皮椅上。

我从阴影中走了出来。

"妈妈，你说什么？"我问道。

她猛地靠在椅子上，弯起胳膊肘，双手紧紧地按在两边的扶手上，非常防备的样子。

"丽莎！天哪！这是怎么回事儿？！你真的是吓死我了！你刚才一直都站在这儿？"

"是的。"

"该死！丽莎，你不能这么偷偷摸摸地藏起来。真该死！你差点儿把我吓出心脏病来了。"

"噢，呃……好吧，我不是有意要吓你的。我只是很好奇你说了什么。"

"什么……什么？"

她心烦意乱地看了一眼地板，然后弯下腰去捡起了散落在地上的纸张和钢笔。等到把所有东西都捡起来以后，她冲我困惑而生气地摇了摇头。

"你刚才是不是说了'美丽的动物'？"

"噢，丽莎，我想应该是吧。"她说话的口气有些恼火，也有些不知所措。她气鼓鼓地坐回到椅子上，将我从头到脚审视了一遍。

"怎么了？"她一边问，一边更加仔细地盯着我的身体看。

"呃，我只是在想，那段视频里，究竟哪一个是美丽的动物？是那个男人，是那条眼镜蛇，还是那头老虎？"

"那、那头老……老虎。"她声音颤抖地吐出了这几个字。她斜着眼睛，将目光聚焦在我的腹部，我身上的白色 T 恤紧紧地裹在鼓起的肚子上。我保持站姿不动，就像一个有扁平足的芭蕾舞女演员正在等待接受芭蕾舞团长的检阅一样。我一边摆正肩膀，让站姿更加完美，一边抬起下巴，摆出一副骄傲的姿势，仿佛这样就能为我打破常规并赢得赞许。

"可是，那头老虎杀了人。你还觉得它美丽吗？"

"它确实杀了人，不过，是那个人侵犯老虎的领土在先。"

妈妈盯住我鼓起的肚子和下垂的骨盆。我朝她走近一些，踏入了那个蓝光泡泡中。电视机发出的光像一道聚光灯，清楚地照亮了我的身形。此刻，真相已经大白，再怎么否认也已无济于事了。

妈妈不愿意打断思路，因此虽然她的声音犹豫不决，但是她仍然进一步解释了刚才的回答："我说它美丽，是因为它懂得利用狡猾的计谋和坚忍的能力，在对那个人发动进攻前，先无声地吓退了眼镜蛇。"

她伸出手来，把掌心放在我的肚子上。我站直了身子。

当她一下跪倒在地上时，我觉得自己就像一头老虎。

而她是否就是那条眼镜蛇？我们之间的安全距离是否就是那个被攻击的人？

也许这个比喻太牵强了，又或许太逼真了。尽管如此，我并不想让她害怕，也不想让她痛苦。我根本就不想给我的妈妈带来任何伤害。可是，恐怕我的性格已经让现实事与愿违，我在不知不觉间利用了她的弱点和盲点，也暴露了自己的弱点和盲点。

当我被困在那辆大众甲壳虫里跟布拉德对视时，我才终于意识到，我给妈妈带来了多么大的伤害。是的，她不爱接近人，确实有些性情冷漠。我觉得，我们非常相似。但是，据我所知，妈妈并没有像我这样被认定为心理怪异，而且她会因为悲伤而哭泣，也会因为愤怒而握拳。因此，从医学意义上来讲，我认为她并不像我这样有情感缺陷／天赋。关于她的过去，我只知道在她身上是发生过一些事的，但我并不知道具体是什么，我们从来都不会谈起她的父母。我只有一个奶奶，像彩虹精灵一样的奶奶。

虽然妈妈给自己筑起了高墙厚垒，但是她一直在努力尊重我、理解我。

而我却没有。

我一边盯着布拉德，一边下定决心，要更加努力地去尊重她、理解她。我跟妈妈之间的距离，不是她造成的，而是我造成的。我应该把自己怀孕的事情早些告诉她，那样做不是为了认错，而是为了沟通。

那天晚上，妈妈把手放在我的肚子上，感受着跟脉搏节奏一致的跳动。她明白自己将要成为外婆了，但是却什么都没说。她似乎觉得，冲我大吼大叫是没用的。在我还是个蹒跚学步的孩子时，她曾经冲我吼过几次。不过，每次我都不明白，她为什么要提高音量跟我说话，于是我就开始大笑。我之所以这样，是因为在爸爸看的那些电视节目里，只要有什么声音变大了，人们就会开始发笑。后来，妈妈也就不再冲我吼了。那天晚上也是如此。她只字未言，抬手指了指书房的门，示意我离开，让她一个人待着。第二天早上，我起床后，发现她顶着一头乱蓬蓬的头发睡在了书房里，身上还穿着前一天晚上穿的衣服。她的一条腿搭在椅子的扶手上，大脚趾上挂着一只高跟鞋。家里最好的两瓶葡萄酒散落在波斯地毯上。我爸爸盘腿坐在她对面的地板上，用肌肉发达的双手撑着脑袋，也睡着了。

只要方法正确，盯着一条眼镜蛇看是可以驯服它的。因此，我就这么一直盯着表情诡异的布拉德。我坐在那辆该死的大众甲壳虫的副驾驶座上，身处印第安纳州的森林，按照布拉德的疯狂计划，接下来他还要把我杀了，把我的孩子抢走。我们两个瞪着对方一直看、一直看，时钟嘀嗒嘀嗒地一直走、一直走，雨水啪嗒啪嗒地打在挡风玻璃和发动机盖上，一直下，一直下。

过了一会儿，布拉德的表情变得更诡异了。

"小豹子哟。"

又来了。

"噢，可爱的小宝贝儿，你可真是个伶牙俐齿的小野豹。你真是吓到我啦！"布拉德"咯咯"地笑道。他用一块白色的布擦去了淌到下巴上的鲜血，那块布是他先前从皱皱巴巴的衬衣口袋上撕下来的。他一边擦，一边用另一只手从西服上捏走了一根线头。

"小豹纸，呸，我是说，小豹子，瞧瞧我的衣服。真是一团糟！"他用一种装模作样、阴阳怪气的声音说道。接着，他突然猛地俯身到我脸前，用低了好几个八度的声音咆哮道："去你妈的臭逼，老子的西服都他妈的一团糟了！"说完，他又傻笑着坐了回去，清了清嗓子："咳。"

你再用这种"臭……"的肮脏字眼骂我，我就立马要了你的命！

第十九章

刘罗杰探长

洛拉急匆匆地向医护人员描述了局长和副局长的状况，然后她迅速地亮了一下警徽，同时无声地用手势向我示意，让我也把警徽掏出来。我的耳朵里依然呼呼作响，所有人的说话声都淹没在其中，我一个字也听不见。那个穿着居家服、推着购物车的女人把电话递给我之后，就步履蹒跚地走到了商场的另一端，弯下腰去翻一个垃圾桶，仿佛对周围的警笛声和尖叫声充耳不闻，也毫不在乎冲天的火焰和弥漫的烟雾。我不禁想，要是我也能这样置身事外，那该多好啊！

洛拉扶着我朝维京女人的那辆F-150走去，就好像我是个醉汉，喝了一整夜的酒，刚刚才放下酒杯一样。洛拉负责开车，她把车挡依次挂上一挡、二挡、三挡，最后换到四挡。开车时，我看着她把鼻子从驾驶座旁的车窗伸出去，仿佛在用嗅觉探路。虽然很奇怪，但是洛拉的这个样子突然给我带来了一种巨大的虚无感，耳中呼啸的风声也都消失殆尽了，取而代之的是一种无边的寂静。我并没有惊慌，相反，我感到松了一口气，并且发现我的视觉又恢复了一贯的敏锐，甚至比以前更加犀利了。

我有没有说过，早在刚入行的时候，我就通过训练成为了一名神枪手？我有没有提到过，我的视敏度要远远高于 20/20[1]？我跟洛拉组合在一起，就成了一个拥有千里眼和灵鼻子的超人。也许正因如此，当初联邦调查局才让我们两个互相搭档吧。现在，噪声的困扰消失了，如果面前没有群山和建筑的阻挡，我说不定都能一眼看到得克萨斯州呢。

洛拉缩着肩膀，皱了皱鼻子，一脸生无可恋的样子。我努力把注意力从无声的寂静中转移出来，将目光投向窗外。我们正在一条笔直的道路上笔直地行驶着，两旁闪过一些孤零零的杂货铺和饭店，我开始集中精力看那些店铺招牌上的字。外面的冷雨下得十分恼人，看不出什么时候会停，也看不出是否会越下越大。这是一场让人心情忧郁的雨。虽然时值正午，但天空却黑得像傍晚一样。

路边有一个张着大嘴的鲈鱼信箱[2]，让我想起了童年时居住的街区，不过话又说回来，我办过的每一个案子，都会让我想起童年。我有点像得了超忆症，但是跟真正患有超忆症的人又不同，我平时可以很好地控制住这种"超凡的记忆力"，不过在那一刻，我却不由自主地陷入了我不愿去回想的记忆中。这段记忆是关于我童年里的一天，那一天的情景不断地闯入我的思绪，就像在生命中循环出现的一个旋涡一样，时不时地就要把我吞噬。好吧，我就不卖关子了，一直瞒到现在，也到了该告诉你这个小秘密的时候了。我在前面提到过，我之所以决定要加入联邦调查局，是为了"让父母高兴"，又或者是因为我大学时期的女友将要跟我结婚了。不过，那是在这本双人回忆录刚开始叙述的时候，当

---

[1] 20/20：视力测试表可测出的最高视敏度。拥有 20/20 视敏度的人，在距离目标 20 英尺的位置，可以分辨出粗细约为 1.75 毫米的轮廓。

[2] 鲈鱼信箱（Bass Mailbox）：一种按照鲈鱼外形做成的信箱。在美国，外形为海鱼的鱼状信箱（Fish Mailbox）很受欢迎。除了鲈鱼信箱之外，常见的还有鲇鱼信箱（Catfish Mailbox），以及在鱼状信箱前后挂两个鱼饵的鱼饵信箱（Lure Mailbox）。

时我跟读者诸君还不熟，所以才那样说。

当我长到十三岁的时候，我父亲得到了一份工作，负责给芝加哥的一家大型建筑公司设计发电厂。于是，我们全家便从布法罗 [1] 的繁华地带搬进了芝加哥郊区小镇的一座红砖小屋子，那里名叫河畔小镇，距离芝加哥西城区有二十分钟的车程。河畔小镇上全都是弗兰克·劳埃德·赖特 [2] 的杰作，处处可见悠闲的小鸟、高大的树木和宁静的街道，镇上还有一家令人难忘的冰激凌小店，名叫"暴脾气小子"。

设计河畔小镇的人，就是曾设计过中央公园 [3] 的弗雷德里克·罗·欧姆斯特德 [4] 先生。欧姆斯特德想要设计一个小镇，让人们在镇子上的每栋房子里都能看到一个公园。所以，湖畔小镇的街道布局就像一串串相连的环状绳结，其间点缀着一些楔形的小草坪和完整的小公园，比如乌龟公园，那座公园里有一只漆成绿色的水泥乌龟，因此而得名。

在我还是个小男孩儿的时候，由于河畔小镇的布局设计如此独特，不动产经纪人总是声称当地犯罪率很低：一般情况下，抢劫犯总是能在街道又脏又乱的拐角处轻易逃脱，但是在湖畔小镇，却没有那么容易了。想要在湖畔小镇犯罪，就必须得知道这里的布局，了解每条环状街道都通向何处，还得避免被那些弧形的公园误导了方向。总之，最好是对湖畔小镇非常熟悉才行。

乌龟公园坐落在湖畔小镇的正中央，周围是一环扣一环的街道，仿佛是一个层层编织起来的葡萄藤花环一样。正是在这个公园里，发生了

---

[1] 布法罗（Buffalo）：坐落于美国纽约州西部的一个城市。

[2] 弗兰克·劳埃德·赖特（Frank Lloyd Wright, 1867—1959）：美国建筑师、室内设计师、作家、教育家，曾设计过逾1000座建筑，其中实际建成的有532座。

[3] 中央公园（Central Park）：位于美国纽约市曼哈顿区的一个城市公园，是美国客流量最大的城市公园。

[4] 弗雷德里克·罗·欧姆斯特德（Frederick Law Olmstead, 1822—1903）：美国景观设计师、记者、社会评论家，被公认为美国景观设计之父。

一件非常重要的事情，并且由此让我意识到自己具有超出于常人的视觉能力。我所说的重要的事情，指的是那种意义深远到能完全改变一个人的人生轨迹的事情，它会把你已有的任何情感和恐惧都彻底颠覆，它会带来许多你想都没想过的崭新的恐惧和担忧；这种事情发生之后，它会一直潜伏于你的记忆之中，就像人生乐章的一段主旋律一样，萦绕在你活着的每一分每一秒里，时时呈现、挥之不去。

也正是那件事情，给我的父母留下了痛苦的心病：从那以后，他们便希望我可以进入执法部门工作。但是，在我接下来的童年、少年和大学时光中，我始终都在挣扎，想要把那一天的回忆彻底埋葬，于是我开始写喜剧剧本、创作连环画，并且亲自参加戏剧演出，想要以此来逃避现实。

然而，到了大四那一年，圣约翰大学里常跟我下棋的一个耶稣会神父劝我应当直面恐惧。我不仅非常重视这个神圣的忠告，而且还采取了最彻底的做法：我毅然决然地踏入了联邦调查局，开始负责那个像噩梦一样长期纠缠我的领域——绑架案件。

★ ★ ★

那天，我们全家一起出了门：十三岁的我、我的爸爸、我的妈妈，还有八岁的弟弟里斯。不过我们从来不叫他"里斯"，而是叫他"莫兹"。当时正值七月，天空又高又蓝，万里无云，天气很热，一丝风都没有。于是，我的父母便带着我们兄弟俩从家里出发，步行去"暴脾气小子"店里买冰激凌。那家店铺距离我们家大约有八个街区。买完冰激凌，我们又折返回家，走到一半时，在乌龟公园停了下来。

我和莫兹已经把整个小镇都逛了不下二十遍，有时是骑着自行车，有时则是跑步。还有些时候，负责在白天照顾我们的保姆也会跟我们一起出来走走。我的记忆力非常烦人，就像在随时撰写自传一样，把一切都事无巨细地记录了下来。因此，小镇的每一个角落都在我的脑海中，整个小镇变成了 3D 模型。我知道，弗兰克·劳埃德的宅邸长得像一架长方形的星际飞船，它的位置在乌龟公园的一角，距离我们家0.5英里。我知道，那座宅邸前的车道上有一块篮球大小的岩石，顶上有十处划痕。我知道，乌龟公园周围总共有五栋维多利亚风格的房子、三栋石头房子、两栋新建的大房子、一栋尖顶房子、一栋有复折式屋顶的房子，还有一处已经废弃的农场。房子与房子之间的距离足以让我和莫兹进行竞走比赛，其实我原本可以轻易赢得每一场比赛，但是我经常会故意输掉。我的弟弟戴着厚镜片的眼镜，个子也不高，我之所以那样做，就是想给他一点儿信心。我很爱莫兹，他是一个非常阳光的孩子。我母亲总是叫他"傻小子"。他是所有人的开心果，大家都认为，有朝一日，他肯定会成为一名喜剧演员。

我们已经买好了冰激凌，化掉的奶油从甜筒上顺着手一直流到了手腕。我们全家都坐在乌龟公园里，就像一群绕湖的鸭子，而那个大大的水泥乌龟就是我们的湖面。莫兹吃完冰激凌，把黏糊糊的甜筒扔进了垃圾箱，说道："捉迷藏，捉迷藏，我来藏，你来找。快跑！"然后他拔腿就跑，我紧跟其后，妈妈也晃晃悠悠地站起身，加入了我们的行列。爸爸把自己吃剩下的甜筒也扔进了垃圾箱，说："开始喽！"然后便用袖子捂住了眼睛。

在乌龟公园和另一个有棒球内场的公园之间，有一条 U 形道路将两处隔开，道路两旁长满了枫树和橡树。莫兹闷着头向前冲，穿过了那条道路，一直跑到第二个公园最远的那头。我没有离开乌龟公园，而是就地爬上了一棵树，藏身在茂密的树冠中。我从树上能把莫兹看得一清二楚，我看到他钻进了二百码之外的一个灌木丛中。

第二个公园的另外一边还有一条弯曲的道路，那条路紧紧地贴着公园里的绿色草坪，就像是镶嵌在边缘处的一条细细的黑丝带。莫兹藏身的位置距离那条丝带道路大约只有两英尺。路上经过的司机能看到他，但是爸爸看不到他，因为爸爸正闭着眼睛数数，而妈妈藏在一个滑梯下面的方格铁架中，面朝另一个方向，也看不到莫兹。现在想来，就算他们都朝着莫兹所在的方向看，我怀疑以他们的视力也看不到那么远。但是我可以。不过，我当时并没有意识到自己与众不同的地方，我以为自己能看到的，所有人都能看到。

一辆棕色的达特桑[1]汽车在距离莫兹十码的地方停下了，然后慢慢地沿着公园外围朝莫兹藏身的灌木丛开过去。那辆车的车牌一闪而过，但我已经把它看得一清二楚，并且发现那个车牌非常眼熟：爱达荷州，XXY56790。后来在法庭上，他们传唤了一名眼科医生来证明我的证词，那名医生说，大部分人可以在"三至四个车长的距离之内"看清车牌上的内容。他还说，尽管我爬上去的那棵树距离那辆车有"四十个车长的距离"，但是，我的"视敏度"已经"超过了已有的最高纪录，几乎达到了目前难以估测的水平"。这些话是在驳斥被告律师，他们声称我绝无可能从那么远的距离之外看清车牌。他们辩称："这小男孩儿显然是受人指使了。"就连我做证说看到了那辆达特桑汽车的司机，他们都提出了反对。

当那辆车开到莫兹身边时，司机位和乘客位的车门同时打开了。两个身着运动服的男人下了车，一个人的运动服是红色的，另一个人的运动服是黑色的。那个司机站在敞开的车门旁边放哨，不过周围根本就没人往那个方向看，只有躲在树上的我在他看不到的地方注视着。另一个人，也就是穿黑色运动服的那个人，不紧不慢地走向莫兹，一把将他从灌木丛里拽了出去，用胳膊夹着他拔腿就跑，一只手还死死地捂住他的嘴。那个人先把莫兹推上了达特桑汽车的后座，然后他自己也上了车，就坐在莫兹的身边。在整个过程中，他一直都用手捂着莫兹的嘴，不让莫兹发出声音。我看到了司机的口型，他说："午夜。"接着，那辆汽

---

[1]达特桑（Datsun）：达特桑是日本汽车公司尼桑（Nissan）旗下的一个汽车品牌。

车就飞速开走了。

我从树上跳下来，脚掌着地，用弯曲的双腿撑住了身体。我站起来，一边全速狂奔，一边回头冲尚未察觉情况的父母大喊："莫兹！他们带走了莫兹！他们带走了莫兹！他们带走了莫兹！"

我来不及等他们赶上我，也来不及等他们明白过来，我只是不停地向前奔跑，同时嘴里一直在大喊着："他们带走了莫兹！他们带走了莫兹！"我根本就没有时间停下来跟他们解释，其实那辆带走莫兹的达特桑汽车，就在我记忆中的地图上，我甚至能清楚地说出那辆车之前常常停靠的房子有几扇窗户和几扇门。

我跑了四个街区回到家中，一路上连气都来不及喘。我从门口的小地毯下拿出爸爸妈妈放在那儿的备用钥匙，迅速地打开了侧门，径直冲到地下室。我抓起自己的 BB 型气枪 [1]，拿了一盒 BB 气枪弹，转身跑回屋外。我们家的房子旁边就是学校，我先把气枪和子弹扔过栅栏，然后自己翻了过去。我听到父母在一个街区之外大声喊我，但是他们并没有看到我翻过了栅栏，我也没有等他们，继续往前跑。

我绕过教学楼，穿过操场，跑上绿树成荫的环形道路。我沿着一条条道路一圈又一圈地向外跑，最后来到了小镇的外围地区。小镇内部有漂亮的小房子，有劳埃德·赖特家的星际飞船，还有维多利亚风格的建筑，但到了小镇外围，常见的建筑就变成错层式 [2] 房子和小农场了。我们的保姆带我们散步时，曾经有三次走到过这里，因为她的男朋友就住在这一片。

我来到了一条道路的尽头，这里有三栋错层式房子，它们围成了一个半圆形，中间是一小片新月状的草坪。汽车可以在这里调头，孩子们

---

[1] BB 型气枪（BB Gun）：一种发射球形子弹的气枪。

[2] 错层式（Split-Level）：一种房屋建造风格，房子内的各种功能用房不处于同一平面上。

也会在这儿用遥控器操控"风火轮[1]"打转炫技。保姆的男朋友就住在两条道路之外的一个带车库的房子里，但是由于道路曲折，再加上橡树和无花果树的树冠十分茂密，如果我要去他家求助，就看不到那栋我必须要监视的房子了。不可思议的是，除了这三栋房子，周围什么都没有。没有哪一栋房子可以让我藏身，并且毫无阻碍地朝这个方向射击，在这条路拐弯之前的直道部分的两边，也没有其他房子。附近的空地上只有一些没人管的烂尾建筑，我根本就求助无门。这个地方跟镇子其他的地方不同，这里是一个人迹罕至的偏远地带。道路尽头这三栋房子的建筑外形非常相似，显然是同一个开发商建造的。一栋房子是白色的，看上去无人居住，因为房门口的报纸已经堆积如山了。另一栋房子的下半部分是白色的，上半部分刷成了棕色。门前的野草无人修剪，整栋房子连窗帘都没有，里面空无一物。再加上残缺的楼梯周围拉着黄色的警示带，可以确认，这是一处废弃的房产。第三栋房子，也就是最左边的一栋，漆成了深蓝色，但是墙皮已经有些脱落了。这栋房子有着白色的百叶窗，看上去也像无人居住，但是门前的车道上却停着那辆棕色的达特桑汽车。它所在的位置和我脑海中地图模型上标记的位置一模一样。车牌也是同一个：爱达荷州，XXY56790。这栋深蓝色错层式房子的纱门正在自行慢慢地关上，显然数秒钟前刚有人打开它走了进去。

数据显示，大多数绑架案的受害者都会被罪犯藏起来，或者直接被杀害，尸体就丢弃在距离绑架发生地点不远的地方。

我陷入了进退两难的地步。一方面，我没法孤身闯入，因为我害怕那两个成年男人会制服我，然后把我也绑走。而且，我担心里面不止他们两个，说不定还有别人。另一方面，我不敢把视线离开这栋房子，万一他们打算带着我挚爱的弟弟莫兹逃走怎么办？我的内心十分煎熬，只希望他们先前提到"午夜"的意思是他们打算午夜时分离开。若果真

---

[1] 风火轮（Hot Wheel）：世界著名的车模品牌。

如此，到那个时候，我就能做好准备伏击他们了。我只有一个选择：藏在房子对面的无花果树上等待，盯好前门和侧门，一旦午夜降临，他们打算逃跑，我就拿枪射击他们。

现在还只是中午。

只有上帝才知道，莫兹在里面受着怎样的折磨。

在树上度过的那一天啊！唉，在树上度过的那一天！

假如你在读这一部分时，觉得心烦意乱，甚至冲着这一页大喊：明明还有更好的办法来解决问题啊！那么，你确实很了不起。不过，我当时只有十三岁，并不像你一样见多识广。

我把 BB 型气枪挂在背上，将子弹装进口袋，然后迅速地爬上了树干。向上爬了大约十英尺后，我看到了一根又平直又结实的树枝，简直就是上帝为挂秋千而造的。

我把一条腿搭上去，接着是另一条腿。于是，我坐在那根天赐的粗树枝上，身体的一侧靠着树干，抬手抓住头顶上另一根较细而弯曲的树枝来保持平衡。然后，我就等着。一直等着。

我不得不常常挪动一下屁股，一会儿用左半边坐着，一会儿又用右半边坐着，左左右右来回地换，好让发麻的臀部里的血液重新流通。此外，我还用同样的方式活动着腿、脚、胳膊和双手。那一天最大的挑战，就是在如此狭窄的树枝间始终让肌肉保持活跃状态。在射击方面，我虽然是个新手，但是学得很快，不仅无师自通地想出了一些简单的小技巧来促进体内血液循环畅通，而且我还可以轻松地保持身体平稳，并练习瞄准和射击的动作。等到了黄昏时刻，我已经可以作为一名"树上专业射击手"合格毕业了。同时，我还成了一个鸟类学家，把树上一只来来去去的红雀观察得十分透彻。它是一只鸟妈妈，一直在忙着喂养自己的宝宝，它的鸟窝就建在距离我五英尺的一根繁茂的树枝上。在某个时刻，我突然非常嫉妒这个平安的小家庭，它们惬意地吃着虫子，还叽叽喳喳地欢叫着、炫耀着，仿佛厄运永远也不会降临到它们头上。这群红雀舒适地窝在细枝上那个小小的家里，它们伸出色彩鲜艳的小脑袋，晃来晃去，好像在招呼我跟它们一起欢笑。它们的幸福让我抓狂，我差一点儿就把枪口指向鸟窝的方向了。但是，我冷静了下来，明白这种行为是毫无意义的，因此我定了定神，将满腔仇恨都聚集到黑衣男人和红衣男人的身上。

大约晚饭时分，我看到保姆的男朋友家突然发生了一阵骚动，是我的父母来了。他们跟保姆和保姆的男朋友见了面，互相拥抱、哭泣，场面一片混乱。然后他们几个人便点亮蜡烛、打着手电筒，离开了房子。我听不到他们在说什么，只能听到大门开关的声音。因此，我没有向他们大喊求助，而且我一刻都不会离开莫兹的。以防万一。**万一他们开车跑了呢？万一他们离开了，我们再也找不到莫兹了呢？**我觉得，我还是应该按兵不动。

如今，我有了更成熟的心智，难免后知后觉地想，当时我本来有一百个能采取的措施，结果我却什么都没有做。我没有一天不在懊恼和自责，痛恨自己那天处理问题的方式实在是太糟糕了。

晚饭时间过后，有一辆金属绿色的小汽车开了过来，在这里掉头。开车的老人慢慢地打着方向盘，大声地唱着一首歌，完全没有注意到头顶的树上还藏着一个男孩儿。有一只松鼠靠得太近了，我抬手挥了一下，把它赶走了。

天越来越黑，夜幕降临了，煤油路灯亮了起来。道路尽头的右边有一盏煤油路灯，暗淡的灯光把这里照得就像古老的伦敦街道一样，仿佛时间回到了很久以前，那时候世界上还没有电灯，只有蜡烛。细细的月牙仿佛指甲边缘的白色部分，洒下的月光十分微弱，就连你想弯下腰系一下鞋带，都看不清楚。

我的腿已经是第十次发麻了，于是我紧紧地抓住自己坐着的树枝，开始小心地摇晃双腿，以促进血液流动。至于我的屁股，几小时前我就懒得挪动它了，现在它已经毫无知觉了。

我一直盯着那栋房子的客厅窗户，那扇窗户的窗帘是半开着的。大约晚上十点左右，黑衣人和红衣人的身影在窗帘的缝隙间迅速闪过。黑衣人正穿过客厅，朝门廊走去，红衣人提着一个背包，紧随其后。他们两个在客厅里来来回回地走着，不停地搬运着一些包裹、纸张和其他物件。他们在打包和收拾东西。我努力地用目光搜寻莫兹的身影，但是却没有看到他。由于这栋房子里亮着灯光，因此屋内和屋外的情况都能看得一清二楚，仿佛这栋房子是黑暗夜空中的一颗孤星。明暗的强烈反差使得寻找目标变得十分容易。

尽管我等了整整十二个小时，而且一直都保持警惕，集中精力地监视着那栋可怕的蓝房子，但是，当侧门终于打开时，我还是心里一惊，变得非常紧张。那个黑衣人走了出来，他的左肩上松松垮垮地搭着一个背包，右手则提着一个帆布包。他扫视了一下面前的草坪，似乎在观察是否有敌人埋伏在草丛中。我戴着"美国大兵乔 [1]"系列的数字手表，上面显示时间是夜里的 12:02。这时，我突然看到了接着从侧门里走出来的人，不由得倒吸一口冷气，差点儿叫出声来，于是赶紧抬手捂住了嘴。

是莫兹。他缓缓地拖着步子，一言不发，非常配合地跟在黑衣人身后，吃力地迈出了侧门，而红衣人则在后面推着他往前走。莫兹的双肩无力地耷拉着，我觉得他肯定是被下了很重的幻药，导致神志不清了。他们三个排成一列，朝那辆达特桑汽车走去。在外人眼里看来，他们就像是难民三兄弟，一个怪异的家庭组合，打算连夜逃亡越过边境。

我端起气枪，瞄准了黑衣人的右眼，开火，正中靶心。他一头栽倒在车道上，蜷缩起膝盖，高声号叫着。红衣人一把抓住了莫兹，仿佛要把他当成盾牌。但是，莫兹的个子太矮了，无论那个红衣司机再怎么弯腰躲避，他的头和身体还是完全暴露在了我的视野中。我又开

[1]美国大兵乔（G. I. Joe）：由美国玩具公司孩之宝（Hasbro）首创的一系列动漫形象。

了一枪，这回，打中了红衣人的左眼。又是正中靶心。于是，他也应声倒地了。

"莫兹，莫兹，快跑啊，伙计！朝我跑！快跑，莫兹！"我大喊着从树上跳了下来。这是我当天第二次从树上跳下来了。这一次，由于双腿发麻，我落地的时候没能撑住身体，气枪也从我的手臂上滑落在地。但是，多亏了肾上腺素，多亏了肾上腺素这个好朋友！我挣扎着用虚弱的双腿站了起来，竭力压制住火烧火燎的感觉。我抓起自己的气枪，摇摇晃晃地站着，又一次瞄准了那两个在车道上哀号打滚的人。

"莫兹，莫兹，快跑啊，伙计！"

然而，莫兹似乎被下了太大剂量的幻药，显得神情恍惚、心不在焉。他踉踉跄跄地向前迈了一步，好像看到了我，于是又踉踉跄跄地迈了一步。他距离黑衣人和红衣人只有一英尺远，我必须再走近一些。

我举着枪，枪口朝前，就像一个杀意已决的士兵一样，正在靠近手无寸铁的敌人。我没有开口发出任何警告，就又一次开枪了。这里一条胳膊，那里一条腿，任何无法承受子弹攻击的脆弱部位都成了我的靶子。他们屈服于我的力量，痛苦地在地上翻滚。其中一个人把耳朵转向了我，于是我就瞄准了那个小小的洞口，一枪把子弹打入他的耳道。我敢肯定，那一枪比打在眼睛上还可怕。好吧，也许不一定，但那无关紧要。

"莫兹，快到我身边来！"我大喊道。

在我身后，终于有人发现了这里的情况。

"这究竟是怎么回事儿？"一个女人在我身后尖叫道。

"报警！"我说，"快报警！"

后来我才知道，那天晚上，她本来是出来遛狗的，一只贵宾犬，一只牧羊犬。

地上的两个男人赶紧挣扎着爬了起来，一瘸一拐地冲向那辆达特桑汽车，连门都还没关上，就开始倒车，然后大踩油门，加速驶出了门前的车道、驶出了道路的尽头、驶出了河畔小镇。事后，在西塞罗[1]附近的一家麦当劳店里，这两个白痴跟警察发生了枪战，最后失败被擒。

莫兹倒在了草地上，我跑过去抱住了他。后来证明，他对那天晚上发生的事一无所知。那天夜里，医生给他吃了药，他毫无知觉地睡了一觉，这也算是不幸中的万幸了。

莫兹从来没有谈起过自己跟那些浑蛋度过的那一天。他从没说过房子里发生了什么。不过，从此以后，莫兹就没再穿过他那件滑稽的红色小披风，再也没有再唱过任何一首有趣的歌了。这么多年了，我再也没有见过他的笑容。莫兹在第二次自杀未遂、第三次婚姻失败后，就搬去跟我们的父母同住了。但是，他坚决不肯进入地下室，不论是家里的，还是其他任何地方的，一次都不行。

有一次，我带莫兹到蒙大拿州去进行一次飞蝇钓鱼[2]的旅行，我希望能把他从内心的囚室里解救出来。然而，他只是闷着头钓鱼。一天晚上，他在自己的帐篷里哭了。我不想让他觉得难堪，所以只能无助地站在外面，围着篝火来回地绕圈。我一边盯着火焰，一边咬着拇指的指甲，不知所措。我不停地祈祷帐篷的拉链拉开，希望他会从帐篷里爬出来，看到我，并且跟我说说话。我非常想走进他的帐篷，去拥抱他，把一切糟糕的回忆都赶走。但是，他始终都没有出来。

即便是到了今天，每当莫兹趿拉着拖鞋摇摇摆摆地走进房间时，我仍然会觉得心痛难当，仿佛有一片巨大的虚无紧跟在他身后，把他身上所有的活力都吞噬一空。他的黑眼圈，他那耷拉着的眼皮，这一切都表明，他正忍受着一个又一个不眠之夜。

于是，我追捕。我追捕那些一无是处的浑蛋小人，追捕那些道貌岸然的行尸走肉，追捕那些绑架儿童的邪恶魔鬼。这些人连过街老鼠都不如！

---

[1]西塞罗(Cicero)：美国芝加哥附近的一座城市，位于伊利诺州(Illinois)。
[2]飞蝇钓鱼（Fly-fishing）：利用人造假苍蝇做鱼饵的一种钓鱼方式。

我的父母确立了新的目标，他们希望自己的孩子再也不要被带走，于是便无情地把这个责任推到了我的身上。他们把我拽到射击场打靶，还让我学习射箭。趁我睡着入梦的时候，他们就在我耳边低语，说我生来就注定要进入执法部门工作。这是他们强加在我身上的愿望，他们用这种方式来面对悲惨的往事。我的视觉天赋已经人尽皆知了，而我也成了本地射箭记录的保持者，不仅每次都能准确地命中靶心，而且我射出的下一支箭还能把前一支留在靶心的箭劈开。

唉，那些都无所谓了。

重点是：我能命中靶心。不管什么靶心，我都能命中。

联邦调查局最初想让我参与神枪手计划，但是我坚持要担任调查绑架案的工作。也许是我的坚持打动了他们，也许是他们合起伙来故意忽略了我的心理测试显示出的问题。但总之，他们最后同意了我的请求，并且派遣洛拉来作为我的搭档，或者从另一个角度来看，也可以说是派她来给我添麻烦。一开始见面的时候，如果有人问我，我绝对会说她是个大麻烦，不过很快我就发现，她其实是一个非常灵敏的搭档。

★ ★ ★

那一天，洛拉和我坐在那辆借来的 F-150 里，穿过平坦的印第安纳州中部。我的视觉变得更加灵敏，听觉却越发迟钝，心里只想着要拿枪射击什么人。对我来说，任何绑架孩子并且把我耍得团团转的人，都相当于又一次带走了莫兹，又一次吓坏了莫兹，又一次夺走了他的欢笑，一次又一次。我觉得，他们每一个人都该承受无边的痛苦和羞辱。

我们按照卡车主人的指示转了弯。卡车的全季节轮胎把一条土路旁的石块都压向了两边，这条土路有一部分已经铺好了，还有一部分没来得及铺。道路两旁是未经修剪的苹果树，由于年份已久，树干上疙疙瘩瘩的。远处是一片牧场，那是我见过的最绵长的一片牧场，上面全是吃草的奶牛。我不禁想，当那所乡间寄宿学校还在鼎盛时期的时候，这里的秋天对学生们来说该是多么美丽啊！而现在，这所学校只能在清冷和孤寂中凋零，被无精打采的冷雨折磨着，那雨水甚至都不愿意落在这片被人遗忘的土地上。这里的一切都被头顶的乌云所笼罩，被屋里的邪恶所侵蚀。

第二十章

第33日（续）

在布拉德的这辆大众汽车里，有一样终极装备，那就是他的手枪。如果我能掰开他那鲜血淋漓的手指，将手枪夺过来，那就成了我的第42号装备。在他骂了我"臭……"之后，我的眼珠就开始在眼窝深处不停地跳动、打转。在我的人生中，每隔相当长的一段时间，这种情况都会发生一次。当我那容量非凡的大脑皮层开始超速运转时，我就会不由自主地陷入这种状态。我会变得神情恍惚，轻松感与紧张感在我的大脑中频繁地交替出现，这种状态非常奇妙，就好像喝了上好的红酒之后，陷入了惬意的眩晕中。唯一的不同，就是你的思维会变得更加敏锐，而非像摄入了酒精一样变得迟钝模糊。这种感觉是非常迷人的，但是你自己没法控制它，你只能静静地等待，听凭飞速运转的大脑自动掌控一切。

只要布拉德左侧能够出现什么分散他注意力的事物，我就可以趁机下手。如果他把头转过去，他的右手——也就是离我最近的那只拿着枪的手——也会向左收回一些。在这千钧一发之际，我就可以马上采取行动，用一只手猛推他的右肩，让他的肌肉松弛下来，而随着肩头的移动，他的胳膊肘也会撞向座椅靠背，这样一来，他的右前臂就会丧失一部分力量，握枪的手就会松懈了。然后，我就趁着他惊讶的片刻时间，用另一只手马上夺过手枪。一旦他的注意力得到分散，我总共有一秒钟可以完成这一套夺枪的动作。

然而，要拿什么来分散他的注意力呢？

我们停在森林中央，这条路以前似乎是采矿的运输道路，而现在我们被困在了道路的尽头。

天空中还下着雨，但下得不大，这儿一滴，那儿一滴的。本来，我听到稍微大一些的响动，就会记起小学一年级时的枪击事件，但当时我丝毫没有回想起这件往事。可见雨滴落的声音是多么轻微，那小小的"啪嗒"声根本就没法引起布拉德的注意。

也许会有一只松鼠从一个树梢跳到另一个树梢，也许会有一只小鸟从一个枝头飞到另一个枝头。但是这些都不足以成为真正分散注意力的事情。车外没有可用的装备。或者说，是我当时不知道车外有什么可用的装备。

我倒是可以说："嘿，快看！就在那边，有一头北极熊！"布拉德是个愚蠢的变态，他说不定真的会扭过脖子去看。但是，他一开始还是会怀疑我，哪怕只是转瞬即逝的疑虑，也会让他把手枪握得更紧。我需要的，是他在真正惊讶的情况下转过头去，那样才能让他从身体到心理都瞬间松懈，利于我实施夺枪计划。我想要的，是他在精神上感到震惊，在身体上肌肉僵硬。

我扫视了车外的森林，但实在是找不到任何能分散他注意力的东西。于是，我的眼珠继续跳动，开始在脑海中搜索可用的选项，通过计算来勾勒出一个新的计划。这辆大众汽车里面有很多装备。当我把这些装备列入清单时，我的眼珠不停地转动，而布拉德则趁机用难听的话讥讽我。

"你这个疯婆娘，精神病！瞧瞧你，瞧瞧你！"说着，他扭曲的脸上露出厌恶的表情。

后排的车内地板上有一个螺丝刀，在我左手的左后方两英尺的位置，这是第43号装备。

"别他妈的眨巴眼了！"

汽车的换挡杆上套着一卷胶布，第 44 号装备。

在我的右脚附近的车内地板上有一支钢笔，碰到了我那双耐克运动鞋的粉红色鞋头，这是第 45 号装备。

布拉德脖子上的领带，第 46 号装备。

仪表盘储物箱里的手机，第 47 号装备。

"小豹子，来吓唬我呀！来来来，哈哈哈！"

我的眼珠仍在不停地跳动，不过，这种眨眼的反应中自然的成分越来越少，人为的成分越来越多了。我觉得，装出一副疯疯癫癫的样子，可以让布拉德产生盲目的安全感。他似乎正在慢慢地分散注意力，握枪的手也不再那么用力了，因为我发现，他那光洁的指关节不再紧绷，皮肤上出现了一些松弛的皱纹。

然后……

我正在仔细考虑要不要对那个螺丝刀下手，突然，一件让我十分惊讶的事情发生了。就像一个天赐之礼，车外真的发生了令人分神的事情！要不是我训练有素、情绪镇定，说不定连我都会被吓一大跳。

"把手举起来。"一个男人在车外高声大喊道。

我根本就无暇抬头去看。布拉德如我所愿地顺着声音扭头望向左边的森林，说时迟那时快，我一把将他的右肩推向了座椅靠背。他的胳膊肘向后撞去，握枪的手松开了，我迅速将那把该死的枪夺了过来。

我抬起头来，看到了一个男人，他应该是亚洲人和白种人的混血。他的双腿稳稳地站成了 A 字形，手中举着枪。从身上的灰色套装来看，他肯定是联邦调查局的探员。

汽车后面还有一个强壮的女人，她留着短发，长了一个男性化的大鼻子。她穿着白色的衬衣和灰色的裤子，显然也是联邦调查局的探员。她也用枪指着布拉德。在她身边，有一个明显不是探员的人，那个人看上去像个老农民，手里端着一杆来福枪，手指扣在了扳机上。

"从车里滚出来，狗屎浑蛋！"那个女人命令道。

"洛拉，你负责掩护，我来处理。博伊德，原地不动。没错，别动，老伙计。"那个男探员异常冷静地说道。他眯着眼睛将枪口瞄准了布拉德，我觉得他冲我眨了眨眼，仿佛能够替我杀了这个罪犯，是件让他兴奋的事情。

我能看出来，他已经打定主意要惩罚布拉德了。

我立马就喜欢上这个探员了。

我悄悄地朝右边挪动着身子，想要溜下车，结果发现自己还系着安全带。我还没来得及打开安全带，布拉德就做出了最疯狂的选择。我之前曾经想过，他也许会这么做，但是这种可能性还是被我排除了，因为我觉得即便是对他来讲，这种做法也太愚蠢了。可是，没想到他居然真的这么做了。我还没来得及下车，他就猛踩油门，以十分危险的速度沿着这条路剩下的一小段向前冲刺。快到尽头时，他突然迅速地把方向盘打向左边，车子脱离了道路，侥幸地避过了路边的大树，驶进了森林。汽车擦着树干飞速前进，爬上了花岗岩的斜坡，来到了那个矿井较低一面的岩壁前。

我们连人带车冲进了水里。

我手里的枪掉了。

第二十一章

刘罗杰探长

我们刚到苹果树寄宿学校，就看到博伊德打开学校一侧的门，从里面走了出来。学校旁边有一块风化褪色的木牌子，上面写着"苹果树寄宿学校"。博伊德把来福枪挂在了肩上，他站在门口，挥手招呼我们赶紧下车过去。我的听觉正在断断续续地恢复，一会儿是令人不安的死寂，一会儿又重新出现了噪声。嗖，噼啪，几个断断续续的字，声音越来越大，然后又迅速变小。

博伊德的说话声伴着杂音涌入了我的耳朵："你们快来！我表弟博比估计，他们应该是沿着这条土路往矿井方向去了。但他们肯定会被困在那儿。也有可能会藏在那儿。刚才，博比跑来跟我说了这些，然后就带着先前发现的那个姑娘去医院了。那姑娘说，这儿还有一个姑娘。博比领走的那个姑娘是多萝西。刘探长，这是不是都对上号了？"

"对，博伊德。现在我们该往哪儿走？"

"跟我来，我给你们带路。"

按照办案程序，我应该没收博伊德的枪支，让他口头指路，然后命令他留在校舍，给附近的所有相关当局打电话报告情况。

去他的办案程序！我和洛拉正需要人手帮忙，而且我哪有闲工夫等待其他人从别处赶来支援。

后来我才知道，博伊德是个一流的猎手，他一辈子都在打猎。过去，他还赢得了"印第安纳州冠军猎人"的称号，因为他曾经一枪就击倒了一头最大的公鹿。博伊德懂得很多技巧，特别是踩着落叶行走时，要如何放轻脚步。他踮着脚尖穿过森林，走路的样子简直称得上是优雅漂亮，仿佛他是缓缓而行的弗雷德·阿斯泰尔[1]一样。我和洛拉接受过专门的训练，也知道要如何追踪脚印并无声地靠近目标，于是我们也走得很轻。不过，说实话，其实我当时根本就听不见什么声音，所以我也不好说我们走得究竟有多安静。我的耳中又响起了呼啸的风声，洛拉悄声说了句什么，但我仅仅能捕捉到一些只言片语。

"刘……那边……汽油味儿……汽车……发动机。"

我没有闻到附近有汽车发出的味道。我只能闻到森林的气味，包括潮湿的落叶、发霉的树干和松软的泥土。我觉得，地球上任何一个人走在森林里，能闻到的也不过就是这些了。但是，既然洛拉有着超常的嗅觉，那我还是应该相信她的鼻子。

博伊德点了点头表示赞同，他也朝着洛拉指示的方向走去。

果然，我们来到了一辆停着的大众汽车后面。排气管里喷出了翻滚的烟雾，在湿冷的空气中清晰可见。

我悄悄地靠近驾驶座那一侧。然后，我看到了丽莎，看得一清二楚，仿佛近在咫尺。她看上去有些神情恍惚，眼睛疯狂地眨动着。她的样子跟学校档案中的照片一模一样，只不过那份档案所托非人，给了另外一队毫无作为的探员。她身边坐着一个人，当时我以为那就是叮咚先生。他面朝丽莎，背对着我，好像正在冲她大吼大叫。他们两个看上去实在是太奇怪了！一个是受害人，另一个是犯罪者，两个人就这么坐在树林中央的一辆汽车里，还死死地盯着对方。

我高喊出声，让他放下枪，举起手来。

---

[1]弗雷德·阿斯泰尔（Fred Astaire, 1899—1987）：美国舞蹈家、歌手、演员，以优秀的节奏感和精准的舞步而闻名。

洛拉紧随其后，说了句什么。但我只听到了"狗屎"这一个词。

当那个男人转过脸来看我时，我发现丽莎突然不再眨眼了。她猛地推了一下那个男人的肩膀，迅速地把他手里的枪夺了过去。

她真的这么干了？看到一个孩子做出这种举动，我不禁目瞪口呆。但是，我又不能不信。我站在不足十码的距离之内，亲眼看到她所做的一切，清晰得就好像我也身处车里，在看慢动作回放一样。**这个女孩儿真的夺走了他的枪。**

虽然十分惊讶，但是我依然保持枪口不动，瞄准那个男人。

我感到内心有某种情绪被调动起来了。那是一种我前所未知的冷静。实际上，我觉得自己突然没有了任何感觉，这种状态是非常惬意的。也许，我唯一体会到的就是一种解脱的感觉，因为我马上就可以再让一个可怕的罪犯变成废人了。我的心结就像一个多年的旧伤口，瘙痒难耐，而现在我终于又可以挠一挠它了。眼下，我有许多帮手：洛拉、博伊德，甚至还有车里的受害人。我读过她的档案，知道她非常有才华，也知道她在情绪感受方面有一些问题。此刻，她坐在车里，手里拿着枪，看上去非常镇定。

我甚至看到，她在刚握住枪柄时，脸上露出了一抹得意的微笑，一脸自豪的样子。

我敲啊敲，敲了半天门，结果居然是你来应门。

没想到魔鬼还真是个女的呢。

我为什么没有在自己能开枪的时候开枪呢？我为什么没有一枪打爆他的头呢？没错，我当时确实有开枪的机会，这一切本可以早早结束。但是，从我站的位置来看，一旦开枪就会致命。那辆大众汽车的座位原本就很低，那个男人还缩着身子，而汽车的车门却很高。因此，隔着玻璃开枪，只能打到他的头，那样必然是一枪毙命。我虽然对他毫无怜悯之情，这种人死不足惜，他的命根本就不重要。但问题是，我很想让他在痛苦的折磨中度过余生。我想令他样貌尽毁、遍体鳞伤，把他塞进孤独的单人监狱中，甚至更狠一点儿，将他扔进州立监狱，让他在众多的罪犯之间生不如死。也许我只是一个负责为联邦调查局执行任务的小小探员，但是我依然可以在背后动动手脚，把他的案子上呈到州立法院。对于这种人渣来说，在印第安纳州找一处资源匮乏的监狱是再合适不过的了。尤其我还可以——而且我一定会——给他的狱友们传话，告诉他们，他对孩子们犯下了什么样的罪行。没错，我一定会这么做的，而且洛拉也绝对会这么做，只不过她跟我的出发点不同。在这个问题上，我一直装傻，从不去打听她有什么样的心结。

也许你会问，洛拉为什么成了这样的人？听着，那就涉及她背后的故事了，我劝你还是不要去挖掘她的过去。我只知道，她是被收养的，她的养父母给她留下了非常糟糕的影响。即便如今已经过去了这么多年，我知道的也只有这些。不过，嘿，如果你真的打定主意要刺探一下她的过往的话，那我也不会反对的。加油，芭芭拉·沃尔特斯[1]。

我知道，我本来是有机会开枪的，而且假如再多给我两秒钟反思一下形势，我也会理智地扣动扳机，结束这一切。因为如果能再考虑两秒钟，我就会想起可爱的桑德拉，想起如果她在这里的话，一定会在我的耳边轻声提醒我。但是，我还没来得及反思，那个男人就发动汽车像闪电一样冲了出去。丽莎猛地摔回了座位，显然，她本来正打算采取某种行动，但不管她要干什么，现在都只能停手，挣扎着保持身体平衡了。片刻之前，我找到这里时，发现她还活着，好不容易才松了一口气，结果现在他们又连人带车冲进了树林，消失在山坡上。我突然觉得十分茫然，恐惧感油然而生。

博伊德立刻带我们向左走，沿着一条羊肠小道穿过了湿冷的森林。他没有说话，只是默不作声地在前面带路，领着我们从浓密的树冠下匆匆走过。天空变成了更深的灰色，几片漆黑的乌云飘在上面，像是蓝色

---

[1]芭芭拉·沃尔特斯（Barbara Walters, 1929—）：美国著名记者、作家、电视工作者，因其非常精妙的采访技巧而闻名。

的牛仔布口袋上长出了脏兮兮的霉菌。

在一片空地上，许多大块的花岗岩高耸起来，围成了圆圈。一个矿井出现在我们面前。突然，我的经验告诉我，不论博伊德将要给我们看什么，都会粉碎我发现丽莎还活着时所得到的片刻安慰。洛拉突然像发了疯一样，一下子冲到了我前面。她径直跑向矿井，然后回过头来，我看到她脖子上的青筋凸起，便知道她正在大喊大叫。但是，我的耳中掠过了一阵呼啸的风声，淹没了她的话音。接着，在"嗖"的一声之后，我的听觉又回来了。我听到了水在咕噜噜冒泡的声音。我也迈开脚步，跑到矿井边跟洛拉和博伊德会合，结果看到那辆甲壳虫汽车的尾灯正在向下沉，沉进了漆黑的水中。水面泛起的波纹拍打着花岗岩岩壁，但奇怪的是，这种拍打非常缓慢，而且显得那样虚弱无力，仿佛这水是浓浓的糖浆，因此很难泛起大的波动。

我和洛拉脱掉鞋子，跑到矿井旁地势较低的边缘处，从这里跳进去会比较容易。

"别，你们别！别直接跳进去，现在不行！"博伊德出言阻止我们马上行动。

"养鸡佬，你他妈的在说什么？"洛拉大喊道，她痛苦地皱着眉头。洛拉把枪口对准博伊德，我也把枪口指了过去。通常情况下，我和洛拉都不相信任何人。只要有一丁点儿可疑之处，我们就会抓住不放。

博伊德把来福枪放在了地上，将双手高举在空中。我放低枪口，松了一口气，起码这个养鸡的农民还是个好人，我没看走眼。

"现在、现在，我只是说，现在不行！千万要小心。"他赶紧说道，"差不多四十年前，这个矿坑就废弃了。当时这儿还没有那所寄宿学校呢。我老爸和博比他老爸过去常常在这里打猎。他们说，经常有一些废弃的旧车被扔到这个矿井里。现在里头肯定有一些金属碎片啊，垃圾啊什么的。你们要跳进去，可千万得小心，别被乱七八糟的东西缠住，不小心就会溺水的！"

　　你也看到了吧，假如遵守联邦调查局的办案程序，那我和洛拉很可能就要命丧此地了。有时候，信任当地人对办案是很有帮助的。可是，这些道理跟联邦调查局的老大根本就讲不通。不信你可以去试试，让他们抛弃办案程序，甩掉那些该死的条条框框，告诉他们，在办案过程中，敏锐的直觉才是真正起作用的，你就去这么说，看看他们是什么反应。最后，千万别忘了回来告诉我和洛拉结果。

　　说到这儿，如果此时桑德拉在，她肯定会扫我一眼，轻轻地摇一下头，温柔地示意我别再说下去了。她会把擦了玫瑰乳液的手放在我的胳膊上，静静地安抚我。她会说，我有点儿太激动了，在回忆和复述这段经历时变得不像我自己了。而且，她说得对，她一向都是对的。当年，在下到矿井里之前，我还曾试着想从周围找出一样搞笑的东西聊作安慰。但是我又想，为什么我居然会在这样的情境下还想着关于喜剧的事儿？也许，我只是想起了桑德拉，所以才想起了喜剧。也许我只是感到很孤独，想向桑德拉伸出求救的双手。我在离她那么遥远的地方，要孤身潜入漆黑的冷水中，去救那个溺水的女孩儿和她的孩子。我想拥有一条互相拯救的安全链：丽莎救她的孩子，我救丽莎，而桑德拉救我。可是，桑德拉不在。当我身陷地狱时，桑德拉从来都不在。

　　我小心翼翼却又尽量迅速地把脚伸到矿井里去试探。就在这时，我发现了矿井内壁上拴着的那根绳子。

第二十二章
第 33 日（续）

我系着安全带，但布拉德没有系。当我们一头扎进水里时，我计算了汽车下落的角度，大约只有十度而已。谢天谢地，我们是从矿井较低的一侧岩壁冲下去的。对面的岩壁比水面高出了差不多三十英尺，要是从那一头掉下去，情况会变得更加糟糕。我们这一侧的岩壁只比水面高了四英尺。所以，其实就像是沿着小船入水坡道俯冲下去一样，落差非常小。尽管如此，在短暂的腾空之后，汽车的下落还是相当迅速的，我们重重地沉入了水里。

就在仅仅数日前，那个现在死了但当时还活着的绑匪便告诉过我，这个矿井里有的地方能达到四十英尺深，因此我打起精神，准备迎接即将到来的持续下沉。然而，实际上，当整个汽车从车头到车尾完全没入水中之后，我们几乎立刻就停止了下沉。我估计，我们最多也就是在水下十英尺深的地方。对我来说，这没什么大不了的。可是，话又说回来，不能低估眼前的情况。毕竟只要有两英寸深的水，就能淹死人了。例如，死在我囚室里的那个男人。

大众汽车的车尾也开始下沉，车身慢慢地从倾斜变成了水平，汽车下落的冲击力带动水里一堆乱七八糟的东西四散漂浮，而且矿井里的水原本就混浊不堪，尽管如此，我仍然能判断出汽车是停在了一处峭壁上。

因为我朝前方看去，面前的水分成了两层，上层看上去要清澈一些，而下层则颜色很深，越往下越昏暗。也就是说，前方的水顺着陡峭的岩壁径直落下，形成了一个深渊。

而且，我们面前还有一根绳子，绳子的上方拴着一个正在漂浮的东西，而绳子的下方一直延伸到汽车底部以下很深的位置。虽然在混浊波动的水里看不分明，但我清楚地知道那根绳子上拴着的是什么。

旁边，布拉德倒在方向盘上，晕了过去，也不知道是因为撞到脑袋所以失去了知觉，还是干脆因为自己的愚蠢举动而吓晕了。不管是什么原因，我都觉得松了一口气。谢天谢地，还好他晕过去了，要不然这个白痴一定会在车里拳打脚踢、胡乱挣扎。第48号装备，失去知觉的布拉德。

水从紧闭的车窗和车门的缝隙间渗透进来，车里开始积水了。我那双不合脚的耐克运动鞋首先被淹没了，然后是我的小腿。水继续上升、上升，一直升到了我的臀部。随着水里的波动平息下来，周围的水看上去越来越清澈了。我不禁感到惊讶，这个矿井居然能如此迅速地恢复原状，仿佛它只不过是把又一个受害者、又一堆金属吞进了自己巨大的黑暗的胃里，仅此而已。呃呵，它那液状的身躯似乎发出了呻吟声。

矿井底部简直就是个垃圾场：有弯曲的钢筋，有一个儿童坐的迷你版金属拖拉机正头朝下晃动着，有铁桶、砖块、链条，还有一道铁丝网，从深处向上延伸到车前，落在峭壁上，就像是一条又长又卷的舌头一样，从魔鬼的嘴里吐了出来。

矿井里的水继续涌入汽车，就像液体从咬紧的牙关之间渗透进来一样。渐渐地，我的臀部也被淹没了，然后是我的大肚子、我的宝宝。我坐直身子，一动不动。

挡风玻璃外的画面模糊不清，但是我能看到她。她被捆在那个滑水板上漂浮着，绳子紧紧地勒住她那肚子被剖开的躯干。她被死亡拴住了，在这水下的墓穴中轻轻地来回摇晃、漂浮，她的头发缓缓地随着水流的轻微波动而起伏。整体看上去，她和捆在她身上的装置就像是一个漏了气的气球，但却不可思议地飞在高空中，下方像是一个废弃了的汽车行，开在美国西部的某个荒郊野岭，只可惜，那里根本就没有人开车。只有过路的人迷了路、耗尽了汽油才会过来，其他时候，这个破败的汽车行只能静静地等待秃鹫的光临。

在我右边，那个联邦调查局的男探员正用手掌拍打着车窗。他不停地拍啊拍，拍啊拍。嘭，嘭，嘭，嘭。我不由自主地想起了那个持枪歹徒，想起了他在学校里开枪扫射的情景。教室里充斥着射击声、尖叫声，以及开火时的砰砰巨响，还有弹壳掉在地上的叮叮当当的声音。

我竭尽全力阻止愤怒的情绪打开。我坚持坐着，一动不动。我用一只手包住另一只手，拳头里握着拳头。我转向那个探员，他还在激烈地拍打着窗户，用力击打的声音在水中显得非常沉闷。他还伸手企图拉开车门，但他的动作在水流的阻力中变得缓慢了许多，就像电影里的慢镜头一样。毫无疑问，不论他怎么狂敲猛打，都是没有用的。

我抬起一只手，将手掌贴在玻璃上，示意他停下动作。水已经淹没到了我的脖子，但我的头还露在空气中，还可以呼吸。我对他说："先要让车里灌满水，这样车门两侧的水压就会相等，到时候车门就可以打开了。镇定下来！"

难道就没有人能记得一点儿高中物理吗？

水已经淹没了我的发根。我打开安全带，伸手从方向盘下拔出了布拉德的那串钥匙，然后转向那个探员，此刻他还在愚蠢地拍打着我的玻璃，就像一个疯狂的校园枪击案歹徒在冲我扫射一样。

这些噪声会永远纠缠着我不放吗？我会一直不断地回想起那一天吗？我要怎样才能让这可怕的喧闹声停下来呢？谁又能替我忍受这声音带来的痛苦折磨呢？

我看着那个探员，抬起胳膊打了个手势："我说你，还在等什么呢？"

他又试着拉了一下车门把手，这次门被打开了。

我向上游了十英尺。

第二十三章
刘罗杰探长

我跟着丽莎，确保她先顺利地游上水面，跟洛拉会合。等到洛拉帮助她安全地脱离矿井后，我又重新游回水里，原路折返。尽管我百般不情愿，但还是把那辆车的司机也拽了出来，要我说，就该让他直接葬身在这水下墓穴里得了。我把他推出水面，博伊德这老小子把双手从他的腋下穿过，将他拖了出去。只有博伊德肯给他做嘴对嘴的人工呼吸，虽然博伊德是个农民，不过居然懂得急救的方法。我不知道他是从哪儿学会人工呼吸的，不过倒也不在乎。反正我是绝对不会把嘴唇贴到那条冰冷的"死鱼"身上的。

那个司机突然开始剧烈地咳嗽，挣扎着醒了过来，然后就这么躺在花岗岩上拼命地尖叫、哀号，来回扑腾。洛拉迈着轻巧的步子走到他身边，一脚踹在了他的大腿上。我站在丽莎身旁，弯着腰，累得气喘吁吁。

"以后你会觉得，我们还不如干脆让你死在水里，浑蛋。闭上你的臭嘴，别鬼哭狼嚎的。小心我把你的牙齿一颗一颗都拽出来。"说完，洛拉把脸转向了博伊德，补充道，"养鸡的，你把他的手折到背后去，抓牢。"

"他的名字叫布拉德。"丽莎喊道。她说话的时候非常冷静，但是却带着明显的反感，仿佛"布拉德"本身就是一个滑稽可笑、令人厌恶的名字一样。

"你有权保持沉默……"我用单调的声音快速地讲了米兰达警告[1]，明确地让他知道，我根本就不耐烦把这些他不配享有的权利都说上一遍。可是，这个活儿只能由我来干，因为洛拉对这种程序从来都不屑一顾。她粗暴地把他铐起来，由于他依然在"呼哧、呼哧"地喘气，并且没完没了地抱怨，于是她把自己的围巾从衬衣里扯出来，紧紧地绑住了他的嘴巴。这样一来，就只能听到沉闷的呜呜声了。

博伊德退后了几步，举起来福枪，瞄准了布拉德。

"哎呀，呸！养鸡的，你可别冲他开枪。我很欣赏你这种做法，但是我们现在还不能冲他开枪。"洛拉试图安抚博伊德。

"长官，只要这狗杂种乖乖地别动，我是不会开枪的。但是如果他敢妄图逃跑，哼，那我就要给家里的墙上再添一个头颅做战利品了。"博伊德牢牢地盯着布拉德说道，"嘿，臭小子，你不是喜欢绑架孩子吗？我告诉你，你听好了，我可是印第安纳州单发射击狩猎的纪录保持者。啊哈，所以说，我还真有那么点儿希望，希望你会逃跑呢。快跑，快跑呀！像兔子一样，跑呀！"

听了博伊德的话，洛拉微笑了一下，我也笑了。现在，博伊德已经成了我们这个小团伙里不可或缺的一个成员了。

丽莎正站在矿井边上，靠近我先前发现的那条系在岩壁上的绳子，

---

[1]米兰达警告（Miranda Warning）：美国警察在询问刑事案件嫌疑人之前，必须明白无误地告知嫌疑人可以行使沉默权以及要求得到律师协助的权利。由于这项警告是来源于1966年米兰达诉亚利桑那州案（Miranda V. Arizona）的判例，因此称为米兰达警告。米兰达，即恩纳斯托·米兰达（Ernesto Miranda），他于1963年被逮捕，并在审讯过程中签署了认罪供词，但由于没有被告知可以行使沉默权以及与律师沟通，因此他的辩护律师认为其认罪供词是无效的，并将该案先后告到亚利桑那州最高法院及联邦最高法院。1966年，联邦最高法院对该案进行审理并最终判决米兰达无罪。

她交叉双臂，抬了抬一侧的嘴角，我很快发现，这表示她也在微笑。于是，我们四个人就这样组成了一个崭新的正义小分队。而且，我们还有我和洛拉的警徽作为合法性的掩护。我不禁想到，博伊德把面包车卖给了绑匪，而绑匪把面包车开到了千里之外，却碰巧停在了博伊德亲戚家附近。这个巧合真是太奇妙了！对别人来说，这种事情听起来实在是令人难以置信。但是，我还记得那个看到车牌上写着"山地人之州"的女人，她说自己和丈夫在前一天晚上刚刚看了电影《山地人》。她说，那是"天意"。没错，真的是天意。她的话就像是一条线索，又像是一个预言，成了整个案件调查中的一个潜台词。

我轻轻地走近丽莎，她正因为寒冷而瑟瑟发抖。我自己也在跟从水里带出来的寒气做斗争。我耸起肩膀，把脑袋缩起来，就像一只缩回壳的乌龟，然后我抖了抖一条腿，又抖了抖另一条腿。水从我的身上纷纷滴落，就好像我是一块正在被挤压的海绵一样。我的灰色外套全湿透了，紧紧地贴在我的胳膊肘上。这时候，如果面前能有一个装满了热咖啡的暖水瓶，那就太好了，但是，这种普普通通的日常享受，眼下却成了不现实的奢望。我还不如盼着能有一头独角兽从树上跳下来，把我们带到糖果世界去吃水果糖和甘草糖呢！

丽莎抱住自己鼓鼓的肚子，轻轻地抚摸，仿佛想要温暖肚子里的孩子。她看上去似乎还没有做好离开现场的准备，这是我意料之中的，我觉得任何受害者都会如此。不过，她并没有情绪激动，也不像我见过的其他受害者一样哭喊着要见父母。她没有提出任何要求，没有说要见医生，什么要求都没有。她只是静静地看着我走向她，仿佛在观察我的步伐，我觉得她甚至在数我的步子。洛拉和博伊德把戴了手铐的布拉德推到了一棵树干上，而我则打算安慰一下丽莎，让她振作起来，跟我们一起离开森林。

"我叫丽莎·侬兰德。千万不要打电话叫救护车，也绝对不要给电台透露一丝消息。我想把参与这事儿的浑蛋统统抓住。"

她那冷漠的眼神像一把利剑直直地刺进了我的骨髓。她的冷静、她的决心、她的力量，她身上的一切都征服了我。这真是太令人震惊了！我不由得在背后举起了一只手，提醒其他人注意，然后转过头去一字一句地重复了她的话，仿佛我被她控制了一样："千万不要打电话叫救护车，也绝对不要给电台透露一丝消息。"

"今天，我们就可以把剩下的共犯抓起来，不过你现在也不能给我的父母打电话。任何人都不能知道我已经被你们找到了。如果你觉得我说的话不足以令你信服，如果你觉得还是应该给我父母打电话，甚至惊动更高层次的相关部门，那么，请先让我给你看一样东西。你把这条绳子解开，然后坐到那块岩石后面，拉绳子。"

那绳子果然有问题。在水下的时候，我一直避免往绳子的方向看。我就知道，绳子的另一头肯定拴着非常恐怖的东西。我完全按照丽莎说的去做了：我解开了绳子，坐到一块岩石后面，开始用力拉。

时至今日，我已经在职业生涯中见识过了许多阴森恐怖的场面，这里就不对读者一一细述了。总之，当时我已经对各种尸体都麻木了，有断头的尸体、没有脸的尸体，还有各种被碾碎、烧焦、打烂、毁坏的尸体，它们都面目全非、难以辨认。但是，那天，在这个漆黑的矿井中的情形，依旧令我毛骨悚然，周围的树木仿佛都颤抖着背过了身去，冷冽的天空露出了钢铁般的灰色，周围就像被抽成了真空，而丽莎带着僵硬的冷笑，盯着咕噜咕噜冒泡的水面。在这种情况下，一个年轻女孩儿的尸体拖着破碎的内脏浮出水面，我的胃里一阵翻江倒海，终于忍不住恶心干呕起来。我能想象到，过了这可怕的一天后，将来我跟洛拉在工作之余安静吃饭时，她一定会说："刘，我在黑暗的地下室、小房间和废弃的矿井里见过那么多可怕的罪行，你难道就不能放过我吗？别再挑三拣四了，让我自由自在地'吃东西''抽烟''喝酒''打嗝'吧！"她会把自己那一堆坏习惯都列上，其实我知道，她是用这些方式来安抚自己的内心，摆脱那些糟糕的回忆。

丽莎冷冷地盯着那个死去的女孩儿。她的一只手抱着圆圆的肚子，另一只手撑着下巴，好像她正在讲一堂内容丰富的大学哲学课一样。她的头发湿漉漉的，贴在了额头上和脸上。

当丽莎终于把脸转开时，我松开了绳子。那具尸体连带着下面的滑水板一起"扑通"一声沉入了矿井里。丽莎沿着矿井边缘，朝另一边走去，走向了博伊德、洛拉和布拉德。丽莎经过布拉德身边时，冲他眨了眨眼，她抬手比了个手枪，对着他的脸摆了个开枪的动作，然后还吹了吹手指，仿佛是要吹掉看不见的硝烟一样。那一刻，我突然希望她是我的女儿。她走上了那条博伊德带我们来时走过的羊肠小道，她没有让我们跟着她，但是毫无疑问，我们都自觉地跟上了。我们踩着她留下的湿脚印，跟在她身后向前走着，同时还用枪指着呜咽的布拉德，让他也抓紧跟上。

我和洛拉心里清楚，只要跟着丽莎走就行了。我们把手指竖在嘴边，示意布拉德也保持安静。我们径直返回了那座旧校舍，然后穿过一小片停车区域，走上一条林间小道，来到了一处空地，旁边有一棵柳树。怀了孕的丽莎走起路来就像是一只愤怒的猫咪，当博伊德打算开口说话时，我做了一个"嘘"的口型让他噤声。

接着，我们又在这个少女老大的带领下原路折返，回到了那座旧校舍。丽莎停在了这栋建筑的一侧。我们也停了下来，全体看着丽莎，等待她的指示。此时，洛拉已经把戴着手铐的布拉德丢进了那辆F-150卡车的后车厢里，把他的腿捆在了一个钩子上。

"我不知道冷血医生在哪儿工作。多萝西呢？她应该是坐着那辆面包车走了吧？"丽莎对我说道。

"什么意思？谁是冷血医生？"我问道。

"他就是负责给被绑架的女孩儿接生的人。"丽莎说道。

"另一个女孩儿，她叫多萝西？我表弟带她去急诊室了。"

丽莎有些迟疑地点了点头。

　　我正要开口再问一些问题，这时，我用右眼的余光瞥见洛拉正闻着气味走向了另一侧的大门。她似乎被门里的什么东西吸引住了，既没有招呼我跟上，也没有招呼其他人，自己直接就走了进去。

　　"在我被囚的房间里，我把一个浑蛋烧焦了，估计她是闻见了。告诉她别碰楼上的水，水里很可能还通着电。"

　　博伊德在我身后说道："啊，没错！我之前告诉你的就是这股味儿。楼上的门锁了。"

　　丽莎把她手里握着的那串钥匙递给了我。

　　我跑向洛拉。

　　结果，我们在三楼看到的壮观场面，比任何穿着粉红色裙子在马戏团里跳舞的熊都精彩多了。

＊＊＊

　　我和洛拉从丽莎先前被囚禁的房间里回来之后，丽莎没有为自己杀人的事情进行任何辩解。她只是说："探长，我们今天下午要设一个陷阱。我要把他们引来，而你就把他们抓住。"

　　洛拉已经彻底信服了，她冲丽莎点了点头，现在不管这个年轻的妈妈下什么命令，洛拉都会欣然遵从。洛拉已经闻到了血腥味儿，现在只想一口把猎物吞下去。

　　"探长们，本来今天我也差点儿像水里的那个女孩儿一样，葬身在矿井了。"她抱着肚子，轻轻抚摸，"我对这些人的仇恨无法言诉。你们也看到楼上那个蠢货是什么样的下场了，你们肯定也明白我有怎样的能力。我想消灭他们。而且，我一定会做到。我完全可以把他们全都抓住，然后给他们下毒，让他们受尽折磨，除非你们同意帮我设一个陷阱，今天就把他们一网打尽。我必须得当诱饵。这是唯一的办法。我已经想了无数次了。"

对此，我毫不怀疑。

"丽莎，把你的计划告诉我们。"洛拉说道。

丽莎露出了一个表情，后来我才明白，对于这个没有情感的女孩儿而言，那已经是她所能展现出的最灿烂的笑容了。她眨了眨眼睛，朝洛拉微微地抬了抬下巴。她在表示尊敬和感激。

丽莎详细地描述了她的计划，其实这个计划非常简单。她说，我们要用枪指着布拉德的太阳穴，强迫他打电话给冷血医生，告诉他说，丽莎就要生了。"冷血医生似乎每次都跟废话夫妇同来同往，因此他会把他们一起带来的，这些人早就迫不及待地想要把我的孩子抢走了。到时候，我们就把他们一网打尽。明白吗？"赶来支援的探员马上就要到了，我们决定让布拉德打电话之前，先确认废话夫妇居住的旅馆和冷血医生的诊所在哪儿，然后派探员去盯梢监视，免得这些人开溜。不过，我还是希望丽莎的计划能够成功，可以在苹果树学校这儿把他们都一举擒拿，原因如下：

苹果树学校位置偏僻、人迹罕至，在这里展开行动，不会殃及无辜。

如果布拉德真的能把他们叫来，那么这个事实本身就能成为证明他们是同伙的有力证据。

丽莎要求面对面地见见他们，我同意了。否则，在逮捕他们之后，丽莎作为受害者和证人，在跟他们见面时，会受到法庭和监狱的诸多限制。

后来，我知道了更多的信息，明白了丽莎为什么要管他们叫冷血医生和废话夫妇。丽莎还告诉我，布拉德不是那个化名为"罗恩·史密斯"的叮咚先生，我本来以为布拉德就是叮咚先生，现在看来他其实是叮咚先生的孪生兄弟。我非常震惊，有无数个问题想要问她。然而在当时，我只是说："好吧，咱们再把你的计划过一遍。"在这场属于丽莎的战役中，我没有插嘴的余地。我就是她的临时士兵。洛拉是担任埋伏的狙击手，她兴高采烈地爬上了旁边果园里的一棵苹果树，把枪架好。我很不情愿地提醒她，假如目标出现的时候是手无寸铁的话，她就不能开枪。

洛拉的左鼻孔抽搐了一下，似乎非常不满意，她的手指在扳机上扣得更牢了。我把她一个人留在了树上，希望她能服从命令，并且打算在她不服从的时候立刻出手制止。

我通知了局里的后援探员，让他们到博伊德的表弟博比家里来见我，我把布拉德移交给了一个小分队，然后指示另一个小分队在合适的地点进行狙击埋伏。我没有告诉他们，被戴上手铐捆上腿的布拉德还企图从卡车的后车厢"逃跑"，不过失败了；我也没有告诉他们，我们在私底下跟他达成了一笔交易。这笔交易是我、丽莎和布拉德之间的秘密。在将布拉德移交给其他探员时，我解开了捆在他嘴上的围巾，因为其他的探员都很守礼节，不会堵住囚犯的嘴。结果，刚把围巾拿走，他就开始夸张地呻吟喊痛，没完没了地抱怨脸上那个窟窿，我真希望当初干脆把他留在矿井里得了。这家伙就是个脑子不正常的浑球儿，一会儿用女孩一样的高音尖叫，一会儿又用恶魔般的低音咆哮，我推着他穿过博比家的牧场时，他一直这样来回地变换着音调，没完没了。路上，我们经过了一头哞哞直叫的奶牛旁边，他把脸凑到奶牛面前，盯着它说道："大贝茜哟，你好珍贵啊，贝茜！"说到这儿，他突然话音一转，低声怒吼道："我要把你的孩子都切成一片片的牛肉，臭婊子！"我有些担心，他现在这个样子，似乎是打算以精神失常为借口替自己辩护了。

一切都如丽莎所预料的那样。冷血医生开着一辆焦糖黄色的"黄金帝国[1]"飞驰而来，车上的乘客正是废话夫妇。这个废话先生和他的妻子废话太太一直待在当地的一家汽车旅馆，那家汽车旅馆有一个很糟糕的名字，叫作"鹳[2]与枪"。考虑到他俩正是在这里等着把别人的孩子偷走，这家旅馆的名字还挺具有讽刺意味的。他们俩打算事后逃到智利去，在那气候宜人的南半球，他们买了一栋别致的城堡，坐落在绿树成

---

[1]黄金帝国（El Dorado）：凯迪拉克（Cadillac）品牌于1953年至2002年间生产的一系列敞篷跑车。

[2]鹳（Stork）：在西方神话中，鹳是一种能够为夫妇送子的神兽。

荫的山上，周围还有五个葡萄园。城堡里有许多艺术品，如绘画、雕塑等，而他们打算为城堡增添的顶级艺术品，就是金发蓝眼的宝宝。当局的一个小分队彻查那个城堡时，我和洛拉也获准去参观了一下。我们在城堡里发现了许多文件，足以证明他们不仅跟这个案子有关，而且还跟其他一些重大艺术品失窃案有关，这下，他们身上的罪名数都数不清了。

那天，我们抓住他们之后，洛拉从树上跳了下来，愤愤地用脚尖把地上的尘土踹进他们的眼睛里。因为他们实在是太好骗了，出现的时候根本就没带任何武器，害得洛拉失去了开枪的机会。

"将军。"丽莎说道。这时，我正在给冷血医生戴上手铐。

我也会下国际象棋，于是不禁纳闷儿，她为何不说代表最终胜利的"将死[1]"呢？不过，我很快就知道了，关于冷血医生，丽莎还有另外的安排。

---

[1] 将死（Checkmate）：国际象棋对局的目的是把对方的"王"将死，当一方在下一步就可以把对方的"王"吃掉时，即称为"将军（check）"，此时被攻击方必须立即设法解除对"王"的威胁，如果无法解除，王即被"将死（checkmate）"，棋局便到此结束，胜负已分。

第二十四章
事后，第4小时

刘让我非常意外。我知道，他已经把自己的童年恐惧都告诉读者了。正是那段经历让他成了现在这样。我觉得，他为他弟弟所做的一切是非常了不起的。很聪明。当他把自己的故事告诉我时，我就下定决心，要让他成为我一生的挚友。

当然了，如果换作是我来面对他弟弟莫兹的情况，那么我的处理方式会截然不同。不过，我们没必要把时间浪费在这些无礼的指责上。而且，刘在处理这件事情的过程中还展现出了两点超凡的能力，一是敏锐的视觉洞察力，二是绝伦的记忆力，我认为后者是源于刘拥有的发达的杏仁体和海马体，并且他的杏仁体和海马体之间有着超强的连通性。在刘的大脑中，连接这些部分的回路就像一条超级高速公路，巨大的神经元卡车在上面来来回回地跑着，车上装载着丰富的感官知觉和真实可靠的经历：记忆。我的理论是，刘有着极高的视敏度，加上他的杏仁体和海马体比一般人都要大得多，因此他能十分惊人地回忆起各种细节。要进一步确认具体原因，就必须得等他死后，把他的头颅剖开，将眼睛单独解剖下来，然后分别进行研究，因为我根本就不相信核磁共振成像[1]。不

---

[1] 核磁共振成像（MRI）：一种医学成像技术，利用放射学原理得到人体内部构造的图像。

过，我是不会去解剖尸体的。好吧，我是说，我不会去解剖朋友的尸体。

撇开这些不谈，刘在救莫兹的时候，还表现出了他的坚忍机敏和英雄气概。他是非常出色的。当刘把这段经历告诉我时，我在大脑里为他打开了敬爱、欣赏和钦佩的开关。不过，刚开始他救我的时候，或者说他帮我自救的时候，我对他是无动于衷的。我只把他当作一样装备：第49号装备，刘探长。

在森林里，刘高喊出声，如我所愿地分散了布拉德的注意力；在矿井里，刘打开了被水淹没的车门；后来，刘还帮助我把剩下的共犯都一网打尽。因此，在那一天里，他对我来说好像还挺有用的。他给冷血医生和废话夫妇都戴上了手铐，然后和"洛拉"一起，开着一辆福特卡车把我送去了医院。按他的要求，每次提到他的搭档时，我都称她为"洛拉"。刘负责开车，洛拉挤在我和刘中间，因为我的肚子太大了，不适合坐在换挡杆旁边。我们三个紧紧地挨在一起，非常暖和，就像是来自乡下的一家人正开着卡车去运种子一样。在这种情形下，也许叫一辆救护车来把我送到医院是比较合适的做法，但是他们不放心把我交给任何人，而我自己也不想搭救护车去医院。

其他探员把那个名叫博伊德的农民留下了，他们要在他"博比表弟"的农舍里询问他一些问题。在矿井旁，当博伊德用来福枪指着布拉德时，他说的那番话令我非常中意。后来，我还拜托奶奶给我做一个枕头，把博伊德说的那番话绣上去。你猜怎么着？由于她一直从事犯罪小说的写作，原本就有着较为黑暗的世界观，加上我的得救令她欣喜若狂，所以她居然考虑了我的要求！她开玩笑说，要用紫色的线把那番话绣成连笔的手写体，然后再绣上几只毛茸茸的兔子，让它们在森林中的岩石上蹦蹦跳跳、翻滚嬉闹，以此来衬托博伊德所说的："像兔子一样，跑呀！"不过，如我所料，最终奶奶还是趁着我们谈话的机会教育了我，告诉我在面对高压的情况下，应该如何做出适当的情感反应。后来，她只在枕头中央绣了一句"我爱你"，周围环绕着几只兔子。我爱奶奶。在奶奶面前，我从来没有关上过爱的开关。

我烧焦了看守我的绑匪并且诱捕了他的同伙之后，才过了仅仅四个小时，就发生了一件可怕的事。迄今为止，那是我亲眼见过的最糟糕的事情。在绑架事件后的第四个小时，出现了如此血腥的场面，更加坚定了我要继续复仇的决心。我要将复仇进行到底。

他们把冷血医生和废话夫妇抓起来之后，我几乎立刻就得到允许前往医院接受住院观察。刘和洛拉守着我寸步不离。如今，我已经知道了，刘在那个时候绝对不会离开我去任何地方的。令人感到悲哀的是，当时，在他发现的所有被绑架的孩子里，只有四个活了下来，我是其中一个，多萝西不算在内，不过他的弟弟莫兹也算是一个。刘走进了我的病房，手里拿着从自动贩卖机上买来的可乐和玉米片，他抱歉地笑了笑。洛拉在门口来回地绕圈，就像一头关在笼子里的嗜血老虎一样，把任何有可能试图要跟我说话的人都挡在了外面。我很喜欢她。我妈妈也会非常喜爱她的。

"你好，小警官。"刘探长对我说道。

"你好。"

"听医生说，你的身体状况非常好。"

"是啊，我很好。不过多萝西怎么样？我能不能去看看她？"

"多萝西有点儿不妙。如果我带你去的话，呃，你可得做好心理准备。医生说她的情况很不乐观。"

"她会好起来吗？"

"说实话，她的血压状况很糟。她现在很不好。要是我能早点儿找到你们两个就好了。"

"负责找她的人只有你吗？"

"很不幸，是的，只有我，当然还有我的搭档。"说着，他把头朝洛拉的方向摆了一下。洛拉咕哝了一声。

"那太糟糕了，刘探长。"

"这整件案子都他妈的一团糟了！"说完，他停顿了一下，他的腮帮子鼓了起来，然后又瘪了下去，"对不起。我不该当着你的面说脏话。"

"噢，放心吧。我刚刚炭烤了一个人。我觉得，几句脏话我还是能受得了的。"

洛拉在一旁窃笑起来，无声地重复了一遍"炭烤"，仿佛把这个词收进了她自己的词典里，以便日后使用。

"嘿，在我父母来之前，我能不能先跟你借点儿钱？我真的很想给多萝西买点儿东西。"

"没问题。"说着，他拿出钱包，递给了我两张二十美元的钞票。

一个护士和刘一起把我扶上了轮椅，我觉得那个轮椅发出的声音很刺耳，而且坐轮椅对我来说实在是太丢人了。但是，他们坚决不肯让我自己在医院里走来走去，尽管我刚刚从一个监狱里逃出来，还救了另一个女孩儿。不过，事后回想起来，我觉得他们这么做还是有道理的。我已经怀孕八个月了，而且当时筋疲力尽、严重脱水，脸上还受了伤，好吧，也许我的身体真的很虚弱。好吧。

在礼品店里，我给多萝西买了一束蓬松的鲜花，装在一个粉红色的花瓶里。这是奶奶喜欢的搭配。

我和刘来到二楼，他推着我穿过走廊，朝多萝西的病房走去。我注意到走廊里有一些警员在站岗，还有三个人在等候，后来我知道，他们就是多萝西的父母和她那心碎的男朋友。显然，他们三个一直在祈祷警方能找到他们挚爱的多萝西。因此，虽然多萝西被绑架的地点是距离这里有三个小时车程的伊利诺州，但他们还是全速驱车，以闪电般的速度赶到了多萝西的病床前。我的父母还在波士顿的洛根机场等飞机。而莱尼应该不会来，因为他讨厌坐飞机。我决定等我探望了多萝西之后，再给他打电话。这并不代表我不爱他。我知道，他一直在等我。不过，匆匆忙忙、哭哭啼啼的重逢没什么实质性的作用。

多萝西的父母朝我冲过来，啜泣着跟我拥抱，表达了他们的感激和悲伤之情。我觉得，时至今日，自己依然能尝到萨鲁奇夫人那咸咸的泪水。它沿着我的脸颊流淌下来，一直流到我干涸的嘴角。

他们在走廊里紧紧地拥抱了我很久很久，以致我没能立刻去看多萝西。

他们刚要松手，突然，多萝西的尖叫声让我们都僵住了，仍然保持着三人抱在一起的状态。我们一起抬头望向多萝西的方向，就像一只三头巨龙。

这里，我就不对读者详述了。因为我所看到的场面实在是太可怕、太令人悲伤了。假如用粗大的笔刷画出当时的情景，就像一幅因年代久远而褪色蒙尘的印象派画作一样。我只能说，多萝西的身体喷出了所有的鲜血，还喷出了某种东西，然后，在承受了二十分钟的剧痛后，她死了。

医生说，其实多萝西患有轻微的先兆子痫[1]，只要在孕期稍加注意，她就能顺利地克服不适症状，他们说最低级别的妇产科护理就能达到治疗目的。医生还说，未经治疗的先兆子痫，加上难以估量的巨大压力，还有被囚期间引起的感染，导致她的身体发起了高烧，就像在一口滚烫的汽锅里蒸煮一样，她的身体内部已经被高温烧坏了，最终让她的皮肤、器官和血管都爆裂了，从而夺走了她和她孩子的生命。

没有任何言语能够形容那一刻，因为我看到的不仅仅是鲜血，更是死亡的本质。那是任何凡人都不可能真正见识到的死亡，除非有人被判了死刑，在将死的时候，身处一个布满镜子的房间里。那摆脱束缚的死亡，不请自来、得意扬扬，张开血盆大口吞噬着生命。我在走廊里，呆呆地盯着她的病房，看着死亡之花逐渐绽放，我的内心突然变得支离破碎、一片狼藉。蔓延的黑色阴影笼罩了多萝西的病房。她的皮肤贴在背景上冒着泡，而前景是一条鲜红的河流——一条河流，一条真正的红河——整个房间都变成了一个黑色的场景。没有一丝光亮，没有一点儿洁白，

---

[1]先兆子痫（Preeclampsia）：指孕妇怀孕期间出现的一种身体失调的症状，主要表现为高血压和蛋白尿。

没有天使，没有上帝的仁慈之手来掀开这黑色的幕布，连一个小小的角落都没有掀开。好像有人把我推走了。当我打碎了装芍药的花瓶时，好像有人跳了起来。

好像有人在推我，拉我，拽我。好像有人在哭喊，在拍打，在挣扎，在挥拳，在尖叫。好像有人冲我的大腿开了一枪。好像有人，有什么人，所有人，在做着各种各样的事情。我一概不知道。

八小时后，我醒了过来，身上有几处瘀青，声音沙哑，膝盖上还缝了几针，据说当我在死亡面前陷入崩溃时，有一块花瓶的碎片从地上弹起来，扎进了我的腿。我的妈妈站在床边，握着我的手；在她身后站着我的爸爸，他越过她的肩膀看向我，脸上满是泪痕。刘探长和洛拉肩并肩地站在门口，就像卫兵一样，把所有想靠近我病房的人都一一喝退了。

也许，多萝西临终时的痛苦都是我想象出来的吧，我不知道。我只知道，我看到的那一幕和听到的尖叫声，将会伴随一生，永不能忘。

这就是为什么不到万不得已，你不能打开爱的开关。

第二十五章

审判

我对犯罪意图 [1] 这个概念有着充分的了解，知道它在刑事案件的审判中是一个非常危险的因素。尽管我妈妈是一个专攻民事诉讼和行政诉讼的律师，但是她还留着律师资格考试用书的刑法分册。有关犯罪意图的那一章，深深地吸引了我。我在十四岁时读了一遍，十五岁时又读了一遍，在经历了这段痛苦的经历之后，十六岁的我又把那一章读了一遍。我很喜欢看《法律与秩序》的电视系列节目以及真实的犯罪纪录片。我希望冷血医生被判死刑，至少也要是没有假释的无期徒刑。为此，我必须确保各位陪审员对他的犯罪意图毫不怀疑。在那几个罪犯中，冷血医生是唯一一个受到法庭审判的。当初掳走我的绑匪已经死了，我对他实施了有三重保障的复仇计划。那个诊所前台的护士认罪了。废话夫妇也认罪了。布拉德呢？布拉德另有内情，容后再谈。

假如你是一位法学学者，那么读到这里，你会感到不解，为何不

---

[1] 犯罪意图（Mens Rea）：英、美、法系刑法中的犯罪要件之一。英、美刑法的一条重要原则，即"没有犯罪意图的行为，不构成犯罪"（actus reus non facit reum nisi mens sit rea）。因此，在正式的审判程序中，必须要证明嫌疑人有犯罪行为和一定程度的犯罪意图才能使罪名成立。

在联邦地区法院^[1]中对冷血医生进行审判，而是由印第安纳州的州法院来获得这场战斗的战利品？其实，我也不了解个中细节，但是刘、联邦调查局和印第安纳州三方达成了某种协议，我们认为印第安纳州最有可能把这些罪犯丢进无底深渊，因此决定把地狱大门的金钥匙交给印第安纳州。

随着审判的日子临近，冷血医生渐渐露出了邪恶的嘴脸：他既不肯接受公诉方提出的免诉认罪提议，也不愿像布拉德一样乖乖接受无期监禁的折磨，因此，他就成了这群罪犯中唯一一个要求由同胞组成的陪审团来进行审判的人。什么同胞？我忍不住想。他这样的人还能有同胞？他杀了多萝西。他本来可以救她的。他根本就不是人。他甚至都不配做动物。他是一个极其卑劣的存在。不，他什么都不是！哪儿来的同胞？

他们坚决制止我前往收押冷血医生的监狱与他见面，因此我只能全力以赴地研究他的定罪问题。可以轻易证实，这桩阴谋涉及绑架和谋杀，两项都是重罪，加上在这个过程中有受害人死亡，因此他是可以被定为死罪的。到此为止，一切顺利。在实施一项重罪的过程中，如有受害人死亡，则所有同谋都与这起谋杀脱不了干系，不过他们会申辩说自己没有直接造成死亡，想要以此脱罪。所谓直接造成死亡，就是像我一样，让那个绑匪一头跌进床垫水池里被溺亡加电死，或者是像那些罪犯一样，故意让一个怀孕的少女和她肚子里的胎儿面临不可避免的死亡。

不出所料，冷血医生辩称，多萝西的死与他的罪行无关，即便他不犯下重罪，多萝西也还是会死的。他这是在做垂死挣扎，就像在大海中溺水的老鼠一样，不顾一切地抓住任何一块漂浮的木板碎片。我绝不会

---

[1]联邦地区法院（Federal Court）：属于联邦法院系统的地区法院。州法院（State Court）则是属于州法院系统的法院。联邦法院系统和州法院系统是平行而没有从属关系的两个系统，都有自己的司法管辖范围和独立的法院设立、法官就职规定。

让冷血医生的目的得逞的，因此我精心准备了自己的证词。

法庭的真实样子，其实跟你在电视上看到的非常相似。我出庭做证的那个法庭没有窗户，四面墙壁上都镶嵌着八英尺高的黑色木板。观众席约有十排，都是长长的条凳，供旁观者、相关人员的家人、庭审爱好者、新闻记者和素描画家[1]落座。穿过观众席，前面有一道跟臀部差不多高的转门，这道门里面有几张大桌子，左边的是起诉方的位置，右边的则留给被告方的浑蛋。正前方那个高高在上的椅子属于法官，证人出席时坐在旁边，而法官面前的位置是法庭书记官的。

在我重获自由后，又过了六个月，便到了对冷血医生进行审判的日子，这其实已经算进展神速了。我在这段时间内生完了孩子，瘦回了孕前的体形。在作为主要证人被传唤的那一天，我坐在法庭外的木椅子上，那种椅子有两个按臀部形状陷下去的凹痕。我摇晃着双脚，脚上穿着时髦的玛丽·珍[2]皮鞋。公诉人本来打算让我穿成一个邋里邋遢、可怜兮兮的难民，以此来博取陪审团的同情心，但是妈妈坚决不同意。她说，这种外表会引起"逆向偏差[3]"或"逆向歧视"，是"懒惰申诉"的表现。大家尽可放心，我妈妈深谙诉讼之道，对于该做什么、不该做什么，她心里全都有数。她可是所有人都梦寐以求的最佳辩护律师。

我身上穿着简约的盖肩袖连衣裙，自臀部的接缝处起，延伸出两道笔直的裙褶。这条裙子跟皮鞋一样都是黑色，搭配得恰到好处。当然，这条裙子是有内衬的。当然，它是产自意大利的。买它花了不少钱。妈

---

[1]素描画家(Sketch Artist)：指创作法庭素描(Courtroom Sketch)的画家。为了保护相关人员的隐私，防止分散庭审人员的注意力，在许多法庭上都是不允许使用摄像机的，因此新闻媒体只能依赖素描画家的纪实画作来了解庭审情况。

[2]玛丽·珍（Mary Jane）：指有一条或多条脚背绑带的圆头包脚鞋。

[3]逆向偏差（Reverse Bias）：意同"逆向歧视（Reverse Discrimination）"，指将好处留给少数群体或历来处于劣势的群体，从而对多数群体或主流群体产生了一种歧视。

妈还把她最好的一副巨钻耳钉借给了我，这也是她允许我带着出庭的唯一珠宝。其实，她之所以这么做，主要是因为先前有一个衣衫褴褛的女公诉人想让我戴一串天真无邪的珍珠项链出庭。

"珍珠？珍珠？我的天哪，珍珠只适合那些女生联谊会的无趣小妞和无人重视的家庭主妇。珍珠可配不上我的女儿。我的女儿比那些人强多了。"后来，妈妈告诉我，那些水性杨花的蠢女人也会戴珍珠，她们不懂时尚，以为珍珠就是美丽的标志，因为"奥黛丽·赫本[1]在《蒂凡尼的早餐》[2]里戴了珍珠"。她用鼻子哼了一声，继续说道："但是，电影是电影，再说了，那可是奥黛丽·赫本。这是历史上唯一一个戴珍珠也得体的特例。"

于是，当他们叫到我的名字让我出庭时，我正坐在法庭的木椅子上，身上穿着昂贵的黑裙子，没有戴珍珠，看起来像是要去参加葬礼一样，但是在低调中却又流露出奢华。当我走进法庭时，废话夫人与我擦肩而过，她刚从被告席上下来，正由警卫护送离开法庭。公诉方跟她做了一笔交易，让她指证冷血医生来戴罪立功。尽管她已经被收押在州立监狱服刑了，但公诉方还是让她穿得跟平常一样，并且进出法庭都不戴手铐。我妈妈和几位公诉人都不想让陪审团从视觉上觉得废话夫人是个罪犯。他们相信冷血医生的"同胞"自有判断。

因此，当废话夫人跟我擦肩而过时，她的模样在这间乡下法庭里显得十分突出。她穿着一件粉红色的丝绸衬衣、一条黑色羊绒裙、短袜、黑色漆革高跟鞋，当然，还有珍珠。又大又圆的昂贵珍珠。为了出庭，她把头发精心梳理过了，脸上浓妆艳抹，仿佛要去参加节日盛会一样。她还不到三十岁，非常年轻，尽管她是个不折不扣的恶魔，但是她长得

---

[1]奥黛丽·赫本（Audrey Hepburn, 1929—1993）：英国女演员，著名的电影偶像和时尚偶像。

[2]《蒂凡尼的早餐》（*Breakfast at Tiffany's*）：由奥黛丽·赫本主演的一部电影，于1961年上映。

很漂亮，浓密的栗色长发绾成了发髻，衬托出她那高高的颧骨。她的指甲完美无瑕，涂成了深红色，手上戴的钻石婚戒差不多有十二克拉。她神情冷漠，后背挺得僵直，鼻子高高翘起，昂首阔步地从我身边走过，还冷笑着俯视了我一眼，像是要把我从她那衬着垫肩的肩头拂去一样。

我看到妈妈坐在公诉人身后，本想冲她眨眨眼，不过还是忍住了。她早就预料到废话夫人会这么做，因此特意安排了我进来的时机，故意让我跟她擦肩而过。我和妈妈同时向陪审团望去。我发现，陪审员们显然也注意到了废话夫人对我表现出的傲慢。一个身着橘红色毛衣、外表整洁的男人用口型无声地说了一句"可恶"，然后便低头在自己的陪审员笔记本上草草地写了些什么。

操纵这些微妙的细节、预测别人的性格和行为、化零为整地形成策略，这就是出庭律师的游戏，他们完全不亚于精通舞台戏剧的大师，身兼制作人和主角。在亲身经历了这次庭审之后，我差点儿就打算投身法律行业了，不过，要在这种被称作法庭的没有窗户的棺材里度过余生，实在是太可怕了！

你已经知道了我跟冷血医生的所有交集。我在前面告诉过你，他总共来过三次：一次是他自己来的，当时他没有说话，我发现他的手指冰凉；还有一次是跟废话先生一起来的，总共待了一分钟，也没说什么实质性的内容；最后一次，他当着废话夫妇的面，用做 B 超的棒子侵犯了我，还提到绑架我的人叫"罗纳德"。仅此而已。我对他一无所知，只知道他没有给多萝西及时治疗，因此导致了她的死亡。我们在苹果树学校诱捕他之前，我甚至都不知道他长什么样。在被逮捕的那天，他喝醉了酒，衣衫不整，大腹便便。当时，他穿着一件浅棕色的衬衣，腋下满是汗渍，外面套着一件破破烂烂的背心。他下身穿着一条棕色的灯芯绒裤子，一身都是棕色的，看上去就像是一截木头。当洛拉给他戴上手铐时，我注意到他的裤子拉链还没有拉上。当我对他说"将军"时，他朝我扭过头来，于是我便直直地看向他那双布满血丝的眼睛，接着，他打了个嗝儿。

　　但是，六个月过去了，我来到编号为 2A 的法庭，穿过那扇转门，迈着轻快的步子朝证人席走去，这时我发现了一个脱胎换骨的男人。被告辩护律师给了他一套细条纹的西服、一件白色衬衣，还有一条颇为雅致的红色领带。他打扮成这样，倒像是个政客或者银行家了。他的脸上十分光滑，头发梳得很整齐，还打了发胶，看上去就像"超人[1]"的发型一样。坦白说，假如我不知道他是个恶魔，假如我放任体内的女性荷尔蒙肆意猖獗的话，那么我说不定还会迷恋上他呢。不过，我把脸朝他转了过去，趁着左边的陪审员看不到，冲他快速地眨了眨眼，挑了一下眉毛，我要让他知道，好戏开场了。

　　他僵住了，开始深呼吸，驼着背缩成了一团，肩膀都快碰到耳朵了，看上去就像是一只被满月吓到的猫。

　　再重复一遍，冷血医生的辩护立场是：多萝西的死与他的罪行无关，即便他不犯下重罪，多萝西还是会死。我之所以知道这些，是因为妈妈把有关案件审理的一切进展都事无巨细地告诉了我。

　　我坐在证人席上，对和蔼但严厉的法官罗森女士点头示意，她坐在法官席上，位置比我要高。我手持《圣经》发誓，然后回答了一些有关个人基础信息的问题，诸如我叫什么名字、我住在哪里等，然后指认冷血医生就是负责在我被囚期间给我做身体检查的人，并且补充说明了一些公诉人需要的事实。

　　我垂下眼睛，以一种特殊的方式抽了抽鼻子，我发现这样能刺激泪水流出来。当眼睛变得足够湿润时，我抬头望向陪审团里一位满怀同情的奶奶，然后便开始描述冷血医生曾有两次对囚禁我的人说道："如果把多萝西送到医院，她倒是能痊愈。不过，谁在乎她是好是坏呢！反正只要她一生下孩子，我们就把她丢到矿井里去。"我还给这个谎言润色，

---

[1]超人（Superman）：美国 DC 漫画（DC Comics）创作的一个漫画人物。漫画中的超人留着短发，头发朝两侧和后脑勺梳着，一丝不苟地打了发胶。

补充说他每次讲这番话时，都咯咯地笑了，就像动画片里的坏蛋一样。然后，我继续添油加醋，说他还这样讲过："我们就这么等着吧。说不定她能恢复健康，顺利产下孩子，那样我们就有两个婴儿可以卖了。否则，我们就照原计划，把多萝西母子俩都扔到矿井里去。我们显然不能送她去医院。如果她的身体继续变差，那就干脆别给她吃饭了。"

冷血医生打断了我的证词，大喊道："那不是真的！那全都不是真的！"

我默默地缩在椅子上，假装很害怕的样子。我咬着下嘴唇，睁大眼睛望向法官席，企求善良的法官保护我。啪嗒，鳄鱼的眼泪掉了下来。

"法官大人，是真的！我说的都是真的！"我哭喊道。

"先生，请你坐下，保持安静！"法官怒吼道，"如果再大声喧哗一次，我就视你为蔑视法庭。明白了吗？"

一片寂静。

"明白了吗！"

"是的，女士，是的，法官大人。"冷血医生边说边垂头丧气地坐了回去。

但是，紧接着，被告辩护律师突然站了起来，被告席的桌子就像在表演打地鼠的游戏一样。冷血医生弹起来，然后坐下，接着辩护律师弹起来，又坐下。看到这幅逗趣的画面，我不得不使劲咬着腮帮子，把视线转移到天花板上，死死地盯着一块水渍，好不容易才忍住了笑出来的冲动。同时，我又用那种特殊的方式吸了吸鼻子，好让眼泪继续涌出，顺着我那漂亮的小脸淌了下来。

"对不起，法官大人，我方不会再打断证人发言了。"

妈妈告诉过我，这种情况会发生的。她说，我在证人席上说什么都行，因为辩护律师是不愿当着陪审团的面说我撒谎的。辩护律师最多只会质疑我准确回忆细节和事件的能力，但他们绝不会说我撒谎。妈妈事先并不知道我真的要撒谎。我不想让她承受这种心理负担。我自己一个人就能应付得来。

虽然如此，我还是捕捉到了她怀疑的目光，不过，当我泪光满面地向法官辩称证词的真实性时，妈妈的表情又变成了得意的笑容。妈妈知道我并不是真的在哭，而且虽然她已经听我讲了无数次被囚期间的事情，但我故意用模糊的说法把其中一些细节粗略带过，我说我听到冷血医生说了一些话，但我可从来没告诉妈妈，他具体都说了什么。我打算保留一些余地，根据公诉方的需要来判断我的故事要如何进展。因此，以妈妈所了解的程度，她也只能有所怀疑，并不能确定我究竟有没有说谎。

大家都坐回了原位，罗森法官对公诉人大声说："好了，继续吧。继续。到合适的时候再休庭。"她转向我，说道："你还好吗？可以继续吗？"

"是的，女士。"我用胆小但自信的声音说道。

公诉人起身，踩着鞋跟原地转了半圈，他拿起一个碟子说道："第77号证物。"那是多萝西的威基伍德碟子。

"是的，先生，就是这个碟子。最初，给我送饭的人也会带着给多萝西送饭的碟子。我从一开始就看到了，碟子上贴着写有字母'D'的标签。"这是谎话。公诉人立刻展示了那张带有字母D的标签，其实那张标签是我在厨房里发现的。"第78号证物。""是的，就是这张标签。他一定是先来给我送饭，所以才带着另一个碟子。可是，在我逃出来之前大约一周的时候，他来我房间时已经不再带着多萝西的盘子了。再早一些，有时我透过门上的锁孔能看到他把这个盘子里的东西都吃光了。在洗手间的垃圾箱里，有很多这种便利贴，上面都写着字母'D'。他吃了那女孩儿的食物。"全是谎话。"他一定是听从了这个医生的指示，所以才让多萝西挨饿的。"这基本也是谎话。

被告辩护律师激动得浑身发抖，他大声提出反对，说着"推测""缺乏事实基础"等字眼来加以反驳，但是我却用余光在观察倒吸冷气的陪审团。我知道，毁灭性的效果已经达到了。**胜利的钟声已经敲响了，我用微妙的眼神无声地告诉冷血医生。**他匆匆地写了几个字，忍不住大声地跟他那个无用的辩护律师讨论起来。

将死，浑蛋。

我毫不留情地撒了谎，并且抓住时机啜泣起来。有三个陪审员也落泪了，其中一个还是个男人。对于冷血医生来说，这可真是灾难日。呜呜呜，这下你要烂在地狱里啦。我做了假证，但我毫不后悔。除此之外，我说的都是真的，而且我相信这番证词其实也是真的。如果稍加润色的真相能赢得最严厉的判决，避免在通常情况下对罪犯做出让步的卑鄙的认罪协议，那么就这样吧。冷酷的正义就装在印花的威基伍德瓷碟子里，终将被上呈到法官面前。

他们从矿井里打捞到三个女孩儿和两个胎儿的尸体。唯一活着的那个孩子，在蒙大拿州被发现了，跟买了他的夫妇住在一起。他们也受到了法律的制裁。冷血医生声称他对矿井的事一无所知，说自己跟"过去的谋杀"没有关联。他说，有一次，他在拉斯维加斯的赌场花了一周的时间狂欢作乐、吸毒饮酒，通过赌场的赌博经纪人认识了那个前台护士。当时，他由于赌博和毒瘾，已经在赌博经纪人那儿欠下了七万美元的债务。这个前台护士辗转于全国各地的乡间诊所，通过伪造简历来谋得职位，正是她给这个犯罪团伙牵了线。在多萝西被绑架之前，这个前台护士已经观察了她好几个月，因为多萝西刚发现自己的生理期没有按时来，就立刻前往诊所就医了。这群罪犯一直等到多萝西怀孕的后期才把她拐走，然后这个前台护士就不凑巧地搬到了我住的城市。

冷血医生辩称，在多萝西被囚之前和被囚期间发生的事情，都跟他"毫无关联"。他对刘探长说："他们之所以会拉我入伙，是因为他们先前搞糟了几次剖腹产。他们可能是自己给孕妇做的手术，也或许他们之前还请了别的大夫，我不太清楚。"

不出所料，冷血医生因怕自己有罪，便依照宪法第五修正案 [1]，不肯对之前的谋杀案提供证词。公诉方根据法庭科学 [2] 分析他的过往行为模式和个人历史档案，总结出了一些证据来证明他跟先前案件的关联性，但这些证据都没有什么说服力。在这一点上，罗森法官阻止公诉人进一步讨论矿井里的尸体，但是她承认矿井在本案件中的存在，因为我已经证实了矿井的威胁性。善良的罗森老法官打断了公诉人："关于先前的谋杀，再仔细调查一下，然后另立新案。"我觉得，如果我继续编造故事来证明这一点，似乎有些不妥，因此我便没有开口。其实，我可以轻松地做出证明说："冷血医生提到了'矿井里的其他人'，还说'把他们扔进去，就像我们以前扔其他人那样'。"不过，我自己也有些怀疑，他究竟是否跟其他受害人有关联，我只能相信，正义最终一定会取得胜利。

据证实，"D"，也就是多萝西，早我一周被绑架。那所寄宿学校是布拉德于两年前在止赎资产拍卖会上买下来的。在搜查寄宿学校的时候，探员们发现了一个失物招领箱和一间教师休息室。他们推测，绑匪给我的笔袋是来自那个失物招领箱，多萝西的书本和用来织东西的棒针则来自那间休息室。他们还推测，我房间里的那条红色毛线毯，是多萝西在我被抓去之前织出来的，织好后便被绑匪拿走了。我想象着，她用闪烁着火焰的手指来回钩针，用熊熊燃烧的意志为我们的战斗编织着武器。

为什么一个绑匪会把编织用的棒针给受害者呢？它们难道不是很锋利吗？它们难道不会伤人吗？我搀扶过多萝西，我知道，她非常虚弱。

---

[1] 宪法第五修正案（Fifth Amendment to the Constitution）：指美国宪法第五修正案："任何人……不得被迫自证其罪。"即在证词有可能令证人获罪的情况下，证人可以拒绝做证。

[2] 法庭科学（Forensic Science）：刑法和民法领域的应用科学。法庭科学家负责收集、保存和分析案件调查过程中的科学证据。

她的胳膊比我的胳膊细，个子也比我矮，她大概只有 5.1 英尺高。最糟糕的是，她的身体还承受着痛苦的折磨，没有我的帮助，她都无法走下楼梯寻求救援。也许你会觉得面对能够获得自由的激动时刻，肾上腺素可以给人提供力量。但并非如此。所以，我可以肯定，那个绑匪毫不担心多萝西会用棒针来对付他。而且，他还那么愚蠢。

在对废话夫妇进行了粗略的审讯后，我们得知了这群罪犯的变态安排，他们打算把我当作保险，以防多萝西和她的孩子活不下来，而且如果两个孩子都能活下来，那么废话夫妇就把他们作为双胞胎收养。在律师的指导下，他们夫妇俩在各自的审讯中都一致坚持说："我们发誓，我们从来就没打算杀死那些女孩儿。我们听说，等她们生完孩子后，就会放她们回家的。"

那么，这会从多大程度上减轻他们的罪责呢？主公诉人说，这样一来，法庭就没法判他们死刑了。他给我看了法律条文，试图让我相信，他至多只能尽力让他们被判重刑。我把他的咖啡扔进了车站的垃圾桶，说他还不够努力。妈妈则让我不要逼迫公诉人。

我把我自己的热巧克力也扔进了垃圾桶。

我告诉过你，我妈妈很温柔。不过，我知道她是对的。

我觉得，这么多年过去了，我的脾气也平和了许多。但是，有时，只是有时，我发现自己还在等待他们被释放的那天。其实，我已经在脑海中构思了一个对付他们的初步计划，**或者说已勾勒出包括行动、武器和装备在内的具体行程和有序安排**。

至于冷血医生，我绝不留情，一心只想着进行疯狂的复仇。谋求正义的行为永远都不会偏离大自然这位母亲的法则，尽管有可能会偏离人类立法机关那过于宽泛且没有价值的法律。

妈妈跟律师事务所请了假。她动用了所有关系，以期获准协助公诉人处理这个案子。她以前曾为涉嫌经济犯罪的大公司总裁进行辩护，他们当中有些人的孩子在担任议员，妈妈让他们帮助自己扫清了一切障碍。

她说："我绝不会让那些吃政府饭的新手公务员来接手这个案子。"跟我一样，她的内心也有一个复仇的恶魔。

在庭审之前，我试着跟她沟通了。我又一次来到了她的书房；她坐在自己的宝座上，全神贯注地修改公诉人的防止偏见动议，即诉讼双方在开庭前提请法庭禁止对方提出特定证据或特定陈述的动议。当时是十二月初，我们的家位于新罕布什尔州，家中的一切看上去都完美得如梦似幻、不太现实，临近妈妈书房的门厅里有一棵早早就被砍下的松树，上面挂着的圣诞节装饰彩灯闪闪发光，在书房中打了蜡的木地板上投下了一道五颜六色的彩虹。书房窗外的路灯照亮了黑夜，大雪纷纷扬扬地从天空落下来。我站在她书房里的壁炉旁，壁炉中噼噼啪啪地燃着炉火，让我的身体变得很温暖，我就这样等着，等她结束对那份动议草稿的大范围改动，等她抬起头来看我。我的宝贝儿子正在楼上熟睡，他喝饱了奶，小肚子圆滚滚的，婴儿服柔软地贴在他那丝绸般的皮肤上。他那粉嘟嘟的脸颊上带着甜美的微笑，我觉得他仿佛会一直这样，安宁地睡到永远。

我看着妈妈。她还在毫不留情地修改着纸上的内容，她一边生气地翻页，一边嘟囔着，抱怨公诉人写的内容，比如"胡说八道""真丢人""愚蠢""你到底知不知道逗号怎么用？""真该死，这写的都是一套什么玩意儿？""不是吧？"甚至说，"我看我得从头重新起草一份了。"

当她忙着对手中的草稿上大张挞伐时，我回忆起自己跟布拉德坐在那辆大众汽车里的情景。我记起，当时我对自己暗暗发誓，下决心要试着跟妈妈沟通。我转向壁炉，把手掌贴近火焰获取温暖，但眼睛仍然看着妈妈，看着她手中的高仕笔在纸上移动，看着她咬住嘴唇在读一些新的段落，看着她把整段整段的内容打叉画去。我问自己，*我能爱她吗？我能毫无保留地爱她吗？*

我为妈妈打开了爱的开关。这时，我突然记起很久以前我也曾经这样尝试过。当时的结果并不好，我觉得这次的结果可能也好不了。

我对她的感情实在使我痛苦不堪。一滴汗水顺着我的脖子缓缓地淌了下来，我的胃里生出了一阵恶心的感觉。仿佛有一只手攥住了我的心脏。我继续努力，但是越努力，我的肌肉就越紧张。她什么时候又会再一次为参加庭审而离家远去？这一次她会离开多久？在这间书房里，她还会抬头看我一眼吗？她会从工作中为我抽出一点儿时间吗？会陪我玩一会儿吗？会跟我闲聊一会儿吗？讲个笑话？会给我讲个笑话吗？

我继续努力。我继续担心。我在不安中深呼吸，然后，我哭了。在她的书房里。在她面前。窘迫伴随着爱意，席卷而来。

"丽莎，丽莎。噢，我的丽莎。怎么了？"她说道。

她震惊地从椅子上站起身来，迅速地穿过房间来到我身边，那着急的样子，就仿佛我是坐在了壁炉中，把自己烧着了。她拥抱着我，亲吻了我的脸颊，重复地叫着我的名字："丽莎，丽莎，丽莎。"我不知道她是否还记得，我在八岁的时候也这样试过一次，那时我也是这样的反应，不过我都记得，我还记得当时我彻底关闭了爱的开关，正如我这次也打算做的那样。

但是，我担心她会放开拥抱我的手，转身重新回去工作，于是我选择让爱的开关再开一分钟，这样我就可以传达自己的感受。

我一边哭一边说："妈妈，我真的爱你。我希望你知道。可是，真的太痛苦了……"

"丽莎，"她抱住我，我的脸埋在她穿着羊毛衫的肩头，她轻声说，"丽莎，丽莎，丽莎。我是你的妈妈。虽然你对我的冷酷让我的心都碎了，但是要让你毫无保留地爱我，实在是太自私了。我都明白。在陪你成长的过程中，假如说我学到了什么，那就是理解。你比我所期待的更加坚强，我很喜欢这样的你。你就是我的理想，你就是我闪光的希望，你是我的爱。所以，如果你需要保持坚强，那么你想怎么做，妈妈都支持你。你拯救了自己，也拯救了我，我希望你能一直如此。你非常完美。

你真的非常完美。你对我来说就是一切。亲爱的女儿，有些人要把过去写下来，埋葬在文字里。而有些人，不，实际上只有你，却十分幸运，可以随时关闭让自己痛苦的开关。我觉得你是受到上帝祝福的孩子。你是有福的孩子，亲爱的。我爱你。嘘，别哭了。"

我将她的这番话和这个拥抱都收进了爱的匣子里，上了锁，把这一刻封存起来，藏在了记忆宝库的深处，然后在炉火摇曳的光芒中，沉溺在她的怀抱里，又感受了几秒爱意。最后，她用双手握住我的肩头，松开怀抱，查看我的双眼是否还在落泪，这时，我关闭了爱的开关，但是却坚定地打开了感激的开关。

至于我在被囚禁期间的行为和庭审时的证词，虽然当时我还是个少女，无法解释我那些举止背后的理性原因，但现在我已经明白我的思维是如何运转的了。绑架我的人威胁说要杀了我，并且抢走我的孩子，而且他真的打算按此行事。正因如此，他就该死在我的手上。其他与之沆瀣一气的人，也因此或该死，或该在监狱里受尽折磨。我实施了复仇，并且为此说了谎，但我毫不羞愧。我只后悔自己当初没能更有效地实施报复，没能一举将他们全部拿下。虽然我在被囚期间所拥有的装备已经堪称豪华了，但是依然没法让我凭借一己之力就完成对他们所有人的复仇。

但大多数时候，我最后悔的，是我对时间的错误判断。在有些日子里，我甚至都不敢去看镜子中的自己，我浪费了那么多时间来回地演练，而我原本是可以早些行动的，那样我就能救多萝西了。那样，她就不会死了。

第二十六章
天堂与地狱

今天，三十三岁的我坐在自己的实验室里，在研究指纹之余，写下了这个故事。在我的浮木书桌上，有一张我儿子的照片，我给他编号为……好啦，我在开玩笑，我给他起名为凡泰吉奥，在意大利语中，这个词的意思是"宝贝"，还有一个意思是"装备"。平时，我们便亲昵地叫他凡泰。他十七岁了，长得非常俊美。他也是一个科学家，感谢上帝和黑蝴蝶天使。

凡泰应该很快就会放学回家了。他自己攒钱买了一辆二手的黑色奥迪，平时就开着它横穿高中校园，再过一会儿，那辆车就会呼啸着飞驰而来，停在门前的车道上。我可以肯定，从高一到高四[1]的所有女生，一定都渴望拥抱他，把脸埋在他的金发中。但是，不管他在其他人眼中是多么可爱，我都不关心；他的课余是跟我一起在实验室工作，因此他最好赶快回家，顺便从这条长车道尽头的邮箱里把邮件一并取回来。反正无论如何，没有人能配得上凡泰。我这么说，可不是因为偏心，我只是实事求是。我是他的妈妈。为了他，就算要一次又一次地大开杀戒，我也在所不惜。

---

[1]高四（Senior Year）：又称十二年级（Twelfth Grade），是北美洲高中的最后一年。

在净化室的一角，有一个红色的扶手椅，扶手椅上方放着一块瓷器的碎片，那是我趁着法庭还没有取证之前偷出来的。在这块像骨头一样的碎片上，还沾着一滴他的血液，如今已经变成褐色了，我觉得，这既是他的血，也是这该死的碟子的血，他和那瓷碟子一起在地狱里会合了。正如十七年前便安排好的一样，我在三年前结婚了，当时他们问我和莱尼要不要把瓷器登记在礼品愿望单[1]上。我笑得连气都喘不上来了。莱尼知道，我已经把对那个印花碟子的仇恨延伸到所有瓷器上了，于是他便笑着答道："我们不需要瓷器，多谢了。"

今天，我一边看着这片罪恶的艺术品，一边思索着，明天跟刘一起去探视布拉德时，我应该在口袋里装点儿什么。

在经历了那次痛苦的事件之后，我的父母重新雇用了那位守护我免遭邪恶之眼诅咒的保姆——可靠的西尔玛。凡泰出生在六月，那年夏天，我在家中亲自照顾凡泰，并且在一个家庭教师的指导下完成了大学前两年的学业。我知道我非常幸运。我确实是个幸运儿。其他许多女孩儿都没有我这样的好运气。我尊重父母，在他们面前，我会打开感激和放松的开关，并且紧紧地关闭恐惧、悔恨和疑虑的情绪开关。尽管我很清楚，关于青少年怀孕一事，社会上有许多判断和评论，但我的这个故事并不是要在这方面做出辩护或给人教训的。

我的父母为这个家庭投入了许多，并且为我和他们自己都请了个人心理咨询师，他们是真的在全身心地支持我。我是幸运的，因为我拥有了他们深厚的爱。但是，除了这些以外，他们还赋予了我其他的财富，即第34号装备和第35号装备，分别是科学缜密的思维和傲视一切的性格。如果我没能在困境中如置身事外一样保持冷静，如果我没能用科学的态度来对待整个事件，那么我可能早就在恐惧的重压下崩溃了。而且，如果我没有觉得自己比那群卑劣的恶棍更优秀，那么我可能就不会花费

[1]礼品愿望单（Gift Registry）：新人在结婚时，可以登记一份对亲朋好友公开的礼品愿望单，上面列出的都是新人希望在婚礼上收到的礼物。

那么多时间来构思置他们于死地的计划了。如果我的冷酷无情让你觉得我是个精神变态，那么我只能问，假如一个男人把枪口对准你的孩子并威胁要开枪的话，你会怎么做？说不定你会盼着自己能拥有我的行动力和决心。说不定你也会渴望拥有我的科学思维和坚忍意志。当然了，你会以自己的方式来运用自己的装备，我不会对此指手画脚，但我也希望你不要对我品头论足。毕竟，我们都是在用自己的方式来寻求正义。而我对于自己选择的正义之路无怨无悔。

那段难以磨灭的痛苦时光早就结束了，但我在那些日子中的所思所想将永不会消散。我要把这份回忆的手稿锁在抽屉里，我们好不容易让那些罪犯被判了无期徒刑，若有人发现了这份手稿，那么我们的努力说不定就付诸东流了。明年，废话夫妇就要被释放了，但我已经为他们准备了相应的措施，防止他们再做坏事。

还有三件事情值得一提。第一，是关于我的丈夫莱尼。从四岁起，莱尼就成了我最好的朋友。在我失踪时，他非常痛苦，并且极力恳求警方不要放弃搜寻。他对他们大喊着说："她没有离家出走！"他自己组织了轮流值夜的搜查小组，还彻夜不眠地陪在我父母身边，跟他们一起商量营救我的对策。在那次事件中，莱尼可以说提供了最佳的装备：我怀孕的身体状况。因为肚子里的孩子成了我自救逃脱的最大动力。不过，具有讽刺意味的是，在一开始，也正是这项装备让我陷入了后来的整个麻烦中。在我、莱尼和凡泰组成的小家庭中，莱尼就是指南针。我曾听过一首美丽的歌，其中有几句优美的歌词让我想起了他。那是一首由桑塔纳乐队 [1] 担任伴奏的歌曲，在吉他的乐音中，艾华朗 [2] 唱出了这样的歌词：*有一位天使用手抚摸我的头……我的灵魂深处刻着一道阴影……*

是的，我的内心还有一道阴影。每一天，每一分钟，我都在跟这道

---

[1] 桑塔纳乐队（Santana）：美国的一支拉丁摇滚乐队。

[2] 艾华朗（Everlast）：指埃里克·弗朗西斯·施罗蒂（Erik Francis Schrody, 1969—），美国歌手、唱作人。

阴影做斗争，我都在努力控制情绪的开关。莱尼就是一个天使，他用手抚摸我的头，让我平静下来，不再满腔仇恨。或许凡泰也是一个指南针，但是仍在成长的凡泰并不成熟。在道德之路上，我和凡泰主要依靠的还是莱尼。莱尼会帮我们记着，什么时候该打电话给亲戚道一声生日快乐；莱尼会处理账单、维持日用、承担生活琐事。而我和凡泰则负责其他方面。

第二，关于我的公司。我现在拥有了一家属于自己的法庭科学顾问公司。在这家公司里，我是董事长兼首席执行官，也是最高女皇和统治者。我们跟律师事务所、警察局、大企业、新贵和亿万富翁都有合作关系，还有一些我不便明说的联邦政府机构，也是我们的合作伙伴。其中一个机构正是由来自联邦调查局，"洛拉"担任负责人，我也因此能接手一些不错的案子。正如刘前面提过的，我们要在这个故事中对洛拉的身份保密，因为她常常采取非常手段行事，加上她作为政府机构的负责人，跟我合作会有明显的利益冲突，而且她一贯就保持着"秘密身份"。有时候，她会把收押的嫌疑人从看守所带出来，在我这儿的地下室里进行审讯。我通常会把公司厨房里的绿色食物搅拌机开到最大，这样便听不到她的审讯内容了。然后，我会端一盘她最喜欢的肉桂糖衣饼干给她，看着她一口一个狼吞虎咽地吃着。一个接着一个，很快就一扫而空。

我研究犯罪现场、分析血液样本，还涉足冶金行业、钻研化学成分，我的工作就是通过研究来解决问题，今天实验室的技术人员请了病假，于是我亲自上阵来比对指纹。经过无数次审判和无数位当事人的见证，我在法庭科学方面已经成了一名当之无愧的专家。我的公司里到处都是苹果的大屏显示器。公司的职员全都是从麻省理工学院和加州大学伯克利分校[1]招进来的，而且只收精英，我们还以高薪和房产为诱惑，从大型企业和政府机关挖走了一批顶尖的科学家。我还招了一位非常优秀的高级咨询顾问，他就是前联邦调查局探员刘罗杰。他大约比我年长

[1]加州大学伯克利分校（Berkeley）：美国的一所著名的研究型大学。

二十五岁，除了我丈夫之外，他是我在这个世界上最好的朋友。他的妻子桑德拉跟罗杰共用一间办公室，她会在那儿给我们读一些她自己写的情景喜剧剧本，好让我们这两个异想天开的疯子能够保持理智，回到正常人的生活轨道上来。

我所拥有的仪器都非常先进，要是被美国国家航空航天局看到，说不定他们会以为我的仪器供应商都是外星人，而且我自己也发明了一些精妙的器械，并因此获得了一些专利。我很不厚道地把这些专利的使用费都定成了天价，以此来保持竞争力，跟那些被我抢夺了顶尖科学家的大公司抗衡。我出生的时候，奶奶就为我设立了信托基金，我长到二十一岁时，就能全权处理这笔钱了，于是我买下了如今我所在的这栋建筑。到我二十一岁的时候，我已经关注这栋建筑整整五年了。我让妈妈帮我在银行、州政府和联邦政府之间斡旋，他们都想抢夺这栋有侧翼的建筑，而且这片房产还包括周围起伏的田野和一个苹果园。对了，还有一个矿井。妈妈成功地劝说其他的购买者打消了跟我竞争的念头。

我把这栋建筑从里到外都翻新了，它以前是一所寄宿学校，正对着一大片放牧奶牛的草地，房子里有一个厨房，里面放着长长的不锈钢桌子和一个黑色的炉子。地点在印第安纳州。没错，就是那栋房子。在左前侧翼和右前侧翼的三楼有两个房间，我花了大价钱把它们改造成了一模一样的人工养殖屋。在这些养殖屋的容器中，我种了一些异域的有毒植物，还养了响尾蛇、非洲树蛙，以及我在大自然中所遇见的"能给敌人致命一击"的其他动植物。我给这些装备都取名为"多萝西"，并且将这两个房间命名为"多萝西·M.萨鲁奇"。

有朝一日，这些剧毒的装备也许会变得很有用。要知道，说不定什么时候，我要解决的案子就恰好跟它们的毒液有关。或者，我最终发现，除了冷血医生之外，真的有其他人杀害了那三个女孩儿和两个未出生的婴儿，并且将他们都丢弃在矿井中，谁知道呢，说不定我的这些有毒装备就能派上用场了……

　　多萝西·M．萨鲁奇养殖屋是非常强大且充满生命力的地方，里面虽然奇异迷人，但也危险重重，只有傻子才会毫无防备地踏进去。

　　至于那个矿井，早就被清理干净、排水放空了。一群景观设计师在空井中填了岩石，并在上面覆盖了八英尺深的富含维生素的种植土壤。我在上面种了玫瑰，年复一年，森林中便长出了一片艳丽的玫瑰花园。这里的玫瑰五颜六色，有诱惑的鲜红，有闪耀的鹅黄，有娇嫩的粉红，还有独特的暗黑，数不清的利刺就藏在这绚丽的花丛中。

　　这栋建筑原本是白色的，如今已经被重新粉刷成了蓝色，假如你站在外面，便能在一扇三角形高窗下看到公司的标牌。上面写着："15/33。"

　　此刻，凡泰正开着他的奥迪汽车沿着那条土路驶来，在我看来，他开车开得太快了。我一直为凡泰开启着爱的开关，一秒都没有关闭，因此不管他干什么，我都会精神紧张、担心不已。打篮球的时候，他会不会因为别人犯规而遭受冲撞？好朋友转学的时候，他还能交到新朋友吗？跟别人一起出门时，假如要吃热狗或者葡萄或者玉米或者其他容易卡在喉咙的食物的话，会有人懂得海姆利克氏急救法[1]吗？在我们家，这一急救法是必修课，我雇了一位医护人员，他每个季度都来教一次。毕竟这种急救法也不适合常常练习。

　　凡泰下了车，抓起背包，抿着嘴对我微笑了一下。虽然他已经十七岁了，但在我眼里还像是个十岁的男孩儿一样。我好想再亲一亲他那奶油般柔滑的脸颊，不论过去多少年，就算他的脸上长出了皱纹，在一个母亲的唇间，那份像婴儿一样的娇嫩触感永不会消散。

　　"啊，凡泰，你这可爱的小男孩儿。"我说道。

　　"妈，我都十七岁了。"

　　"还不是一样。"说完，我便恢复了平常的冷静，止住了他匆匆的

––––––––––––––
[1]海姆立克氏急救法（Heimlich Maneuver）：一种用来解决上呼吸道受异物阻塞的急救手法，亨利·海姆立克（Henry Heimlich, 1920—）于1974年发明，因此而得名。

脚步："听着，哈尔打电话来请了病假，所以我们现在有一大堆指纹需要进行比对。我需要你帮我准备好那件大学案子的泥土样本玻片。我可不想忙到大半夜再去收拾玻片。"

"好的，妈妈。"他答道。他拍了拍我的肩膀，轻轻地亲了一下我的脸颊，仿佛对于他来说，在活泼灿烂的少年时光中，帮助我做那些关于重案的科学分析才是他的主要任务。

假如我公司里的任何员工胆敢如此漫不经心地对待一起谋杀案的泥土样本，而且这起谋杀案还是发生在一所著名的常春藤联盟学校——小小地提示一下，这所学校位于马萨诸塞州的坎布里奇，是一所名字以H打头的大学，那么，我一定会死死地盯着这个员工，直到他颤抖着道歉才肯罢休。不过，凡泰是不同的。凡泰有一种独特的才能，那是专属于他的装备。并非只有我这么认为，并非因为我是为他时刻揪心的母亲才这么认为。每一个见过他的人都知道，他能轻松地抓住你的心，就像一个极富魅力的领袖一样。有一回，他的小伙伴弗朗基跟我们一起去杂货店采购。当时，他们俩都是十岁上下。弗朗基在我和凡泰不知情的情况下，偷偷地在口袋里塞了一根火枪手[1]牌的糖果棒。当警报大作，一位商场保安在停车场拦住我们时，掌控局面的人不是我，而是凡泰。糖果棒掉在了柏油路面上，保安在大喊大叫，而弗朗基则大哭大闹，这时，凡泰站了出来。他捡起糖果棒，递给了保安，他既没有像孩子一样撒娇，也没有像少爷一样傲慢，他跟保安说话的方式，仿佛保安跟自己是完全平等的人。那个保安的名牌上写着："托德·某某。"

"托德，真的非常抱歉。这是弗朗基，他是我的朋友，我和妈妈带他出来是为了让他散散心的。他奶奶昨晚刚去世了，我记得，火枪手牌的糖果是她的最爱，对不对？对吧，弗朗基？你是不是打算把这根糖果棒放进她的棺材里？"

[1] 三枪手（3 Musketeers）：美国著名的火星食品有限公司（Mars, Incorporated）旗下的一个糖果品牌。

　　这话从任何一个还没到青春期的小孩儿嘴里说出来，听上去都会像是装模作样的瞎扯。但是凡泰不同。虽然很难解释，但他说话的口气就好像托德是他的毕生挚友，是一个值得尊敬的人，就好像他尊重托德如同尊重自己一样。我觉得，凡泰传递给别人的感受就是平等，而这也是我从他身上学到的，因为我也常常研究他的待人技巧。平等的感觉会让人们放松乃至沦陷。按照我的理论，这种行为恰好迎合了人们的自尊心，一旦奏效，他们便会被凡泰的外表所深深吸引，从而得到更进一步的满足，毕竟有一个如此俊美的人竟然愿意拿出时间来跟他们对话。

　　最后，托德自己掏钱给弗朗基买下了那根糖果。

　　我从来没法像凡泰一样把这类事情圆满地处理好，凡泰就像圆环蛋糕上融化的巧克力一样，有完美的糖衣。

　　我有没有因为他说谎而生气呢？没有。生活中总会产生一些问题，也总有一些解决的方式。他只是在解决问题罢了。假如当时莱尼在场的话，身为我们的道德指南针，他也许会让我们选择另一种方式来解决问题。不过，他当时不在，因此我们就选择了凡泰的解决方式。仅此而已。

　　那么，凡泰是否有些不够正直呢？我不这么想，但我始终在观察。而且我也确实有些担心。我觉得他其实是一个充满爱心的孩子，但我还想进一步确认。

　　我和凡泰之间有许多只有我们才懂的玩笑，其中有两个玩笑一直伴随着他的成长，还有无数个玩笑是我们临时发明的。我们在一起的时光，总是充满了欢笑。从他还是个小宝宝时起，每天晚上在他睡觉之前，我都会坐在他的房间里给他读故事或者跟他聊天。我知道，莱尼总是会在隔壁的房间里把耳朵贴在墙上，悄悄地偷听我们母子之间的严肃谈话或者嘻嘻哈哈的笑声。这是我和莱尼之间心照不宣的默契。每当这种时候，我都觉得这是天使在用手抚摸着我的头。

　　其中一个我们常常会开的玩笑，就是在晚上读故事之前，我会随机设定一个时间来限制自己读多久，并且在口袋里放一个到点就会震动的计时器。比如，我会说："今天，我要读 21.5 分钟。"一旦计时器开始振动，我就会立即停下来，夸张地假装自己非常守时，然后把书本合上。这样一来，就会不可避免地留下一个没有讲完的场景，或者一个没有展开的想法，甚至是一个读到半截的句子，而正在隔壁偷听的莱尼便会被吊起胃口，屏气凝神地静静等着。我第一次这样做的时候，凡泰只有五岁，结果他哭了，因为他听得非常入迷，很想知道书里接下来的内容，他以为我真的要等到第二天晚上才会接着给他念。虽然我本来只是打算开个玩笑，但是，当我看到自己的儿子能够对一个故事产生强烈的感受乃至为之落泪时，我感到非常欣慰。这说明他跟我不同。他不会像我一样与世界隔绝。下一次，当我因为计时器振动而短暂地中止故事时，凡泰笑了，他知道这是一个蹩脚的玩笑，其实我是在故作夸张，平时我就常常被人指责过于刻板，因此凡泰明白，我其实是在调侃自己。所以，他笑了。我也笑了。每一次，我们都会笑。我希望，等我到了六十岁，他带着我的孙子孙女来看我时，我们还能开这种只有彼此才懂的玩笑。

另外一个我们常常会开的玩笑，就是在公开场合中说伪法语。但是，由于凡泰的魅力能够自然而然地消除人们的防备之心，因此大家居然相信他真的在讲法语。有一回，一个法国女人甚至用蹩脚的英语问他，他来自法国的哪个省。虽然我很乐意跟凡泰一起玩这种骗人的小把戏，以此来获得独属于我们的乐趣，并且巩固我们的小圈子，但是我已经开始对凡泰那高超的社交能力感到担心了，我怀疑这种能力也许会让他跟我一样与世隔离，只不过是以另一种不同的方式罢了。我不敢肯定他能将这种能力发挥到什么地步，也不知道这种能力意味着什么，究竟是好还是坏。出于对凡泰的尊重，我努力使自己不陷入一贯的做法，即将所有人和所有事都分门别类，看得非黑即白；相反，我尽量让他能够拥有自然成长的空间。不过，现在我会想，他身上的某些特质是否该得到约束、改善或控制？他能够阅读别人的肢体语言，就像呼吸一样容易，但这样真的好吗？他在经过一群人身边时，只要看他们一眼，就能让现场鸦雀无声，这样正常吗？昨天晚上，他的校长告诉我，她打算成立"校咨询委员会"，而成员居然包括家校联合组织会长、学生管理主任和凡泰，这是真的吗？

尽管凡泰拥有超凡的交际能力，但在我们这个三人小家庭中，负责记住亲戚生日并且为长辈和朋友选购合适的圣诞礼物的人，不是凡泰，而是莱尼。凡泰并不主动与人交往，是人们被凡泰吸引，自动聚集在他周围。我不禁感到担心，这种能力虽然很有用，但也非常恐怖。或许，是我过于敏感不安了吧，我总是害怕有什么会伤害到我的宝贝儿子，但实际上，他现在一切都好。有朝一日，我能否在他面前也保持镇定、从容不迫呢？此刻，他就在我的面前，又像往常一样，假装不耐烦但其实充满爱意地翻了个白眼。

"赶紧把我的泥土玻片都收好，然后进屋去。如果有作业，最好现在先做完。机灵鬼先生，我们接下来还有好多工作要做呢。对了，今天晚饭吃玉米粉卷饼，你爸爸正在做。看来你又得逞了，我之前明明告诉过他，要是再做那种长得像橄榄球一样的卷饼，我就把自己饿死。"凡泰迈开脚步，准备走了，但是我还不想让他立刻从我面前离开，于是便抬手叫住了他："还有，曾祖母明天要从萨凡纳过来了，所以你要记得把自己卧室里的那些陷阱都撤掉。"说完，我便放他进屋去了，同时补充了一句："如果今天晚上你想聊聊《百年孤独》，那咱们就聊这个话题。我会给你读 1.2 分钟我最喜欢的段落。"

"让阿赛印夸阿图依。"他一本正经地用伪法语说道。

"好，好，我也爱你。去吧。"

我看着我俊美非常、无忧无虑——但却可能令人畏惧——的儿子在 15/33 公司总部中穿行。我的下巴因悲伤而颤抖着，我来到门口，从蓝色花盆里摇曳的紫色牵牛花上摘去枯萎的花朵，强迫自己镇定下来。明年他就要离家上大学去了，我告诉自己。对一个人的爱可以无比深沉，以至于仅仅看着他就会满心伤感。所谓生儿育女，便是如此。

* * *

我在前面说过，有三件事值得一提。我已经谈了莱尼和我的公司。而现在要谈的最后一件，毫无疑问也是最无关紧要的一件事，便是有关布拉德的情况。

只有在面对凡泰、莱尼和奶奶时，我才会一直开着爱的开关，从不关闭。对于有些人，我会偶尔开启爱的开关。但对于另外一些人，我永远都不会打开爱的开关，相反，我对他们只有无边无际的仇恨，甚至还有决绝的杀意。如果不是莱尼像天使一样抚摸着我的头，那么有几个人可能早就不在人世了。

15/33迎来了崭新的一天。我最后一次修改了这份手稿，然后就把它锁了起来，打算到我临终之时再把它拿出来给世人看，这时，刘来了。刘的妻子桑德拉从他们的福特F-150卡车的副驾驶座下来，现在刘唯一肯开的车，就是这一辆了。从我见他以来，这应该是他第四次开车。桑德拉正在冲他做一个滑稽的表情，她问他，当一个男人在吃一个"超级难吃的汉堡"时，会有什么样的反应。显然，跟往常一样，她正在构思新的剧本。

我自己觉得，一个男人在啃一个超级难吃的汉堡时，看上去应该像一只猫在吐毛球，因此，当桑德拉走到15/33那扇红色的厨房门前时，我尽己所能地给她表演了一下猫咪吐毛球的样子。我自己养了一只猫，名叫斯杜威·坡，它在一旁喵喵地叫着，对我的夸张表演表示不满。它本来正摊开松软的肚子，懒洋洋地趴着，此刻它不耐烦地抬起了一只爪子，因为我打扰了它每日三十觉的第一觉。它顶着一身乱糟糟的灰毛，像至尊法老一样歇在青绿色的地毯上，那块地毯就在它那海蓝色的笼子前面，它之所以要趴在那儿，是因为那儿离它的猫食碟最近。斯杜威平时把我折腾得不轻，我睡觉的时候，它就蹦到我脸上，大声地抗议，表示它不吃普通猫粮，一定要吃切好的生鱼片和白色的金枪鱼。当然，这谁也怪不了，只能怪我自己。我一直对猫怀有一种敬畏感，它们可以非常娴熟地对几乎一切事物都表示厌恶，而且即便对喂养自己的人，它们也可以摆出一副不屑一顾的冷漠样子。因此，不论斯杜威想要什么，我都会满足它。但是，作为小小的报复，我给身为公猫的斯杜威戴了紫色的项圈，上面还挂着粉色的铃铛。

"嘿，小姑娘，准备好出发了吗？"刘站在那辆还没熄火的卡车前问我。

"对，对，就是这样，我喜欢。再来一遍。"桑德拉对我说，她一边走进厨房，一边称赞我表演的超级难吃汉堡脸。

"刘，稍等一下，我拿上外套。"说着，我从门口的红衣钩上取下了白色的旅行外套，然后又对桑德拉做了一次鬼脸。

"完美！一会儿我就把这个表情写进剧本。你们今天可不要太冷酷无情了。"她一边说，一边给自己倒了杯咖啡，在她来之前，我已经给她煮好了一壶咖啡。她蹲下来，挠了挠斯杜威那肥肥的下巴，然后便端着咖啡朝自己创作剧本的办公室走去。

我倒退着走出了厨房门，目光没有离开桑德拉，脸上一直冲她做着那个扭曲的滑稽鬼脸，最后，我跳上了刘的卡车。

"她说今天别太冷酷无情了。"我说。

刘翘了翘鼻子，似乎在忍住笑意。

我们今天肯定会能有多冷酷无情，就有多冷酷无情。

"没错，"我说，"当然啦！"

刘现在已经快六十岁了。他有一头浓密的灰发。虽然他已经不是联邦调查局的探员了，不必再在森林里追着绑架儿童的罪犯跑，但他还是跟往常一样坚持锻炼，因此他仍然非常健壮；当他发动卡车时，他的小臂上的肌肉都绷紧了。

我知道他在想什么，我跟他想的一样。我们都在想一辆卡车的车厢，那辆卡车就跟现在我们坐的这辆卡车一样。十七年前，在那辆卡车的车厢里，布拉德的双手被铐在背后，腿被捆在钩子上，但他拼命用舌头和牙齿把系在他嘴上的围巾弄掉了，然后便跪在一个闲置的汽油桶前，使劲从桶上的油管里吸吮汽油，想以此来逃过我们对他的惩罚。洛拉闻到了飘散在空气里的汽油味，刘冲了过去，用力地扇布拉德的脸，力气之大，仿佛要弄折他的下巴了。当时，我们正围站在卡车的车头，部署诱捕冷血医生和废话夫妇的计划，幸亏在冰冷的空气中，那股浓重的气味就像清水流过铁片一样，轻而易举地就迅速散播开来。如果布拉德当时自杀成功了，那我只能等死后到地狱里去折磨他了。谢天谢地，我不用等那么久。

在过去的十七年间，我和刘曾经有两次踏上过这趟特别的旅途。这是第三次了。每当布拉德试图得到怜悯，乞求假释裁决委员会批准他假释时，我们都得跑这么一趟。有时候，我们就是得提醒一下布拉德，外面的世界很凶险，能在监狱里受折磨，已经算他走运了。我和刘在印第安纳州州立监狱管理体系中有一些认识的朋友，而且还有一些为我们提供信息的服刑犯，对于后者，我们可能会施以一点儿恩惠，也可能什么都不做。因此，毫不夸张地说，我们对监狱里的一切情况都了如指掌。

当初，布拉德还在卡车上的时候，我们就跟他做了一笔交易：他让自己活着，而我们也不会让他被判死刑。我们会把他交给州法庭，判他个无期徒刑，但是他要时刻接受我们的监视。当时，布拉德之所以反应如此激烈，并不是因为害怕死亡，而是因为害怕进死囚牢房 [1]，矿井里

---

[1]死囚牢房（Death Row）：关押等待被执行死刑的囚犯的牢房。在美国，一个罪犯从被判死刑到死刑执行有相当长的一段时间。被判死刑的人仍有申诉机会，但由于上诉程序复杂，耗时旷日持久，加上结果难以预料，因此在等待最终的生死宣判期间，有些死囚会出现精神失常的现象，乃至在死囚牢房中自杀，这种现象被称为"死囚牢房现象"（Death Row Phenomenon）。

有那么多尸体，他知道自己是逃不过被判死刑的。当我们对布拉德提出
这笔交易时，他的眼中燃起了一丝希望的光芒，正如我们所愿，他决定
活下去了。可以说，布拉德是签了一份非常特别的认罪协议，这份协议
是我和刘给他的，因此，在印第安纳州立监狱中，关押布拉德的那间牢
房也就变成了由我做主的牢房。

我并没有花费多少力气，就劝说了刘加入进来，跟我一起对布拉德
施加无穷无尽的折磨。自从五年前刘的弟弟莫兹第三次自杀未遂后，他
的心肠就变得很硬了。有时，我很担心刘，他会彻夜不眠地解决那些需
要提供咨询的案件。但是，当我走进他和桑德拉的办公室时，我又会关
闭担忧的开关了，因为我看到桑德拉亲密地依偎在他身旁，把他皱眉的
样子画成漫画。有些人会接受自己的命运，并且坚忍地活下去，在这些
人中，有的幸运儿会得到一个优秀的伴侣，来帮助他们驱散心中的阴影，
并且爬上高山远眺希望。

我们把车停在了印第安纳州立监狱的访客停车场。我们出示了身份
证和许可证，跟警卫塔和警卫站的朋友嘘寒问暖之后，便来到了访客会
面室。我还穿着旅行外套，所有的口袋都拉上了拉链，扣好了扣子，里
面藏着我带给布拉德的礼物。

这间访客会面室是一间水泥砌成的方形房间，被刷成了薄荷绿。确
切地说，是浅薄荷绿，对于预算紧张的政府来说，他们也只能买得起这
种劣质的廉价油漆了。不过，我倒觉得这样挺好。我可不想让政府拿着
我缴纳的税款把这种地方布置得像家一样。我觉得，这种令人作呕的颜
色未尝不是一种惩罚，身处其中，足以让任何人都打消犯罪的念头。

距离漆布地板十英尺高的地方，有一扇扇装有铁条、通着电的长
方形窗户。房间里大概有十张方桌。一个约莫六十岁的女人穿着黑色的
手工毛衣，紧张地攥着一张纸巾，她一次都没有抬头看看我或者刘。她
看上去非常和蔼可亲，就像那些坐在公园长凳上织毛衣的奶奶一样。我
猜，她应该是在等一个令她伤透了心的儿子。另一张桌子前坐着一个大

约三十岁左右的女人，她的嘴唇卷曲而干裂，就像是一个六十岁老烟鬼的嘴唇一样，她驼着背，双臂交叉在胸前。她看上去非常凶狠，仿佛她自己也是个罪犯，我估计她正在心里盘算着，如果我再盯着她看，她就要把我的头发从头皮上扯下来。我注意到她有一双冰蓝色的眼睛，不禁感到讶异，一个曾经如此美丽的人，为何愿意在烟酒中虚度青春？我想跟她聊一聊，问问她为何要抽这么多烟，问问她为何明明拥有一双如此睿智的眼睛，却看不清这个世界。但是我打住了，我告诫自己不要妄下判断。我想起了奶奶在教导我如何看待事物时曾经说过，我们都有自己的问题要解决，都有内心的恶魔要战胜，但并不是每一个人都能得到同样的帮助。

一道装着铁链的门被打开了，走进来三个戴手铐的男人，后面还紧跟着五个警卫，警卫们分散开来，站在了房间的几个角落，腰上都佩着枪。

"噢，亲爱的。"那个穿黑毛衣的女人哭了，她站起身来拥抱了一个脸上带有铁十字[1]文身的新纳粹分子。当她起身时，她的毛衣下摆抬高了一些，露出了她后腰上的邦联旗[2]文身。

"嘿，爸爸。"那个有着冰蓝色眼睛的女人对一个白色头发的男人说道，那个男人的眼睛跟她一模一样。她也哭了，一边喊着"爸爸，爸爸，爸爸"，一边把脸埋在了他的肩头，显然是渴望能得到一个拥抱，但却无法得到回应，因为她爸爸的手被铐在了背后。

不要凭第一印象就妄下判断。要多多观察。我提醒自己。每个人都是一个谜。先入为主的观念不一定对。

---

[1] 铁十字（Iron Cross）：最初为普鲁士王国（Kingdom of Prussia）的部队勋章标志，后成为德意志帝国（German Empire）和纳粹德国（Nazi Germany）的部队勋章标志。

[2] 邦联旗（Confederate Flag）：邦联国（Confederacy）的国旗。邦联国是指 1861 年至 1865 年间存在的由数个从美国分裂出来的州组成的邦联。

布拉德看到了我和刘，便试图转身离开房间。

"坐下。"一个警卫粗声粗气地说道。他把布拉德推到了角落的座位上，远远地避开了种族主义青年和种族主义奶奶，还有那对蓝眼睛的父女。

我和刘坐在了布拉德对面，布拉德在心烦意乱地大声喘气，而我们俩则一脸灿烂的笑容。岁月不饶人，面前这位优雅先生已经不复昔日的风采了。当年他刚刚入狱的时候，是四十三岁，如今他已经六十岁了。虽然当时他已经有些秃顶，而且还顶着个大肚子，但是他的衣着考究、无可挑剔，他用蜡纸清理了皮肤上的汗毛，把胡子刮得干干净净，皮鞋擦得锃亮，连指甲也修剪得一丝不苟。凡是你能想得到的方面，他都收拾得妥妥帖帖。当时，他看上去就像南海岸那种端庄优雅的男版新娘一样。可是如今，布拉德就像一颗皱皱巴巴的缩水葡萄。这些年来，他瘦了四十磅，不是由于锻炼，而是由于无尽的压力，而那些压力有的是我造成的，有的则不是。

橘黄色的囚服套在他瘦骨嶙峋的身上，就像一张特大号的毯子裹着一个婴儿。他的头发已经秃没了，只剩下一顶黄色的针织帽戴在头上。他的指甲被磨得参差不齐，但是却未经修剪，满口黄牙尽是污渍，一张嘴就散发出一股恶臭。

"这顶帽子是你男朋友给你织的？"我嘲笑地问起他头上那顶滑稽的玩意儿。

"你还是个下贱的小豹子。"

我把手放在刘的大腿上，阻止他起身去打布拉德。

"噢，布拉德，没关系。我明白你必须得戴着这顶帽子。如果哈尔金觉得你不喜欢，他会很生气的。"

那个刚才把布拉德推进房间的警卫笑了。

布拉德转向那个警卫："嘿嘿嘿，笑个屁。"

"当心，布拉德。趁我还算高兴，你最好乖乖坐在这儿听他们说话。还有，你这顶帽子实在是太恶心了。哈尔金织的东西简直烂透了。我会把这些话告诉哈尔金，跟他讲这都是你说的。"警卫十分冷静地警告道。

布拉德转回脸来，不安地扭动着身体，警卫的话显然起了作用。

哈尔金占有了布拉德。我通过警卫塞给了哈尔金一千块钱，让他拿去买了布拉德。哈尔金是一个颇为健壮的囚犯，他在转狱之前，已经噎死了自己的三个"情人"。以前有一个与他作对的暴力车队团伙，他趁着那个团伙的成员熟睡之时，用斧子砍死了其中的十个人，还把他们的宠物也杀了。哈尔金因此被判了十个无期徒刑。他身高 7.1 英尺，体重350 磅，站在所有囚犯中间，就像一棵高大的红木树。心理医生劝说他通过织东西来缓解易于激动的情绪，因此哈尔金便开始织东西了，但是他只能用黄色的毛线，因为州立监狱里只有黄色毛线，那还是从一个仓库里没收的。那间仓库里装满了打算运往底特律的木箱，它原本属于加里市[1]一家非法进口公司。

哈尔金的编织技术太差了。他给布拉德织的这顶黄色毛线帽，跟布拉德以前的天鹅绒西服和丝绸围巾相差岂止十万八千里。

"布拉德，我们听说你又向州立监狱递交假释申请了。"刘说道。

布拉德抬起头来，但只看着刘。他把身子侧过去，靠向离我更远的一边，仿佛我正拿着一把长剑，用剑尖指着他一样。

"布拉德，你也知道，咱们的交易是让你被判无期徒刑，没有假释，这样我们就答应不送你去死囚牢房。你杀了那么多女孩儿，害死了那么多婴儿，他们的尸体都在矿井和其他地方被发现了，这些罪行足够判你二十回死刑的了。你记得我们的交易吧，布拉德。还记得吗？"

布拉德的脸抽搐了一下。

"话又说回来，你想出去做什么？在这儿不是挺舒服的吗？"我插嘴道。

"去你妈的死条子，去你妈的臭婊子！"布拉德冲刘怒吼道，但他

---

[1]加里市（Gary）：位于美国印第安纳州的一个城市。

的身体还是畏缩着在躲避我。

我和刘看着他，静静地等着，果然，他在怒吼之后，马上又用尖利的高音说道："哈哈哈，你们俩，真是滑稽。"

"对了，布拉德，我听说你开始做园艺了。"我把手放在桌子上，强迫他看向我。

"那关你什么事儿，小婊子？"他用眼睛扫了一眼桌子，但却仍然不敢直视我。

我的外套上有八个口袋，我打开了其中一个，拿出了一个小小的塑料袋，里面装着一片叶子。

"我听说你开始做园艺了。是什么时候开始的，一年前吧？你自己在监狱的花园里有一小块地，对吧？"

"噢，你可真聪明。找了一群白痴替你干活儿，帮你监视我这个老头子。"

"我可不会叫他们白痴，我把他们称为朋友。"我非常严肃地说道。

"布拉德，你听好了，仔细听好了。"刘说。

"好吧，那你知道这是什么吗？"我说着，把那片装在塑料袋里的叶子放在了满是划痕的桌子上，然后推到了布拉德面前。那片深绿色的叶子又长又尖，细细的，但却很坚韧。

"哼。"布拉德跷起了二郎腿，然后又把腿放了下来，低头看向了自己的右手，然后又看向了左手。他不安地扭动着身体，脸上的皱纹渐渐变深，出卖了他内心的恐惧。

"布拉德，这是我自己种的。我大老远跑到中国南方去找了一粒种子，这都是为了你呀，布拉德。都是为了你。"

布拉德颤抖了一下。

"这是一种独特的杂交品种，有一部分来自夹竹桃，还有一部分来自生长在遥远的亚洲草原上的一种植物。这是目前人类能够采集到的最为致命的一种剧毒植物。只要小小地咬上一口，你的心脏就会爆炸。"
我抬起手，将十指展成扇形，就像烟花在空中炸开一样，同时上下嘴唇
一碰，模拟出爆炸的声音："嘭！"说完，我夸张地拍了拍自己那镇定
的心脏。

　　布拉德身后的警卫站得笔直，此刻悄悄地朝另一个警卫挪动了一
下，表示他并不想听这部分对话内容，但并不介意我们继续谈下去。

　　我探身向前，靠近布拉德，用一种腻死人的声音甜甜地对他耳语，
仿佛我在引诱他似的，当然，那是绝对不可能的。"我只需要磨碎一片
叶子，然后随便挑个时候，悄悄丢进你的速食土豆泥里。有可能是你还
在监狱里的时候，但假如出了什么不得了的意外，你居然出去了，那么
我也会让你在某个鸟不拉屎的破地方惨叫一声，然后像个默默无闻的小
人物一样死去。我听说这种植物引起的疼痛如烧灼一般令人难以忍受，
就像汽油流进你的食道里一样，在你的胸腔里沸腾，将熔浆倒进你的内
脏，最后很快便把你由内到外都撕裂开来。而且，不会有人愿意费心给
你做调查或验尸的，布拉德。他们只会心满意足地把死因说成是心脏病
发作。这片叶子，这株植物，长得就跟你在花园里种的许多植物一样。
它轻易就可以在草丛中隐藏得很好。"

　　"臭婊子。"布拉德啐了一口，终于朝我怒目而视。

　　我等待的就是这一刻。他不愿迎来的也正是这一刻。此刻，我要再
一次提醒他。

　　"你的生死全凭我摆布。千万别忘了。"说着，我用食指点了点那
个装着死亡之叶的塑料袋。

　　刘微微一笑。我把塑料袋抓起来，慢慢地装回口袋里。

　　当然，我能用一百种、一千种不同的方法杀死布拉德。不过，杀死
布拉德并不是我和刘的主要目的。正如刘所说的，在"布拉德愿望清单"
上，第一项就是确保布拉德"一生都受尽痛苦折磨，并且活在难以忍耐
的羞辱之中"。

当初，我听说布拉德满腔热情地投入到监狱花园的园艺工作中，每天早早起床去耕土播种，而且似乎还一边干活儿，一边面带笑容地吹着口哨，于是，我给了他一年的时间，让他充分感受这个爱好带来的快乐。我想让他体会到真正的失落感。我选择了用一片剧毒的叶子来威胁他，这样一来，每当他踏入那片愚蠢的五尺地皮时，每当他看到生长在那里的劣质玫瑰和野花，乃至看到一片绿叶时，他就会感到一阵失落和恐惧，想起一个致命的威胁。我还可以让这场游戏变得更加有趣，通过警卫给他送去各种各样的活植物，并且向他传话，给他讲一些所谓的科学故事，告诉他这些植物都是有毒的，但其实里面一株有毒的都没有，因为我不会给他任何武器。过不了多久，他那可怜的小花园很快就会变得只剩蒲公英和泥土了，而他的人生又变得没有任何指望了。

有的受害人希望得到一个正义的结果，他们要么努力让罪犯被处以极刑，要么选择宽宏大量地原谅罪犯。我对此没有任何意见。不过还有的人则像我一样，不想让一切早地结束，而是选择以牙还牙，进行长久的复仇。布拉德犯下了如此令人发指的罪行，我本可以将他活活丢进火中，然后算好时间把他拽出来，让他被烧得遍体鳞伤，但内部器官却没有致命伤害。可是，我觉得，就算这样，也还说不上是以牙还牙。

刘对我点了点头，他这是在无声地问我，是否打算走了。我点了点头作为回应，表示可以走了，并且让刘说一些道别的话。他咳嗽了一声，打断了我和布拉德之间的死死对视，然后一边起身一边说道："我们要说的话都说完了。你最好乖乖地在这里待着，不要轻举妄动。别担心，如果你听话，不再申请假释——就算你申请，也不可能获得批准——那么我们可以保证让你自然死亡，或者被哈尔金噎死。二者选一。然后，你此生的惩罚就算是受完了。"刘停顿了一下，想要忍住笑意，但是我拍了拍他的大腿，我们俩一起咯咯地笑了。刘继续说道："不过，我敢说，魔鬼一定为你构思了许多甜美的计划，布拉德。"

"噢，那是当然的啦，而且咱们的魔鬼还是个女的呢。"我说。

我想起了多萝西，想起了莫兹，想起了矿井里那些死去的女孩儿和婴儿。

* * *

　　我和刘驱车驶回 15/33，一路上都放着刘喜欢的音乐，既有乡村歌曲，也有雷 · 拉蒙塔格尼[1]的歌曲，二者放在一起，便是完美的美国南北部音乐的结合。刘哼着那首名为"烦恼"的歌，我在一边听着，内心渐渐平静了下来。我们已经相识许多年了，很多时候都无须交谈，而且他也可以自由自在地唱歌，无须因我在场而感到拘束。

　　"嘿，刘。今晚你和桑德拉留下吃饭吧。莱尼又做玉米粉卷饼了。"

　　"那些橄榄球？该死的，好吧。我们留下陪你。"

　　"是啊。吃完饭之后，咱们还得研究一下那件大学案子的泥土样本。那些小颗粒和小石子绝对不可能是马萨诸塞州本地的。"

　　"随你，丽莎。你是老大。"刘说着眨了眨眼，然后又跟着雷 · 拉蒙塔格尼那治愈系的声音哼起了歌。

---

[1]雷 · 拉蒙塔格尼（Ray LaMontagne，1973—）：美国唱作歌手，他发行的首张专辑名为"烦恼"，下文提到的即是该专辑中的同名歌曲。

∽ 致 谢 ∾

　　非常感谢我的家人对我的全力支持，是他们给了我写作的时间和鼓励。感谢我的丈夫迈克尔，你总是会把咖啡送到我的办公室里，如果没有你，我肯定无法完成这本书。是你鼓励我永不放弃。感谢我的儿子马克斯，虽然你年纪还小，但是总能想方设法地支持我，在不经意间，给我带来灵感，这个故事中出现的所有关于"爱"的情感，都来源于你。感谢我的父母里奇和凯西，你们读了我写的所有草稿，并且给予我温暖的鼓励和绝妙的意见。感谢我的兄弟亚当、勃兰特和迈克，我知道你们始终站在我身后，因此我分外安心。感谢贝丝·黄，虽然你我只是表亲，但却情同手足，如果没有你的校订和严格的爱，那么我绝对无法呈现出这个最终版本。感谢我所有的朋友和家人，是你们一直陪在我的身边。我要特别感谢我的兄弟迈克尔·C.卡朋，他是一位杰出的饶舌/蓝调音乐家。"冷静，别分神儿。冷静，深呼吸。"这句话被我用在了小说里，其实这是出自他的一首歌的歌词，歌名叫作"不要新鲜，不要改变"。在写作的过程中，迈克尔的音乐给我带来了极大的灵感，我要感谢他创作了这些精彩的歌词。

　　在科学方面，我是个门外汉，因此，我只能依赖各种资源来解释一些超出我知识范畴的复杂的科学话题，诸如交叉神经的可塑性、交叉神经的改变过程等。以下两篇论文为我的小说创作提供了宝贵的背景知识：《盲人和聋哑人的超能力》，玛丽·贝茨著，刊登于《科学美国人》，时间是 2012 年 9 月 18 日；《先天性聋哑人主要听觉皮层中交叉神经模式的改变过程：一项在双重假设下进行的有关视觉的核磁共振成像研究》，克里斯汀娜·M. 卡尔斯、马克·W. 道、海伦·J. 内维尔著，刊载于《神经科学》，时间是 2012 年 7 月 11 日。

　　感谢我的出版经纪人金柏莉·卡梅伦，感谢你给了我这个机会。你花费了大量时间从众多稿件中选出了我的作品，并且打来电话，从而改变了我的人生。跟你共事非常愉快，我认为你堪称优雅的代言人。感谢大洋景观出版社，感谢鲍勃和派特·格西，感谢你们给了 15/33 一个机会，感谢你们的热情、指导和支持。感谢大洋景观出版社的弗兰克、大卫和艾米丽，感谢你们为我提供的所有帮助，谢谢你们把我当成了大洋景观这个大家庭的一员。

　　愿诸位活在当下，不失时机。

译后记

　　本书的作者香农·柯克并不是一名职业作家，而是一位有十几年法庭工作经验的执业律师，她同时还在马萨诸塞州的萨福克大学法学院兼任教授。《被囚禁的女孩》是香农·柯克的第一部小说，但一经问世就大获成功，不仅横扫了包括本杰明·富兰克林图书金奖、全美最佳图书新书奖、美国最佳悬疑小说奖在内的数项图书大奖，而且获得了评论家和读者的一致好评，数度登上各类读者最喜爱的图书榜。《被囚禁的女孩》已被译为多种语言，在十九个国家出版发行并多次登上各国的畅销书榜，由其改编的电影也正在紧锣密鼓地制作中。香农·柯克仅凭此书便成为国际悬疑小说作家协会和美国推理小说作家协会的会员。

　　柯克写作本书的灵感源于她在书店里偶然看到的一本著作，那本著作从精神医学的角度详细介绍了无情型人格障碍。柯克在法律界从业多年，虽然她专攻的领域并不是刑法，但也耳闻目睹了各种犯罪案件的审理。在各类案件中，常常会出现具有无情型人格障碍的罪犯，他们十分危险，具有高度攻击性，性情冷酷，不能像普通人一样正常地感受各类情绪。事实上，许多推理悬疑小说中的罪犯也正是这类人。但是，柯克突发奇想，假如反过来，这样的人成了受害者，那会怎么样？于是，柯克塑造了一个特殊的人物形象，那是一个被绑架的年轻女孩儿，她怀了孕，孤身一人被囚禁在一个小小的房间里。她面对的敌人是身强力壮的绑匪，对方想抢走她的孩子进行非法贩卖。因此，从身体上来讲，这个女孩儿是处于弱势的受害者。但是，令绑匪万万没有想到的是，女孩儿拥有十分强大的心理，她有一种控制情感的能力，用她自己的话来讲，就是大脑里有一个"情感开关"，可以根据需要来开启或关闭包括爱、恨、恐惧在内的各种情绪感受。一个冷酷无情的受害者，拥有科学的思维和成熟的心智，从被绑走的那一刻起，就一直暗暗寻找周围可用的武器装备，不仅时刻谋划着逃脱，而且还盘算着如何对绑匪进行复仇。在这个过程中，在某些相对的环节中，究竟谁是罪犯，谁是受害者？二者之间的界限甚至渐渐变得模糊起来。这正是本书选材的独特之处。由此所决定，读者对本书的阅读体验也就完全不同于阅读一般的悬疑小说，比如情绪的紧张、情感的共鸣以及明确的情感倾向性（或同情或厌恶）等，这些体验自然还是会有，但感受可能完全不同了，因为这位受害者是如此强大，她甚至把一次令人发指的绑架孕妇、贩卖婴儿的行为变成了一个有趣的逃生实验。她不仅能自救逃生，甚至还在自己逃生的过程中帮助其他受害者；她不仅能很清醒理智地协助侦探人员，而且甚至比侦探人员更为专业而成功。因此，读者的阅读过程也就变得不再揪心，而是具有一种很强的观赏性。应该说，这是一个颇为神奇的阅读体验和过程。同时，假如一个人无法正常地体会各种情感，那么就会被称为有情感障碍，但是本书的女主角可以自由控制是否要体会某一种情感，一切情感对她来说都是可以随意开启和关闭的，那么，这究竟是一种障碍，还是一种天赋？更重要的是，这样一个被绑架的受害人也显然令这个绑架案变得不同一般，从而让读者的阅读体验变得充满趣味性。这是否代表了悬疑推理小说的某种新的趋势呢？这就有待读者评说了。

在笔者看来，这是一部小说，但又非一部仅可列于悬疑小说的通俗文学作品。它也是一部探索人的大脑发育和成长的心理学著作，或者也是一部涉及犯罪心理学的精神医学著作，甚至是可以从中了解身处险境而自我拯救和逃生方法的综合性著作。我们可以明显地感受到，作者的写作态度是极为严肃认真的，她在本书的"致谢"中特别交代了自己有关交叉神经的可塑性、交叉神经的改变过程等科学知识背景，又在"题记"中特别引用了卡尔斯等人在一篇论文中的话："大脑发育可以被看作一种强大而具备自我组织的进程化网络在逐渐展开的过程，其间还包括基因和环境的相互作用。"这可以视为本书主要人物性格塑造的理论基础，因而也可以视为本书全部故事情节的逻辑基础和理论支撑。正因有此严肃认真的科学基础，本书尽管只是一部虚构的悬疑小说，但却具有探索人的大脑发育和成长奥秘的重要意义；而在这样一个形象化的展示和探索过程中，不仅使我们对人类大脑的功能、潜能和可塑性有了更充分而全新的了解，而且也提示了一种面对险境，人们应当如何思考、如何处置乃至如何逃生的方法。因而，尽管书中的主人公看起来与一般人是很不相同的，具有非同一般的心理力量，但实际上，她的心理力量的来源、她思考的方式以及处置方法，都并非不食人间烟火的高人侠客之道，也非徒供茶余饭后谈资的趣味之说，而是具有切实可行的榜样力量，是可以借鉴的成功之术。我们不知道这是否是作者的初衷，但所谓"一千个读者有一千个哈姆雷特"，一部有意义的悬疑小说应该是可以具有多种功能的，读者既可以根据自己的生活阅历做多方面的解读，自然也可以从中得到多方面的有益启示。

从写作手法上说，本书也颇有自己的特点。在通常的推理悬疑小说中，常见的叙述视角要么是罪犯，要么是侦探。但是本书却择取了受害者与侦探两个视角，全书以一种"双人回忆录"的方式展开故事，从被绑架的女孩儿和调查案件的探长这两个人的不同视角来看待同一段经历，读来也别有趣味。在两条故事线索分别展开的过程中，它们自然各有惊心动魄之处，而当两条故事线索渐渐会合时，各种出人意料的情节又不断涌出，从而尽显悬疑小说的魅力。而且，本书的一个颇为独特之处是，当看起来故事早已有了结局，小说应该可以结束了的时候，其实还有很大的篇幅等着读者，事实证明，这些篇幅并不让人觉得沉闷或多余，而是移步换形、一步一景，仍然充满情趣，仍然赏心悦目，甚至给人一种大喜过望的满足。应该说，这既是一种小说的写法，更显示了作者充分而体贴的读者角度和立场。此外，本书还探讨了一些颇为深刻的社会问题，比如大自然的正义和人类法律的正义：人类法律的正义是否跟大自然的正义是一致的？在不一致的情况下，是否该为了人类法律的正义而放弃大自然的正义？归根结底，大自然的正义究竟又指的是什么？身为一名律师，柯克既给出了她自己的答案，同时却又提出了更多值得深思的问题。

悬疑小说的翻译有时属于文学翻译，有时则好像是非文学翻译。就本书而言，作者有时以富有情趣的笔调描绘人物、交代情节、铺写故事、展开对话，自然是文学的笔法，而有时则以严谨细致的逻辑进行推理，甚至展开一些类似科学的探讨，或许就超出文学的笔法了。虽然笔者以严肃认真的态度对待和翻译此书，希望不仅传达出原著的韵味，而且尽量使其符合中文读者的阅读习惯；同时，为减少读者的阅读障碍，笔者还尽量加了一些注释，以使读者能够不劳四处搜求便可顺畅地阅读此书，但由于时间紧张，以及才学所限，疏漏与错误在所难免，还请读者以及本书的原作者不吝指正。

最后需要说明的是，本书在翻译过程中，得到原作者香农·柯克女士的不少帮助和指点，也得到新华先锋出版科技公司各方面的支持和帮助，尤其是编辑多方面的耐心指导，谨致诚挚的谢意！

戚悦

2016 年 6 月初稿于北大燕园

7 月修改于加拿大温哥华